垂れ込み
警視庁追跡捜査係

堂場瞬一

ハルキ文庫

角川春樹事務所

目次

第一章　曖昧――7
第二章　重なり――141
第三章　アマチュア――281

垂れ込み

警視庁追跡捜査係

第一章　曖昧

1

警察は俺《おれ》を見つけられない。見つかってはいけないのだ。

永遠に続けるために。続けなければならない。俺の生きる力はそこから生じる。


「沖田《おきた》は？」月曜の朝、西川大和《にしかわやまと》は自分のデスクにバッグを下ろして、周囲を見回した。追跡捜査係の同僚・沖田大輝《だいき》はいい加減なところもある男だが、遅刻することはない。

さてはプライベートで何かあったか、と西川は懸念《けねん》した。しばらく前にプライベートできつい出来事を経験し、最近は落ちこむことが多くなっていたのだ。

「今朝は、人に会って来るって言ってましたよ」三井《みつい》さやかが説明した。

「そうなのか？」西川は自席に腰を下ろし、いつも持ち歩いているポットからコーヒーを注《つ》いだ。いつも通りの味……妻の美也子《みやこ》が淹《い》れるコーヒーは、世界で一番美味《うま》い。しかし最近は、毎日のように用意してくれるわけではない。静岡《しずおか》の実家で一人暮らしになってしまった義母を引き取って一か月。家族が一人増えると、妻の負担は一気に大きくなる。忙しい時、最初に削られるのは西川のコーヒーだ。

「金曜の夕方、垂れ込みの電話がかかってきたんです」さやかが続けた。

「聞いてないな」西川は首を捻《ひね》った。

「西川さんが帰った後だったんですよ」

それなら仕方がない。西川は、何もなければ必ず定時に帰る。ただし、家に帰っても未解決事件の個人的捜査を進めるのが日課で、「持ち帰り残業」をしているようなものだが。警視庁捜査一課追跡捜査係――西川にとっては、趣味と仕事の一致だ。

「奴《やつ》一人で会いに行ったのか?」

「ええ」

「それはまずいな。捜査対象者に会う時は、二人で行かないと」

「うちでは、そういう風に決まってるわけじゃないですよ」さやかが反論した。「微妙な相手もいるじゃないですか」

「まあ、そうだけど……」迷宮入りした事件を捜査する追跡捜査係には、様々な情報がもたらされる。垂れ込みは貴重なものだが、そういう情報を提供しようとする人は、得てしてややこしい問題を抱えていることが多いので、何人もで押しかけると警戒して喋《しゃべ》らない場合がある。基本的には、慎重に事を運ぶべきだ。

しかし沖田には、すぐに一人で突っ走る悪癖《あくへき》がある。手柄を独り占めしたいというより、とにかくせっかち——手に入れた情報を一刻も早く確認したいといつも焦っているからだ。だから誰《だれ》かと相談したり、指示を仰ぐ手順を飛ばしてしまう。

「どんな話か、聞いてるか？」西川はさやかに確認した。

「さあ……十五年ぐらい前の話みたいですけど、詳しいことは……」

「おいおい、しっかりしてくれよ」西川は肩をすくめた。「聞いてなかったのか？」

「ちょうど私も帰るところだったんですよ。だいたい沖田さん、いつも一人で抱えこんじゃうし」さやかも肩をすくめる。

「そうだな……しょうがないか」

西川はコーヒーを一口飲み、パソコンを立ち上げた。しばらくは午前中の決まった作業……西川はこの半年ほど、資料のデジタル化に取り組んでいる。古い資料を全《すべ》てデジタル化してタグ付けし、データベースとして活用できるようにしようと、意を決して手をつけ始めたのだ。通常の殺人事件捜査などを担当する捜査一課の他の係では、こんなことを気にする必要はない。ここ十数年の捜査に関しては、既にデジタル化されているから、誰でも簡単に閲覧《えつらん》できる。しかし追跡捜査係の場合、扱う事件が古いので、「紙の壁」にぶつかることが多い。そのため西川は、一人で紙の調書などをパソコンに打ちこんでいた。まだまだ終わりそうにないが、終わらない方がいい……私生活が少しだけややこしくなっている今、書類仕事でも何でもいいから逃げこむ場所が必要だった。

本来の仕事——古い事件の再捜査は動いていなかった。沖田の奴、一人で突っ走りやがって、と羨《うらや》ましくなる。

とはいえ、そういう気持ちは自然に落ち着いてくる。データを入力している時は、余計なことを考えずに済むのだ。心静かに、ひたすら調書の文字をパソコンに打ちこむ——写経《しゃきょう》のようなものかもしれない。

十時過ぎ、沖田が追跡捜査係に入って来た。見るからに機嫌が悪い。その顔を見て集中力が途切れそうになったが、西川は敢《あ》えて沖田を無視してパソコンの画面に視線を据え続けた。何か言いたいことがあるなら、向こうから口を開くだろう。沖田に対して、「呼び水」は必要ない。

「クソ、冗談じゃねえや」

沖田が乱暴に言って、西川の向かいの席に腰を下ろす。西川はちらりと彼の顔を見ただけで、またパソコンの画面に戻った。

「何も聞かないのかよ」沖田が怒ったように訊《たず》ねる。

「何が?」西川は目を伏せたまま訊ねた。

「聞いてるんだろう? 十五年前の事件の話」

「いや」

「どうして」

「お前が誰にも説明しないで、勝手に動いてるからだよ。文句を言いたいなら、情報共有ぐらいしろ」

「上野《うえの》の通り魔殺人だ」

「何だって？」西川は顔を上げた。そう言われたら、無視するわけにはいかない。警視庁としては、ずっと喉元《のどもと》に刺さった骨のような事件なのだ。「あれがどうした？」

「犯人に関する情報の垂れ込みだったんだ」

「相手は？」

「山岡《やまおか》」

「苗字《みょうじ》しか分かってないのか？」西川は目を剝《む》いた。フルネーム、住所、連絡先の電話番号やメールアドレス――そういうものを最初に確認しておくのは、基本中の基本である。

「向こうが言いたがらねえのに、無理に言わせることはできないさ。お前みたいに杓子定規《しゃくしじょうぎ》でやってると、大事なネタ元を逃すことになるぜ」

「そういうヘマをしたことはないけどな」

「たまたまだろう、たまたま」沖田が鼻を鳴らす。

「……で？　今日はその山岡という人に会いに行ってたのか」

「ああ」

「で？」

「会えなかった――姿を現さなかった」

「何だ、騙《だま》されたのか」西川は鼻を鳴らした。「いや、からかわれたんじゃないか？」

追跡捜査係は、捜査一課の他の係に比べれば、外へ向けてオープンだ。一般からの情報提供を受けるために、直通の電話やメールアドレスも公開されている。そういう情報提供によって未解決事件が解決したことも、一度ならずあった。とはいえ、「警察をからかってやろう」とする人間は少なからずいるもので、偽情報に踊らされることもないではない。沖田は、その手の悪戯《いたずら》に引っかかったのだろう。

「どこで会う約束だったんだ？」

「新百合《しんゆり》ヶ丘《おか》」

「何でそんなところで？」

「家の近くなんだとよ」

「詳しく話してくれ」

沖田の説明によると、電話がかかってきたのは金曜の夕方、五時半頃《ごろ》だった。電話をかけてきた相手は山岡と名乗り、「十五年前の上野の通り魔殺人事件の犯人を知っている」と打ち明けた。沖田の感覚では嘘《うそ》はない――向こうは真摯《しんし》に喋っている様子だったという。犯人の名前を何とか打ち明けさせようとしたが、途中で諦《あきら》めた。向こうが「とにかく直接会って話したい」と何度も繰り返し強調したためである。警察をからかうだけなら、電話で適当なことを言っておけばいい。しかし「会いたい」というのはレベルが違う話だ。自ら身を晒《さら》す危険を冒《おか》してまでそんなことを言うのは、本気になっている証拠である。

もっとも、人目につかない所に身を隠して、刑事が苛々《いらいら》するのを見て密《ひそ》かに笑っている悪質な人間もいるだろうが……今回、沖田はそういう相手に摑《つか》まってしまったのでは、と西川は想像した。

だいたい沖田は、仕事がなくても遅くまでグズグズしているから、変な時間にかかってきた電話を受けてしまうのだ。特に最近はその傾向が強い――恋人の響子《きょうこ》が流産してから、何となく会いにくくなってしまい、夜の時間を持て余しているのではないかと、西川は心配していた。

「で？　何時間待った？」

「二時間」

「二時間も？」西川は目を剝《む》いた。張り込みならともかく、ただ人を待つ二時間は、極端に気が長い人間でも辛《つら》い。西川でも、一時間で諦めるだろう。気が短い割に、沖田は妙に辛抱強いところがある。「向こうに連絡は取ったのか？」

「いや」

「電話番号も控えてなかったのか？」

「しょうがねえよ。ここへは、公衆電話からかけてきたんだから」

その時点で既に怪しい、と西川は思った。今時、携帯電話を持っていない人の方が少数派である。連絡先を知られたくないがために、わざわざ公衆電話を探して追跡捜査係にかけてきたとしたら、どう考えても悪戯目的だ。

「悪戯だな」西川は断言した。「いろいろ怪しい。フルネームは言わなかったんだろう？」

「ああ……」沖田が視線を逸《そ》らす。「だけどな、自分の個人情報を話したがらない相手から無理矢理聞き出そうとすると、だいたい失敗するんだよ。まず、情報を確定させるのが先だろうが」

「まあ、そういう考え方もある……かもしれない」

沖田が鼻を鳴らしたが、その嘲笑《ちょうしょう》は彼自身に向けられたものとしか思えなかった。これは間違いなく、彼のヘマなのだ。失敗を糊塗《こと》するために、わざと不機嫌な態度を取っているのは分かっている。

西川は、改めて十五年前の事件のデータをひっくり返すことにした。「十五年前」「上野」と聞いただけで事件の概要が頭に浮かんだが、正確を期す必要がある。この事件はまだデータ化していなかったと思い出し、追跡捜査係の一角にある資料スペースに向かった。ファイルキャビネットを壁のように並べた半個室――西川は基本的に狭く閉じた場所が好きで、自宅でも階段下を改装して狭い書斎を作っている。同じような場所が職場にも欲しかったので、主導して模様替えをしたのだった。結果的に、打ち合わせスペースとしても役に立っている。

そうそう、この事件だった。

現場はJR上野駅のすぐ近く、東西をつなぐペデストリアンデッキ――通称「パンダ橋」の上だった。ふざけたことに、上野中央署からは直線距離で三百メートルほどしか離れていない。

発生時刻は午後十時過ぎ。駅に直結するデッキ故、この時間でも利用者は多く、絶え間なく人通りがあったはずだ。ちょうど首都高の下になる場所で、一人で歩いていた四十五歳のサラリーマンがいきなり背後から刺された。人通りが多い場所だったにもかかわらず、犯人はそのまま逃走。被害者は、救急隊員が駆けつけた時にはまだ意識があったものの、病院に運びこまれた直後に出血多量で死亡した。犯人は背後からさりげなく被害者に駆け寄り、包丁様の刃物で背中を一突き——傷は肝臓《かんぞう》にまで達していた。

警察にとっては、メンツのかかった捜査になった。衆人環視《しゅうじんかんし》の中での殺人事件で犯人を検挙できなかったら、大問題になる。しかし犯人は、まるで上野の人混みに溶けてしまったようで、手がかりは一切なかった。

周囲の人々の反応が一瞬遅れたのは仕方あるまい、と西川は思った。あのデッキは人通りが多く、電車に乗り遅れないようにと走っている人も少なくない。犯行は一瞬の出来事であり、被害者は悲鳴を上げたものの、繁華街では誰かが酔っ払って大声を上げることも珍しくない。

通り魔ではなく、被害者の個人的なトラブルが引き起こした犯行ではないかとも疑われたが、人に恨みを買ったりするようなことはまったくなかった。

西川は、資料一式を持って自席に戻った。

「典型的な通り魔事件だな」

「ああ」沖田がぶっきらぼうな声で答える。

「お前も覚えてたか」

「当たり前だ。あの事件は、基本中の基本だろう」

「それで……犯人を知っている、というのは？　どんな感じだった」

「知っている、としか言わなかった」

「弱いな」

「うるさい」

どういう情報なのか、西川は頭の中で想定を巡らせた。現場で犯人を目撃した人間……とは思えない。もちろん犯人を見ても、すぐに警察に届け出る人ばかりではない。あれこれ事情を聴かれるのを面倒臭がる人も多いのだ。後になって「実は」と勇気を振り絞って届け出てくる人もいるが、十五年という歳月はあまりにも長い。いったいどんな気持ちの変化で、それだけ長い歳月が経《た》ってから情報提供しようと決めるのだろう。

もう一つのケースは、たまたまどこかで、何らかの形で犯人の情報を知った、ということだ。例えば犯人が、「もう安全だ」と思ってつい真相を漏らすのを聞いてしまったり、あるいは間接的に噂話《うわさばなし》を聞く……呑《の》み屋《や》など、アルコールが入る場所では、つい緊張が緩《ゆる》んで余計なことを話してしまいがちだ。

重大事件の公訴時効《こうそじこう》は、二〇一〇年の法改正で廃止されている。その時点で時効になっていない事件については、警察は永遠に捜査できるようになったわけだ。しかし長年、殺人事件の時効は十五年、後に二十五年になったので、今でも時効があると思っている人は少なくない。「時効になった」と勘違いして気が緩み、つい己の過ちを誰かに喋ってしまう犯人もいるだろう。そうでなくても、長い間捜査の手が迫ってこなければ、もう大丈夫だと安心してもおかしくはない。だいたい、殺人の秘密を自分一人の胸に秘めておくのはきつ過ぎる。

「結局、何も分からなかったのか」

「ああ」

「だったら忘れろ。やっぱり、からかわれたんだよ」

「冗談じゃねえ」沖田が身を乗り出す。「電話で話せば、相手が真剣かどうかは分かる」

「で、お前はマジな相手だと判断した」

「そうだ」

「判断も、たまには外れることがあるさ」慰《なぐさ》めにならないだろうな、と思いながら西川は言った。

「いや、外れじゃないね」沖田が反論した。「あれはマジだった。俺には分かる」

「じゃあ、何で来なかったんだ？」

「向こうにも都合があるだろう。急に仕事が入ったとか、直前になってビビったとか」

「約束の時間に行けなくなったら、何らかの形で連絡を取ってくるんじゃないか？　お前、携帯の番号は教えたんだろう？」

「ああ」

「だけど電話はこなかった」

「そうだよ」

「だから悪戯だって」西川は断言した。

「忘れろ。追跡捜査係ではよくある話だ」

「いや、何とかする」

「何とかって、向こうの連絡先も分からないんだろう？　あまりこだわり過ぎるなよ。もしも相手がマジで、今回たまたま約束を違《たが》えただけなら、また連絡が入るだろう。それを待てばいい」

「クソ」

吐き捨て、沖田が立ち上がった。西川を一瞬睨《にら》んでから、部屋を出て行ってしまう。西川は声をかけなかった。すぐ熱くなるが、すぐに忘れる――沖田は、典型的な「熱しやすく冷めやすい」タイプである。今は怒りが沸点に達しているが、すぐに落ち着くだろう。

「相変わらず気が短い奴だな」係長の鳩山《はとやま》が、呑気《のんき》な口調で言った。

「係長……真剣な一件かもしれませんよ」

「お前は、悪戯だって言ってたじゃないか」

「同調しても、あいつが喜ぶわけじゃないでしょう」

「相変わらずいいコンビだな」

「まさか」同期で、長い間同じ部署で一緒に仕事をしているのは事実だが、西川は沖田と気が合うと考えたことは一度もない。水と油だ。

「上野の一件、手がかりが出てくれば一大事だけどな」

「難しいと思いますよ。犯人を知っているという話は、にわかには信じがたい。今更そんな証人が出てくる可能性はゼロに等しいと思いますね」

「まあな」

鳩山が丸い顎《あご》を撫《な》でた。最近また太った——長年肝炎《かんえん》の治療を受けていて、厳しい食事制限もあるはずなのだが、何故《なぜ》か確実に太り続けている。最近西川は、肝炎というのは仮病かもしれないと疑っている。仕事をサボるための口実なのではないか？

もっとも、それで文句を言ったり陰口《かげぐち》を叩《たた》いたりするつもりはない。追跡捜査係においては係長の存在はそれほど重要ではない……自分と沖田の二人が、実質的に係を切り盛りしているのだ。

「とにかく、放《ほう》っておけよ。やることは他にもあるんだから」鳩山が言った。

「最近の沖田は、ちょっと焦ってますね」こういう場所で持ち出す話題ではないと思いながら、西川は言った。

「というと？」

「あいつ、プライベートでついていないでしょう？」

「確かにな」鳩山が顔をしかめた。「プライベートで問題があれば、仕事に身が入らなくなるのが普通じゃないか？」

「逆です。あいつの場合は、私生活のストレスを仕事で晴らそうとしますから」

「それも不健康だねえ」鳩山がうなずいた。

何を言っているのか……病気のことはともかく、他にストレスなどまったくなさそうな鳩山が言っても、説得力がない。

しかし、十五年前の通り魔事件か……もしもこの捜査をきちんとやり通せば、追跡捜査係にとっても久しぶりの大仕事になる。何より、未解決事件は一つでも減らしたい。

事件の陰には、苦しんでいる人がいる。被害者の家族や関係者——そういう人たちに希望を与えるためには、事件を解決するしかないのだ。古い事件を掘り起こすのが仕事の追跡捜査係も、あくまで捜査一課の一部門である。事件解決に懸《か》ける思いは、普通の刑事と何ら変わりがない。

2

クソ……珍しく定時に警視庁を出たものの、沖田は正面の出入り口のところで立ち止まってしまった。モヤモヤする……ネタ元になるはずだった山岡に逃げられた悔しさは、まだ消えない。

目の前の内堀《うちぼり》通りを挟んだ向こう側では、大勢のランナーたちが黙々とジョギング中だった。何人かで固まって緩いペースで走る高齢者たち、本格的なランナースタイルで、人混みを縫《ぬ》うように猛スピードで走る若い女性……一月、既に陽《ひ》は暮れているのに、皇居周辺の道路は軽く渋滞している。

皇居ランが大人気になったのは、ここ十年ほどではないだろうか。一周ちょうど五キロと距離が把握《はあく》しやすく、比較的フラットで走りやすい。しかも信号に引っかからないなどのメリットがあって大人気になったのだが、警視庁の職員の中には、ランニングブームが始まるずっと前から、毎日のように走っている人も少なくなかった。何しろ、目の前の内堀通りを渡るとすぐに走り出せる。着替えてさっさと飛び出せば、昼休みの一時間の間に軽く一周した後、昼食が摂《と》れる。元々警察官は体を動かすのが商売のようなもので、スポーツマンが多い。剣道や柔道、逮捕術の練習は必須《ひっす》だが、それだけでは飽き足らず、皇居周辺を走ることに喜びを見出《みいだ》した警察官は、昔から少なくないのだ。

普段の沖田は、そういうのを馬鹿馬鹿しく思っている。デスクについているよりは外回りの方が好きだが、それはあくまで「歩いて人と会い、何か情報を聞き出すこと」にやりがいを見出しているからだ。基本的に、走るのは大嫌いだった。ジョギングなんか、体力の無駄遣いに過ぎないではないか。ストレス解消と言う人もいるが、信じがたい。

仕事のストレスは、結局仕事でしか解消できない。

先日電話で話して待ち合わせ場所を決めた時に、山岡は「自宅の近くがいい」とだけ言って、小田急《おだきゅう》線の新百合ヶ丘駅を指定してきた。それまで頑《かたく》なに自分の個人情報を言おうとしなかった山岡が唯一漏らした手がかりだったが、沖田はそこを深く掘り下げなかった。山岡はかなり警戒している様子だったので、それ以上用心させたら引いてしまうかもしれないと判断したのだ。実際に身元をはっきりさせるのは、何度か会って、情報が間違いないと確信できてからでいい……その考えは根本的に間違っていた。新百合ヶ丘の駅前には交番があるだろうから、巡回連絡のカードで住所を確認できるかもしれない。

巡回連絡は「プライバシーの侵害だ」などと評判が悪いのだが、警察にとっては貴重な「足で稼いだデータベース」である。特に都心部の場合、居住実態の確認には極めて有効である。そこに住んでいても住民票がない人もいる――学生などは、住民票を地元に残したまま上京してくることも多い。そういう人が犯罪に巻きこまれた場合、身元の確認だけで一手間かかってしまうこともよくある。警察で実際の居住実態を把握していれば、様々な捜査で非常に役立つのだ。この調査の到達率は、東京では五十パーセント弱……半分もいかないが、昼間は家を空けている人が多いことを考えれば、上等な成績ではないかと思う。

新百合ヶ丘駅は川崎《かわさき》市にあり、当然神奈川《かながわ》県警の管轄《かんかつ》内である。協力を求める際は、それぞれの本部の捜査共助課を通すのが筋なのだが、こういう細かい案件の時には規則を飛ばし、現場の判断で融通し合うことも珍しくない。捜査共助課に助けを求めている間に、犯人が逃げてしまうこともしばしばなのだ。警視庁と神奈川県警は伝統的に仲が悪いのだが、それは主に幹部の間での話であり、現場の警察官同士にはあまり関係がない。

行ってみるか――警視庁の最寄り駅である地下鉄霞ケ関《かすみがせき》駅には、千代田《ちよだ》線が通っており、タイミングが合えば、小田急線直通で新百合ヶ丘駅までは四十分ほどだ。

霞ケ関駅の出入り口に向かって歩き始めたところで、沖田はスマートフォンを取り出した。響子に連絡しないと……しかし電話もかけ辛い。最近、二人の関係が微妙に変化してきたことを、沖田も自覚している。

全ては、予想もしていなかった彼女の妊娠から始まった。

ある事件を通じて知り合った二人は、長い間、緩い交際を続けてきた。二人とも四十歳を超えていて、結婚にはいくつもの壁があった。シングルマザーの響子は、一人息子を育てながら働いてきたから、まずはその息子とどう向き合うかという問題があった……結果的に沖田との仲は悪くなく、もう高校生になっているから二人の事情もよく分かっているのだが、さらに問題が一つ——響子は、長崎《ながさき》の老舗《しにせ》の呉服屋の一人娘なのだ。本当は家を継がねばならないのに、半ば強引に東京へ出て来てしまって二十年以上……しかし両親は、自分たちの代で商売を潰《つぶ》すわけにはいかないと躍起《やっき》になっていて、結婚の条件として、沖田が商売を継ぐことを持ち出している。話はそこで暗礁に乗り上げたまま、一歩も進んでいなかった。

響子の妊娠が分かった時、沖田は自分の人生に初めて真剣に向き合うことになった。結婚し、警察を退職して長崎に移り住み、縁もゆかりもない呉服屋——沖田自身は着物を着たことすらない——の仕事を始めることになるのか……子どもができれば、やはり彼女との生活を第一に考えるべきだとも思った。響子と長時間話し合ったものの答えは出ず、そのうち彼女が流産——そして全ての話は流れた。

以来、二人の関係は何となくぎくしゃくしたままだ。たぶん、流産の話を聞いた時、自分が十分嘆き悲しまなかったからだろう。これで結婚という選択を先延ばしにして、今後も刑事としての仕事に集中できる——そんな本音が、響子にはバレてしまっていたのかもしれない。

その後も一緒に食事をしたり、互いの家に泊まったりはしているのだが、かつての穏やかな関係は取り戻せていない。

今日も、この電話が緊張関係を生むかもしれないと覚悟した。本当は、一緒に夕飯を食べる約束をしていたが、すっぽかすことになる。

「ちょっと仕事が入ってね」

「そうなの」響子の声は冷めていた。

「申し訳ないけど、今日は会えないかもしれない」

「分かった」

分かった？　それだけ？　以前の彼女なら、もう少し気遣いのある言葉をかけてくれたはずなのに。何というか、流産してから、響子も優しさと余裕を失ってしまった感じがする。

「遅くなるかもしれないから、今日は連絡しないよ」

「分かったわ」

「飯はまた、別の日にでも……」

「そうね」

電話を切ってすぐに後悔した。やはりここは、優しい言葉をかけるべきではなかっただろうか。そういうガラでないことはよく分かっているが、今は状況が特別……それができない自分を、本当に情けなく思う。

沖田が若い頃、新百合ヶ丘駅はひどく地味な駅だった。小田急小田原《おだわら》線と多摩《たま》線の分岐点という重要な駅ではあるのだが、周りには何もなく、ただ山を切り開いた中にぽつりと駅舎がある感じだった。しかし今、周辺の開発は進み、郊外の賑《にぎ》やかな中心地に成長した。駅舎を中心に複数の商業ビルが建ち並び、それがデッキでつながっている。その下にはバスやタクシーが発着するロータリー……バスターミナルの真ん中に鬱蒼《うっそう》と木が生い茂っているのが、都心部の駅との違いかもしれない。

交番はデッキの下にあった。最近は警察も人手不足で、交番が無人になる時間帯も多いのだが、ここでは運良く若い警察官が詰めていた。沖田はバッジを示し、丁寧に名乗った。強面《こわもて》なのは自分でも意識しており、気をつけないと相手を警戒させてしまう。頼み事をする立場だし、一応徹底して下手《したて》に出る方がいいのだ。

「名前は……」若い警官が連絡票を用意してくれた。

「申し訳ないんだが、山岡という苗字しか分からない。それに、こちらの管内に住んでいる保証もないんだ」

「ちょっと調べてみますね」

面倒な作業になるのだが、若い警官は嫌な顔一つせず、連絡カードを調べ始めた。かなりの量……相当時間がかかるのを覚悟しなければならない。沖田は「手伝おうか」と言いかけたが、それはまずい。この連絡票の管理は、あくまで神奈川県警の担当であり、沖田は完全な部外者である。

十分ほどかけて、若い警官が三枚の連絡カードを見つけ出してくれた。この交番の管内だけで、「山岡」が三人もいるのかと少し驚く。決して珍しい苗字ではないが……。

「ええと、一人は除外していいですね」若い警官がカードを見ながら言った。

「というと?」

「女性の一人暮らしです」

「あと二枚は?」

「一人は、一人暮らしの学生さんですね。もう一人は食品会社のサラリーマンで、四十三歳」

「学生さんは何歳?」

「二十歳です」

沖田は直感的に、四十三歳のサラリーマン「山岡卓也《たくや》」が問題の人物だと判断した。二十歳の学生が、十五年前の事件について知る機会があるとは思えない。

それでも念のために、二人の住所と電話番号を控え、若い警官に礼を言って交番を出た。これで取り敢えずの突破口が開けた……沖田はまず、可能性が低い方を潰《つぶ》しに出た。

二十歳の「山岡」は、新百合ヶ丘駅の南側、駅から歩いて五分ほどのアパートに住んでいた。わずか五分歩いただけで、小綺麗《こぎれい》で現代的な駅周辺の光景はあっという間に消え失《う》せ、ごく普通の住宅街が広がる。沖田の過去の記憶にある新百合ヶ丘……川崎市北部の、まだ開発途中の街が広がっている。

二階建ての建物で、一階が学習塾、二階が十部屋のアパートだった。「二十歳の山岡」の部屋を探す。七号室……ドアの前に立ったところで左腕を突き出し、愛用のヴァルカンの腕時計で時刻を確認した。午後六時半。いるかいないか、確率は半々の時間帯だと判断したが、思い切ってインタフォンを鳴らしてみる。すぐに、眠たそうな声で「はい」と返事があった。こんな時間帯に呑気に寝ているのだろうか……。

「警察です」沖田は少し身を屈《かが》め、インタフォンに向かって話しかけた。硬い声だったかなと反省し、ゆっくりと言い直す。「東京から来ました。警視庁の沖田と言います」

「はい……何でしょう」

山岡の声は不安そうだった。沖田は早くも、金曜電話で話した相手はこの男ではないと確信し始めたが——声が明らかに違う——一応顔を見て、インタフォン越しではない声を確認しないと。

「ちょっと出て来てもらえませんか？　確認したいことがあります」

「警察って、本当に警察なんですか」

「そっちから、こっちは見えますか？」インタフォンに小さなモニター用のレンズがついているのに気づき、沖田は訊ねた。

「はい？」

「バッジを見せるから、確認して下さい」

沖田はバッジを開いて、レンズの前に晒《さら》した。これで見えているはず……しかしそもそも向こうは、バッジを見て自分を警察官だと分かってくれるだろうか。一般の人は、警察官の身分証明証でもあるバッジを見る機会などまずないのだ。

「どうかな」沖田はバッジを胸ポケットに戻し、もう一度インタフォンに呼びかけた。

「すぐ済みます。五分……いや、三分でいい」

「はあ……待って下さい」

一分待たされた。その間、容赦なく一月の寒風が吹きつけて、沖田の体を冷やす。今年も暖冬で、東京にいる限りそれほど寒い思いをすることはなかったが、ここは妙に冷える。川崎市麻生区《あさおく》――東京の多摩地区が、都心部に比べて少しだけ気温が低いのと同じ感じだろうか。

ドアが細く開き、隙間《すきま》から山岡が顔を覗《のぞ》かせる。ほっそりと背が高い男で、分厚いケーブル編みのセーターを着こんでいる。それでも、ドアの隙間から吹きこむ風の冷たさが応《こた》えたようで、ぶるりと身を震わせた。

「山岡祐樹《ゆうき》さんですね」確認してから、沖田はもう一度、彼の目の前でバッジを広げた。

「警視庁の沖田です」

「はい……何でしょうか」不安そうに山岡が言った。

「十五年前に、上野で発生した通り魔殺人事件のことです」

「殺人事件……」山岡が太い眉《まゆ》をぎゅっと寄せた。「いつですって？」

「十五年前」

「十五年前って――その頃、僕、まだ五歳ですよ」

「もちろん、君が犯人だって言ってるわけじゃない」十歳以下の子どもが殺人を犯したケースは、日本でもないではない。ただしほとんどは偶発的な事故に近い犯行であり、さすがに通り魔事件の犯人が五歳というのはあり得ない。「ある情報を確認したいだけなんだ」

「何のことですか」山岡が急に落ち着かない様子になり、体をもじもじと動かした。寒さだけが理由ではないようだ。

「君、先週の金曜、俺に電話をかけなかったか？」

「え？」山岡が目を見開く。「何で警察に……」

「俺は、警視庁捜査一課の追跡捜査係に所属している」

沖田は名刺を差し出した。山岡が恐る恐る受け取ったが、その手はかすかに震えていた。恐れている――名刺から電流が流れる、あるいは毒が手につくとでも夢想しているのかもしれない。

「うちの係は、名前の通りに過去の未解決事件を追跡捜査するのが仕事でね。電話番号もメールアドレスも公開されている。よく、情報提供の電話がかかってくるんだよ」

「はあ」

「金曜の夕方、この番号に電話をかけなかったか?」

沖田は、名刺に太字で「情報提供専用」と書かれた電話番号を指差した。

「警察に電話したことなんかないですよ」

「そうか。間違いないね?」

「ないです。疑うなら、通話履歴でも何でも調べてもらえば――」

「それが残念ながら、公衆電話からの連絡でね。でも、分かった。君じゃない」

「あの……これ、何かの冗談なんですか?」

「いや、直接声を聞いて確認したかったんだ。電話の声だから、生の声と完全に同じとは言えないけど、もっとずっと年上――オッサンの声だったよ」沖田はさっと頭を下げた。

「邪魔して申し訳なかったね。もしも事件について、何か情報提供したいことがあったら、この番号に電話して下さい――じゃあ」

もう一度一礼して、沖田は踵《きびす》を返した。怯《おび》えさせてしまったか……しかしこれは、確認しておかないといけないことなのだ。

やはり本命は、もう一人の山岡のようだ。本人だと確認したらどうするか――それはまた、ゆっくりと考えよう。

新百合ヶ丘駅周辺は、駅の北口側が全体に緩い上り坂になっている。南側に新しい集合住宅が多いのに比べ、こちら側には一戸建ても目立つ。もう一人――四十三歳の山岡の家までは、二十歳の山岡の家からだと歩いて二十分ほどかかるようだが、適当な交通手段がないので歩くしかない。タクシーを使ってもよかったのだが、この辺には流しのタクシーはほとんどいないようだった。駅前のロータリーにはタクシーが何台も待機しているが、そこまで戻って来ると、短い距離をタクシーに揺られていくのが馬鹿らしくなる。

吐く息が白くなる寒さの中、大股《おおまた》で先を急ぐ。ひたすら歩いているうちに、無心になってきた……約束をすっぽかされた時には怒り心頭に発したし、その怒りは夕方まで続いていたのだが、今はほぼ消えた――何かしていれば、怒っている暇《ひま》などなくなる。

しかし、また悪態をつくことになった。山を切り開いた郊外の住宅地ではよくあることだが、途中から道路は狭く、斜度がきつくなる。ふくらはぎと脛《すね》に嫌な緊張感が走るほどの急坂で、沖田は敢えて大股を意識して坂を登り続けた。スマートフォンの地図アプリではもう少し先……結局、坂を完全に登りきったところに、目指す山岡の家があった。朝は下りで楽だろうが、疲れて帰って来る夜にはダメージ大だろう。

まだ新しい、こぢんまりとした家だった。全体は明るい黄土色で、一階部分の外壁は濃い茶色のレンガ張りになっている。二階のベランダは屋根つきで、洗濯物を干していて急に雨になってもしのげる造りだ。玄関脇にはカーポート……それほど広くないスペースぎりぎりに、群青色《ぐんじょう》のアウディが停《と》まっていた。流麗《りゅうれい》な曲線を生かしたボディ、それに比してグリルとヘッドライトは直線的で、ダイナミックなコントラストを見せている。間違いなく高級車……グリルについた「フォーシルバーリングス」と呼ばれる四つ輪のエンブレムの横に、赤とシルバーを組み合わせた小さなバッジ――「S5」と読めた。

沖田は思わず首を傾《かし》げた。新百合ヶ丘駅から徒歩十五分のこの家は、いくらぐらいするのだろう。ふと気になって、家から少し離れて不動産情報サイトを調べると、駅からかなり離れた場所――バスで十分ほどもかかるところでも、五千万円を切るぐらいだった。きつい坂の上とはいえ、駅から歩いて十五分の戸建てだったら、五千万円はするだろう。

先ほど連絡カードで確認した勤務先は、大手食品会社だった。業界ではトップ企業で、給料も悪くないだろうが、四十三歳で年収はどれぐらいだろう。五千万円を超える家を買うのは、年齢的にも普通だと思うが。

アウディも、ラインナップ中の小さなモデルは二百万円台からあるものの、目の前に停まっているのは「S」のバッジがついた高性能モデルである。BMWで言えば「5」シリーズ、ベンツなら「E」クラスに相当する「A5」のハイパワーバージョンである「S5」は、もしかすると一千万円クラスなのではないか……スマートフォンで調べてみると、ほぼ九百万円のプライスタグがついている。

大手食品メーカーのサラリーマンとはいえ、こんな高級車に手が出せるものだろうか？あるいは異様に出世が早く、同期に比べてぐっと給料がいいのかもしれないが。

もう少し調べてみようと思ったが、その時自転車の気配に気づいた。普通に走っているわけではない……何かおかしいと思って顔を上げると、中学生らしきほっそりした女の子が、必死で自転車を押しているのだった。歩くのもきついこの坂では、普通に自転車を漕いでくるのも大変だろう。

見ているうちに、女の子はようやく山岡の家にたどり着いた。アウディの横の狭いスペースに慎重に自転車を停めると、ドアを開けて「ただいま」と呼びかける。暗いのでよく見えないが、背格好から見てやはり中学生だろうと判断する。山岡の娘か……連絡カードによると、子どもは一人。中学生の娘だ。

ますます、アウディが場違いな存在に思えてくる。

午後七時過ぎ。部活を終えた娘が帰って来て、父親――山岡も間もなく帰宅だろうか。沖田は寒さと暇に耐えるため、左右の足に順番に体重をかけて体を揺らした。人の姿はない……ちょうどサラリーマンの帰宅時間帯だし、これだけたくさんの家が並んでいるのに、街は死んだように静かだった。どうも調子が狂ってしまう。

しかし沖田は、十分ほどしか待たなかった。遠くで街灯の灯《あか》りに浮かび上がる人影……体を揺らすのをやめてじっと見守っていると、すぐに中年の男だと分かった。街灯の下を通り過ぎる度に、沖田の頭に情報が追加されていく。身長は百七十五センチほど。地味な紺色のコートに、首元には明るい茶色のマフラー。両手はフリーだ――たぶん、バッグを背負っている。最近は、かっちりしたデザインでビジネスにも使えるようなバックパックが増えた。どうしてバッグを背負って、常に両手を自由にしておかねばならないのかが沖田には理解できなかったが……「スマホを見るため」という人もいるが、そもそも歩きスマホは褒《ほ》められたものではない。

山岡の家に一番近い街灯の下に入ると、男の顔がはっきり見えた。実直そう……という形容詞がよく似合う。がっしりした四角い顔つきで、短く揃《そろ》えた髪は綺麗に七三に分けている。これが山岡なのだろうか。

山岡だった。

男は山岡の家の前に立ち、コートの前を開けてスーツのポケットを探った。鍵《かぎ》？　先ほどの少女は、何もせずにドアを開けたのだが。何かのタイミングでドアを施錠するのが家の決まりなのかもしれない。山岡は鍵を取り出し、ドアを開けて中に入った。低い、小さな声で「ただいま」と言うのが耳に入る。その声を聞いただけでは、電話で話した相手かどうか、判断できなかった。

さて、本人の顔は拝《おが》んだ。後は直接会って話をするだけだ。

とはいえ、いきなりドアをノックするのは避けたい。どんな事情があったにせよ、今山岡は気まずい思いをするだろう。申し訳なく思って、その場で事情を全て話してくれればいいが、予想もしていない訪問に緊張し、頑なになってしまうかもしれない。

まずは電話で話そう。実際に会うのはそれから……沖田は坂を下り始めた。今夜はどうしよう？　今から響子の家に向かうと八時を軽く回ってしまう——九時近くになるかもしれない。以前のように、そんな時間に気軽に彼女を訪ねる気にはなれないのだった。

3

西川は帰宅してそそくさと夕食を終えると――義母が新たなメンバーに加わった食卓は、まだ居心地が悪い――階段下の書斎に籠《こも》った。一番落ち着ける場所で、十五年前の上野事件についてチェックし直してみるつもりだった。

この事件は、今だったら簡単に解決したかもしれない。街頭の防犯カメラが増え、映った犯人の姿を次々に追跡して、逃走経路を割り出すことができる。実際、その手法でスピード解決できた事件も少なくない。特に都心部では、どんな人も、常に防犯カメラに映っていると考えた方がいい。

しかし十五年前は、今ほど防犯カメラは多くなかった。この現場――上野駅周辺のデッキも同じであり、それが初動捜査の遅れにつながった。この事件でも、聞き込み、それに定時通行調査――日を改めて、事件が起きたのと同じ時間、場所で通行人に聞き込みを行う――は徹底されたのだが、目撃者はまったく出てこなかった。

しかし、これはおかしくないか……西川は頭の後ろで手を組み、椅子《いす》を揺らした。被害者の前を歩いている人は、何も気づかなくても不思議ではない。誰かが声を上げたぐらいでは、振り向きもしないだろう。しかし後ろを歩いていた人はどうか。犯人が被害者にぶつかり、その直後に被害者が倒れこむ――明らかに異様な事態に気づいていてもおかしくないのに、誰も何も見ていなかったというのはどういうことか。

犯人は、余裕を持って立ち去ったのではないかと西川は想像した。誰かが悲鳴を上げながら倒れる——その現場から必死で、全力で走り去る人間がいれば、さすがに通行人も異常に気づくだろう。

いったいどういう犯人なのだ？

音もなく被害者に忍び寄り、一刺しで致命傷を与えて静かにその場を立ち去る——ヤクザのヒットマンでも、そんなにスムーズにはできない。人を刺した手に残る感触は、どんなに冷静な人間の気持ちをも揺らすはずだ。

「いいですか？」

背中から声がかかり、西川は首だけ巡らして後ろを向いた。妻の美也子が、心配そうな表情を浮かべて立っている。

「どうかしたか？」

西川は首を捻ったまま訊ねた。美也子は何も言わないが、彼女が何を相談したいのかは分かった。

「お義母《かあ》さんのことか？」

「そうなの」

西川は床を蹴《け》るようにして、椅子ごと一度廊下に出た。この小部屋の中では、椅子を回すこともできないのだ。椅子を逆向きにしてから書斎に戻り、狭い空間で美也子と向き合う。美也子が深刻な表情を浮かべたまま、ドアを閉めた。

「今日、夕食の時、元気がなかったでしょう」

「ああ……そうかな」西川は気づかなかった。鈍いのか、無意識のうちに義母を視界から外しているのかは、自分でも分からない。

「今日、母宛《あて》に兄からメールがあったのよ」

「何だって？」

「庭の様子を写真で送ってきたの」

「ガーデニングか……」

義母の趣味はガーデニングだ。静岡の実家はそれなりに大きく、広い庭を本格的に整えている。義父が亡くなった後は、それだけが生きがいのようにガーデニングに精を出していたのだが、東京の家に引っ越してからは手が行き届かない……本当は毎日手入れしなければならないのだ。東京に引っ越す時、義母は「週に一度は家に戻りたい」と言っていたが、さすがにそれは経済的に難しい。今は月に一度、泊まりがけで静岡に帰って庭の手入れをしている。向こうに住む義兄が、たまに庭の様子を撮影してメールしてくることは西川も知っていた。

「荒れてるのか？」

「荒れてるのかどうかは、私には分かりませんけどね。母はそれを見て落ちこんじゃって。明日にも静岡に帰りたいって言い出したのよ」

「明日？　行けるのか？」

「ちょっと無理ね。一人で帰るって言ってるんだけど、それはできないでしょう？」

義母も七十歳を過ぎている。認知症というわけではないが、最近物忘れがひどくなってきたので、一人で新幹線に乗せるのは少し不安だ。実際、静岡に帰る時には、美也子が毎回つき添っている。

「今日はずっと、実家に帰りたいって言って溜息《ためいき》ばかりついていて……見てるのが辛いぐらいなのよ」

「そうだな」西川としてはこれしか言えない。しかし、義兄も余計なことを……気遣いのつもりかもしれないが、義母が心配することが予想できないのだろうか。「どうする？」

「あなた、何かいいアイディアはない？」

「それは……」西川は言葉に詰まった。「俺には何とも言えないな。次に行くのはいつの予定だっけ？」

「再来週」

「だったら、それまで我慢してもらうしかないよ。ついでに二、三日泊まってきたらどうだ？　家の中も掃除が必要じゃないか」

「兄夫婦が、週に一度ぐらい掃除してくれてるんだけど……」

「あの広い庭の手入れは、一日じゃ終わらないだろう」

「いいの？」美也子が遠慮がちに訊ねた。

「ああ。こっちは何とでもなるから」息子の竜彦《たつひこ》も、もう大学生だ。講義とアルバイトで忙しい毎日だが、基本的に手間はかからない。

「じゃあ、二泊三日で行くことにして予定を立てるわね」

「大変だけど、頼むよ」

「大変じゃないわよ。自分の母親のことだから」

「……俺は何もできないのは申し訳ないけど」

本当は西川も、ちゃんと親孝行すべきなのだ。美也子と義母が静岡に行く時には、車を出すとか。東名《とうめい》で片道二時間ほどしかかからないので、大した手間ではない。しかし二人が静岡に行く時は大抵平日なので、西川も毎回はつき合えない。それが申し訳なかった。かといって、他に役に立てそうなことも思いつかない。

義母はまだ介護が必要な年齢ではないし、物忘れがひどくなってきたことを除いては体調も万全なのだが、いずれ家族が面倒を見なければならなくなるだろう。その際、自分に何ができるか……親の介護が妻一人の負担になるという話はよく聞く。それが原因で夫婦仲がぎくしゃくしてしまうのも珍しくないという。自分も人生の折り返し地点を過ぎ、自分自身のことの他に、家族の将来にも真剣に向き合わねばならなくなっている。

とはいえ、それはもう少し先のことだと信じたかった。今は……今は仕事がある。趣味とも言える仕事だったが。

翌朝出勤すると、むっとした表情を浮かべた沖田が既に自席についていた。

「御機嫌斜《ごきげんなな》めだな」

「斜めだよ」

「今朝も何かあったのか？」

「あった」

「何が」

「山岡と話した」

「連絡、ついたのか？」西川は目を見開いた。昨日は約束をすっぽかしておいて、今日になってまた電話をかけてきたとしたら……垂れ込みは本物だったのだろうか。

「俺が電話したんだ」

「連絡先は分からないって言ってなかったか？」

「調べたんだよ」

「どうやって？」

「一々説明しなくてもいいじゃねえか」沖田が面倒臭そうに言った。「素人じゃねえんだから、電話番号や住所ぐらいはすぐに割り出せる」

「分かった、分かった」こういう話を始めると、沖田は普段にも増してくどい。西川はコーヒーを注いで一口飲んだ。「で？」

「でって、何が」沖田がとぼける。

「相手――山岡はどうだった？」

「逃げた」

「逃げた？」

「のらりくらりっていうことだよ。昨日すっぽかされたことは責めずに、とにかく会いたいって言ったんだが……」

「ＯＫを出さなかったわけだ」

「そういうことだ。クソ！」沖田が拳《こぶし》をデスクに叩きつけた。

「机に当たるなよ」

「じゃあ、誰に当たればいいんだ」

「頭にきたら、まず五回深呼吸しろ。そうすれば落ち着く」

沖田が、言われたままにゆっくりと深呼吸を始めた。こういうところだけ妙に素直というか……つき合いが長いのに、この男のことは未《いま》だに理解できない。

「どうだ？」肩を上下させている沖田に訊ねる。

「ああ、何とか……」

「放っておいたらどうだ？」西川はアドバイスした。「会いたいと言ったり、約束をすっぽかしたり、こっちの誘いは曖昧《あいまい》に断ったり――これは筋の悪い話だぜ。筋が悪いというか、相手が悪い」

「いや、そんなことはない」沖田が即座に否定した。

「どうしてそう思う？」

「話し方だ。相手の話し方で、本気かどうかは分かる」

「お前のそういう勘は、当てになるのかね」西川は首を捻った。沖田は普段から勘の良さを自慢するが、それが百パーセント当たるわけではない。打率で言えば三割を切るぐらいだろうか。野球選手なら十分レギュラークラス——タイトル争いに絡めるかもしれないが、警察では落第と言われても仕方がない。

「とにかく、相手は何か情報を知っている。事情があって会えないだけなんだよ」

「その事情とは？」

「それは……」沖田が口ごもる。「そういうことを言いたくないから、昨日、約束の場所に現れなかったんだろう。まだ気持ちが固まっていないのかもしれない」

「ということは、本人が犯人である可能性もあるよな？」

「ああ？」

「自首するつもりだったんじゃないか？　それなら、警察に話をしようと決めた後で、気持ちが揺らいでもおかしくない」

「それは違うな」

「どうしてそう思う？」

「それこそ、俺の勘だ」今度は堂々と、沖田が胸を張って言った。

西川は溜息をついた。論理的に分析できるならともかく、これではまともな会話はできない。

「とにかく俺は、もう少しアプローチを続ける。今朝だって、一応会話はできたんだから、完全拒否じゃないんだ」

「あの事件、難しいぞ」

「分かってる」

「昨日、分析し直してみた。完全に最初から滑らせている——珍しいぐらいの大失敗だよ」

「しかし、何も手がかりがなかったんだぜ」沖田が反論する。

「手がかりを摑めなかったからこそ、失敗なんだ。正直、これから改めて捜査が動き出すとは思えない」

「諦めるのか？　お前も少しは調べてみたらどうだ」

「俺には、他にやることがあるんでね」

「何だ？」

「十年前の新宿《しんじゅく》の通り魔事件を掘り返してるんだ」

「ああ？　通り魔つながりか？」

「別に、そういうわけじゃない」西川は苦笑した。「このところずっと、気になっていただけだ」

「上野の事件はいいのか？」

ぎる。

「あれは……筋が悪過ぎる」西川は正直に言った。沖田の言う「勘」ではないが、再捜査が上手《うま》くいくかどうかは何となく分かるのだ。上野事件は、あまりにも手がかりが少な過ぎる。

「ま、勝手にしろ」沖田が吐き捨てる。「俺はまだ、諦めたわけじゃないからな」

「無駄足になるぞ」

「まだ会ってもいないのに決めつけるな」沖田が睨みつけた。「電話で話した限りでは、信用できる人間だ」

「オレオレ詐欺をやる人間は、だいたい相手を信用させるのが得意だよな」

沖田の顔が真っ赤になったが、それ以上は何も言わなかった。無言で席を立ち、部屋を出て行く。大方、煙草《タバコ》でも吸って気持ちを落ち着けるつもりだろう。

「新宿事件って何ですか？」追跡捜査係の若手、庄田《しょうだ》が訊ねる。

「あんた、新宿事件も知らないの？」さやかが呆《あき》れたように非難する。「追跡捜査係が抱えている事件の中でも、最重要案件の一つよ」

庄田が黙りこむ。この二人は同期なのだが、とにかく気が合わず、平時から衝突ばかりしている。だいたい、さやかが一方的にやりこめ、庄田が黙りこんでしまうパターンだが。

「まあまあ」西川はさやかをなだめた。もっとも、追跡捜査係に来て結構時間が経つのに、新宿事件のことを知らない庄田にも確かに問題がある……さやかの言う通りで、追跡捜査係が抱える重大案件の一つなのだ。上野事件も同様——通り魔事件は、いつ誰が犠牲になるか分からないという意味で、市民生活に大きな不安を与える。

「現場はJR新宿駅の構内だ。夜十時過ぎ、まだ帰宅ラッシュが続いている中で、サラリーマンがいきなり刺されて死亡した」

「ああ」庄田がうなずく。「思い出しました」

「あんな大事件、忘れる方がおかしいわよ」さやかが茶々を入れる。

「うるさいな……」庄田が低い声で抗議したが、ほとんど聞こえないぐらいだった。彼にすれば、これが精一杯の抵抗だろう。

「とにかく、だ。この事件は、どうして犯人が捕まらなかったのか、謎《なぞ》なんだ」西川は二人のやりとりを無視して続けた。「目撃者多数、防犯カメラには犯人の姿も写っていた、しかし特定には至っていない……」

「今みたいに大量の防犯カメラがあれば、リレー形式で犯人を追えたんですけどね」と庄田。

「新宿駅の構内を出たところで、犯人の姿は完全に消えている。その後の追跡もできていない。君が言う通り、十年前は今ほど防犯カメラが多くなかったから、しょうがないんだけどな」

西川はパソコンの画面に視線を向けた。駅構内の防犯カメラに映った男の画像――映像から切り取ったものが目の前にある。とはいえ、防犯カメラの映像は上から映したもののためか、映っているのはキャップを被《かぶ》った頭部、それに上半身ぐらいだ。身長百八十センチ以上の長身と推定されているが、体型はよく分からない。真冬だったので、犯人は分厚いダウンジャケットに身を包んでいたのだ。あれを着ると上半身が膨《ふく》れ上がり、リアルな体格が分からなくなる。ただし西川は、細身の人間ではないかと見ていた。前に出した右足は、細いジーンズに包まれている。かなり細い人間でないと、あんなにぴっちりしたジーンズは穿《は》けないだろう。

被害者、廣田靖幸《ひろたやすゆき》は、建設会社に勤務する三十二歳のサラリーマンだった。この日は残業で遅くなり、三鷹《みたか》にある自宅へ帰るために新宿駅で中央線に乗り換えたところ……仕事でも私生活でもトラブルはなく、全く面識のない人間に突然襲われたのは間違いなかった。

「上野事件との類似性はどうなんですか」さやかが訊ねた。

「衆人環視の中での通り魔事件、それに発生時刻以外に共通点はないと言っていい」

「凶器はどっちも刃物じゃないですか」さやかが指摘する。

「とはいえ、同じものじゃない。上野事件の方が、刃の部分が長い刃物だと見られている。もっとも、同じ犯人が、五年後に同じ凶器を使ってまた人を襲うとは考えにくいけどな。それに俺の知る限り、二度通り魔事件を起こした人間はいない」西川は言った。

「断言はできない……んじゃないですかね」庄田が遠慮がちに反論した。「被害者が死に至らない通り魔事件もあるじゃないですか。そういう場合、犯人が味をしめて、同じ犯行を繰り返すこともあると思います」

「ああ」西川はうなずいた。「ただ、被害者が亡くなった——殺人事件になってしまった場合は、犯人もさすがに用心するさ。同じことを繰り返せば、捕まる可能性が高くなることぐらいは分かるだろう」

「ですよね……」静かに言って庄田がうなずく。「当時の特捜本部も、同一犯ではないという判断だったんですか？」

「ああ」

「西川さんも同じ判断ですか」さやかが確認する。

「そうだ」西川はうなずいた。「同一犯が通り魔事件を繰り返す——可能性はゼロに近いと思う。犯人にとって、リスクが大き過ぎる」

病的な犯人の場合を除いては、だ。「人を殺す」ことを自分の使命と考えるような人間、あるいはそこに性的快感以上のものを感じる人間は、逮捕される危険を冒しても犯行を繰り返す。しかしそういう犯人は、いつかは逮捕されるものだ。同じような犯行を続けているうちに、必ず失敗——重大な手がかりを残してしまう。

「とにかく、俺はしばらくこの事件を調べるから」西川は宣言した。

「今までも、何度も調べていたじゃないですか」さやかが疑義を呈する。「完全に凍りついているんじゃないんですか？」

「見方を変えれば、新しい一面が見えてくるものさ。とにかくこの件は、ずっと頭に引っかかってるんだ」

追跡捜査係のファイルに残された未解決事件は、種類も様々だ。基本的に、発生から五年以内の未解決事件は、担当部署の責任になる。五年が経過すると、正式に追跡捜査係に捜査資料が渡され——あくまでコピーだが——再検討の対象になる。それ以外にも、西川が個人的に集めた未解決事件のファイルもあった。重大事件の時効が撤廃《てっぱい》される以前に時効を迎えたもので、警察としては調べる権利も義務もない。しかし将来、何かの参考になるのではと、西川は個人的に資料を集めているのだ。ただし、時効が成立して特捜本部が解散してしまうと、多くの資料は破棄されてしまうから、資料を集めるのは難しい。そのため、古参の刑事の「記憶」に頼ることも多かった。あるいは彼らが残したメモ。もっとも、協力してくれる人ばかりではない。解決できなかったのは自分の「恥」だと考え、触られるのを嫌がる感覚も普通だ。

新宿事件の場合は……解決できなかった理由が今ひとつはっきりしない。当時、聞き込みなどは徹底して行われ、目撃者も現れたのだが、それが犯人に直接結びつかなかった、ということだろうか。

調書を見返す。当時の特捜本部が頑張って、徹底的に事情聴取を行ったことが分かる分量だ。十年前のものなので既にデジタル化されているが、これが紙の調書だったら、めくっていくだけで大変だっただろう。

「犯人はいきなり後ろから迫って来て刺しました。まったく躊躇《ためら》いませんでした」

「刺された人は、直前まで何も気づいていなかった様子で普通に歩いていました」

「被害者は仰向けに倒れて、そのまま動かなくなりました。何が起きたか、最初は全然分かりませんでした」

「犯人は立ち止まらず、被害者を見ることもなく、普通に歩いて南口の方へ向かいました。走ってもいませんでした。普通に歩いていたんです」

証言を読んでいると、やはり上野事件との微妙な共通点が気になってくる。その一つは、犯人の「落ち着き」だ。普通、犯人は一刻も早く現場を立ち去りたがる。そのため慌てて駆け出したり、不自然なほどの早足になったりする。しかし上野事件でも新宿事件でも、犯人は被害者を刺す時に一瞬立ち止まっただけで、その後は何事もなかったかのように静かに歩いて消えた。

まるで、人を刺すことに慣れているようではないか——そんな人間がいるとは思えないが。

犯行は一瞬——おそらく数秒だったはずだ。人の流れが多い新宿駅構内だったら、わずか数秒のトラブルに目を止める人など、多くないだろう。犯行の瞬間を目撃した人がいても、犯人の顔をはっきり見た人はいない。目撃証言に防犯カメラの映像を合わせても、犯人は「影」でしかなかった。

当時は、外国人による犯行、という読みが出ていた。根拠はないのだが……犯人がアジア圏の人間だったら、一瞬顔を見ただけでは日本人と見分けがつかないだろう。ただ、「こういう残虐な事件は外国人の犯行」というのは偏見に過ぎないのではないか、と西川は常々考えている。そもそも日本にいる外国人は、凶悪犯罪に関しては躊躇《ちゅうちょ》する、という見方もあるのだ。日本の警察はしつこいから、事件を起こしたら、無事に逃げ切るのは難しい——裏社会で暗躍する在日外国人が、実際にそういう風に供述しているという。

もちろん、それが本当かどうかは分からない。よく言われているのが、警察が認知できた殺人事件の被害者数と、実際に殺された人間の数には乖離《かいり》がある、というものだ。例えば暴力団内部の犯行……組を裏切って密かに始末され、目立たない場所に遺棄されてしまったら、犯行そのものが発覚しないこともありうる。暴力団の場合、組員は家族や他の社会と切り離されたところで生きていることも多いので、行方不明になっても誰も気にしない、ということだ。

こういうこととは関係ないだろうが、新宿事件も筋が悪い——上野事件と同じぐらい、解決の可能性は低いだろう。通り魔事件はやはり厄介なのだ。

4

沖田は午後まで待ち、山岡に連絡を入れることにした。連絡カードのおかげで、勤務先も分かっている。朝は家に電話を入れ、午後に勤務先にもとなると、さすがに敬遠されてしまう可能性もあるが、朝電話で話した限りでは、山岡は会話を拒絶しないだろうと判断していた。明らかに自分の事情を隠してはいるが、警察に——沖田に対しては嫌悪感を抱いているわけではない。時間をかければ必ず、最初に電話してきた時の本題に入れるはずだ。とにかく肝心なのは、直接会うこと。しっかり顔を見て話せば、道は開ける。

　廊下に出て電話をかける。

「LGフーズ宣伝部です」

「沖田と申します。山岡さん、いらっしゃいますか?」

「お待ち下さい」

　第一関門突破……問題は、山岡がこの電話に出るかどうかだ。沖田は電子音で流れる『レット・イット・ビー』のメロディを聴きながら周囲を見回した。東日本大震災以来、警視庁本部の廊下の照明は半分落とされたままである。それ以前の様子を知っている沖田からすれば、いつまで経っても「暗くなった」感じが拭《ぬぐ》えない。庁舎そのものも築四十年近くが経過しており、だいぶ古びてきている。耐震性などを考えて、そろそろ建て替えの議論が起きておかしくないのだが。東京を大地震が襲った時、治安維持の最前線に立つ警視庁の庁舎が崩壊したら、洒落《しゃれ》にもならない。

「……山岡です」山岡の声は低かった。

「職場にまですみません。警視庁の沖田です。どうしても話をしたかったので」

「ここに電話されると困ります」

「携帯にかけたかったんですけど、そっちの番号が分からなかったもので」

「とにかく、困ります」山岡が繰り返した。

「よかったら、携帯の番号を教えて下さい。そうしたら携帯にかけ直します」

「それは……」山岡が溜息をついた。「こちらからかけます。職場への電話は勘弁してもらえますか」

「じゃあ、待ってます。立ったままね」

「……すぐにかけますよ」山岡がまた溜息をついた。「とにかく、職場には電話しないで下さい」

「携帯の番号が分かれば、もう電話しませんよ」

「切りますからね」

直後、ぶつりと乱暴な音がした。強引過ぎただろうか……職場に電話をかけられるのを、山岡が本気で嫌がっているのは分かった。今の会話も相当まずい。「電話されると困ります」「職場への電話は勘弁して」。いかにも都合の悪い電話がかかってきてしまった感じ――隣席に座る同僚は、どういう風に感じただろう。借金取りが、職場にまで電話をしてきたと思っているかもしれない。

さて、折り返し電話はあるだろうか。沖田はスマートフォンを持ったまま、画面を凝視した。山岡は無視してしまうかもしれない。今後、沖田の電話に出なければ、話をせずに済むと思っているのではないか。

しかしすぐに電話はかかってきた。０９０から始まる番号……沖田はその番号を一瞬で頭に叩きこんでから電話に出た。

「沖田です」

「家や会社にまで電話されたら、本当に困るんですよ」山岡が低い声で訴えた。

「申し訳ない。でも、どうしてもあなたと話がしたいんです。それは分かってもらえますか？」

「分かりますけど……」山岡の言葉は歯切れが悪かった。

「昨日は、何か都合が悪かったんですよね？」朝七時から、ずっと新百合ヶ丘駅の改札前で待ち続けた時の寒さを思い出す。

「ええ。それは申し訳ないとは思ってるんですが」

「構いませんよ。待つのも警察の仕事なので。それよりどうですか？　お会いできませんか？」

「ちょっと都合が……」山岡が逃げ腰になった。

「都合がいい時でいいんです。私はいつでも構いません。時間も場所もあなたに合わせます」

「そう言われましても」

「山岡さん、あなた、上野事件について話したいことがあるんですよね？」沖田は粘り強く説得した。「上野事件は、警視庁にとって極めて重要な事件なんです。通り魔事件は社会に大きな不安を与える――それが長い間解決しないのは、非常によくないことなんです。我々にとっても汚点になってしまっている。名誉を挽回するチャンスをもらえませんか？あなたの情報が、改めて捜査を動かすかもしれないんです」

「しかしですね……」

「話すと都合が悪いんですか？」

「こういうの、怖いじゃないですか？」

この話は初めてだ。山岡は、犯人と知り合いなのか？　情報漏れに怒った犯人に逆恨《さかうら》みされ、襲われる――彼はそういうシチュエーションを想像して怯えているのだろうか？

沖田は、詳しく聴き出したい気持ちを抑え、淡々と続けた。

「仮に危ないと感じたら、そう言っていただければいい。あなたのことは絶対に守りますから」

「絶対なんていうことはないんじゃないですか」山岡がなおも疑わしげに言った。異様に用心している。

「警視庁には、人を守るスペシャリストがいます」沖田は、警護課――つまり「SP」の存在を思い浮かべていた。これまで、SPが致命的なミスを犯したことは一度もない。ただしSPが守るのは要人であり、山岡のような一般人は対象にならないのだが。

「一般人は守ってもらえないでしょう」

おっと、山岡もこういうことは知っているわけだ。

「だったら、完全装備の機動隊を、要所要所に配してもいい。彼らは、そこにいるだけで抑止力になります」

「……そういうことはできないでしょう？」山岡が小さく溜息をついた。

「――失礼」沖田は咳払《せきばら》いした。「しかし、我々も素人じゃない。あなたや家族の安全を守るためなら、捜査一課の猛者《もさ》が何人も護衛につきますよ」

「そうですか……だったら、今夜はどうですか？」

「もちろん、構いませんよ」軽い興奮で声が高くなりそうなのを何とか我慢しながら、沖田は山岡の申し出を受け入れた。

「場所はどうしますか？」

「家の近くでもいいですか？」

「もちろん」また新百合ヶ丘か。昨日すっぽかされた嫌な記憶が蘇《よみがえ》ったが、こういうのは相手の希望に合わせるのが筋《すじ》だ。「駅にしますか？」

「ええ。六時半では？」

「こちらは大丈夫です。改札を出たところで待ちましょうか？」

「そうしていただければ。目印は……」

「新聞を持っていきますよ。昨日約束した通りに」今時、新聞を持って歩いている人などほとんどいない。ニュースを見たければ、スマートフォンがあれば済むのだ。逆に言えば新聞は、確実な目印になるだろう。

　もっとも沖田は、既に山岡の顔を拝んでいるから、改札を出てきたところで見つけられるはずだ。しかし、家まで訪ねて行ったことは秘密にしておこう。そこまでやったことがバレたら、山岡はさらに腰が引けてしまうかもしれない。

「気軽に構えて下さい。別に警察署に行くわけじゃないですし、あくまで参考として話を聴くだけです。酒を呑みながらというわけにはいきませんけど、コーヒーでも飲んで、軽く話をしましょう」

「はあ」

「とにかく、話してもらわないことには、何も始まらないんですよ。でも、この電話では話したくないでしょう？」

「電話で話すようなことではないですから」

「ですよね？」沖田は念押しした。「だったら是非、直接会って話しましょう。今夜六時半、新百合ヶ丘駅の改札でお待ちしていますから」

「……分かりました」

これだけしつこく言っておけば大丈夫だろう。そもそも、今折り返し電話してきたのは、山岡にまだ話す気があるからだ。

電話を切り、沖田は「よし」と一声発して自分に気合いを入れた。西川はこの捜査に乗り気ではないようだが、構うものか。これはまだ自分一人の事件。他人に渡す必要はない。「当たりだ」と分かって、あとからおずおずと「手伝わせてくれ」と言い出す西川の顔を思い出して、沖田はほくそ笑んだ。待ってろよ、一歩先を走っておいてやるから。

どこが暖冬だよ、と沖田は頭の中で文句を言った。昨日と同じ、新百合ヶ丘駅の中央東改札口。沖田は午後六時十五分に到着して、「待ち」に入った。右手には、折り畳んだ夕刊。帰宅ラッシュの時間とあって、電車が到着する度に改札からたくさんの人が吐き出されてくる。

山岡は何を恐れているのだろう。「犯人を知っている」ということ自体が、かなりヤバイ情報なのでは、と沖田は想像していた。それこそ犯人と顔見知り——誰が情報を提供したか、すぐに犯人にバレてしまうと恐れているのかもしれない。

新聞を小脇《こわき》に挟み、両手をコートのポケットに突っこむ。これだと新聞が目立たないかもしれない。左手だけを外に出して新聞を摑んだが、あっという間に手がかじかんでしまった。冬の張り込みは辛いものだが、今年は特に身に染みる……北海道など北国の刑事たちは、どうしているのだろう。テレビなどで見る限り、真冬でもダウンジャケットを着ている人はそれほど多くないのだが——自然に体が慣れてしまうのかもしれない。

約束の時間の五分前、沖田は改札横にある時刻表を確認した。六時二十三分の急行が着いたばかり。次は二十六分の各駅停車だが、都心部からここまで帰って来るのに、わざわざ各停を使うだろうか。となるとその次——三十三分の快速急行か三十五分の急行ではないだろうか。多少約束から遅れることになるが、これぐらいなら目くじらをたてる必要はない。会ってくれればそれでいいのだ。

しかし電車が到着しても、山岡は出て来なかった。夕方のラッシュアワーなので、二分から三分間隔で電車が到着するが、山岡が姿を現す気配は一向にない。午後六時台の最後、小田原行き急行から降りた人の波が途切れたところで、沖田はまた裏切られた、と確信した。一からやり直しになるのか……一応電話を入れておこうと思ってスマートフォンを取り出したところで鳴り出す。慌てて画面を確認すると、山岡だった。遅れるという連絡か──それならもっと早く電話してくるべきだとむっとしたが、向こうから連絡してくる気があるだけ、よしとしよう。

「もしもし？」

反応がない。沖田はスマートフォンを耳から離してもう一度確認したが、画面で通話時間が刻まれていくだけだった。

「もしもし？　山岡さん？」

やはり反応なし。ざわざわした音が伝わってくるが、彼がどこから電話をかけてきたか、手がかりにはなりそうにない。間違い発信だろう。バッグの中にスマートフォンを入れておくと、時々間違って電話がかかってしまったり、アプリが勝手に立ち上がってしまうことがある。

沖田は通話を終了し、すぐに山岡にかけ直した。話し中。山岡はスマートフォンが勝手に発信してしまったことに気づかず、何か別のことをしている──おそらく、歩いているのだろう。だったらまず、誤発信してしまったことには気づかない。

こちらが切ってしまったので、通話状態はいずれ解消されるはずだ。時間をおいてかけ直せば反応するかもしれない。しかし、山岡はいったいどこにいるのか……こちらへ移動中なのか、どこか全然関係ない場所で、別のことをしているのか。

　山岡は真剣だと、沖田は信じていた。少なくとも、警察をからかってやろうというふざけた人間ではないはずだ。沖田に、自宅、携帯、勤務先の電話番号を知られてしまったから、簡単には逃げられないことも分かっているだろう。仮にいたずらだったとしても、一度は会って、何とか言い訳して――あるいは謝って二度と会わないようにするのが賢いやり方だ。

　もしも今日会えなければ、一段強い手に出ることもできる。家か会社を直接訪ね、面会を強要するのだ。それはあくまで、山岡がふざけていた場合――「何でもありませんでした」と言わせて謝罪させ、全て終わりにする。虚《むな》しい作業だが、とにかく一度ピリオドを打たねばならない。

　沖田は時刻表の前に立った。ここからでも、改札から出て来る人の様子は観察できる。午後七時台も、まだまだ電車は多い――どこかで一服したかったが、ここを離れる暇すらないほど頻繁《ひんぱん》に電車がくる。さて、何時まで待つか……空腹はまだ我慢できそうだが、気持ちを切らさずに待ち続けるのは難しい。一時間、と決めた。ちょうど七時半の準急で山岡が姿を現さなかったら、今日はやめにしよう。その後は飯でも食って――コンコースの近くに、何軒かレストランがあったはずだ。そしてその後は……。

　家を訪ねてみようか、と思った。あのきつい坂を登るのは面倒だったが、歩いて十五分ほどだ。思い切ってインタフォンを鳴らし、面会を求める――山岡はとっくに帰宅して、家に籠っている可能性もある。

今日はやめておこう。これは明日以降の手だ。

結局、山岡は現れなかった……むしゃくしゃする。こういう時はやけ食いだ。改札を離れて駅ビルの構内をうろつくと、すぐに何軒かレストランが見つかった。カフェっぽい定食屋に目をつけて入る。

メニューはまさにカフェっぽい——凝った料理の定食が多いのだが、沖田はシンプルに生姜《しょうが》焼きにした。凝った料理ほど腹に溜《た》まらない感じがする。

取り敢えず腹が膨れると、何とかまたやる気が出てきた。やはり、このまま山岡の家を訪ねてみようか……まあ、それを判断する前に、まず一服だ。しかし残念ながら、煙草が吸える場所が見当たらないので、苛《いら》つきが戻ってくる。

煙草も、一時はだいぶ本数が減っていたのだが、最近——響子が流産してからまた増えている。彼女の方がはるかに辛い思いをしているのだが、自分もやはりストレスは感じている。彼女に対してどう接していいか分からないのが、一番辛い。そう感じてしまう自分が情けない。刑事としてはきちんとやっていると思うが、人間としてはまだまだ——いや、基本ができていないのではないかとさえ思う。

将来が見えない。それが不安だ。

スマートフォンが鳴った。山岡か……見ると、響子からのメッセージだった。

今、電話して大丈夫?

沖田は慌てて彼女に電話をかけた。

「ごめんね。仕事中?」響子が低い声で訊ねた。

「大丈夫だ――人を待ってるだけだから」沖田は小さな嘘をついた。夕食を終えて一休みしているとは言いにくい。まるで自分だけがサボっているような感じではないか。

「だったら電話もまずいんじゃない?」

「大丈夫だ」沖田は繰り返した。「どうも、すっぽかされたみたいなんだ」

「そう……今週末、ちょっと長崎に帰って来るわ」

「そうなのか?」

「ちょっと父の具合が……大したことないと思うけど、入院するかもしれないって」

「マジか」

響子の両親には、一度だけ会ったことがある。事件を言い訳に、ろくに話もせずに長崎からとんぼ返りしてしまったので、どういう人たちなのか、本当のところは分からない。ただ、真面目《まじめ》で実直そうだ、とは思った。田舎で何代も呉服屋を続けてきたのだから、適当な人たちのわけがないが。

「取り敢えず検査入院だって。本当に大したことはないと思うけど、今まで病気に縁がなかった人だから、母も慌てちゃって。金曜の七時二十五分の最終便が取れたから、行って来るわ」

「だったら羽田《はねだ》まで送るよ」

「大丈夫」響子があっさり言った。

「いや、だけど……」

「日曜の夜には帰ると思うけど、土日はちょっと連絡が取りにくいかもしれないわ」

「状況が分かったら、そっちから電話してくれないか？」

「そうね……じゃあ」

響子はあっさり電話を切ってしまった。声は落ち着いていたが、実際のところはどうなのだろう。本当はかなり深刻な状況で、店の存続の問題が浮上しているのかもしれない。その場合、自分はいったいどうすればいいのだろう。

思い切ったことのできない自分が、情けなくて仕方がない。

5

水曜日――週半ばのこの日が一番疲れる。それでも西川は、普段より早く家を出た。この一日を頑張れば、木曜、金曜は何とか乗り越えられるのだ。
こんな風に仕事がきついと感じるのは、暇な時だ。本格的な再捜査が始まれば、否応なく仕事に巻きこまれ、「辛い」も「きつい」も吹き飛んでしまう。そしてこのところ、追跡捜査係はまともに機能していない。データベースの構築も、古い調書の読み直しも大事な仕事だし、書斎派の西川はそういう作業は嫌いではないのだが、やはり長く続くと飽き飽きしてくる。

追跡捜査係には一番乗りだった。すぐに、捜査一課の一角がざわついているのに気づく。追跡捜査係は、捜査一課の中でも異質のセクションであり、普段は他の係と一緒に仕事をすることはない。しかし部屋は捜査一課の一角にあるので、何かあればすぐに気づくのだ。

ちょうど庄田が入って来た。

「何かあったみたいですね」

「そうだな……ちょっと探ってこいよ」

庄田が無言でうなずき、バッグだけをデスクに置いて出て行った。すぐに戻って来て
「殺しです」と告げる。

「現場は?」

「府中《ふちゅう》ですね。多摩川河川敷です」

それを聞いた瞬間、西川は嫌な記憶に襲われた。しばらく前にも、庄田と二人で多摩川の河川敷に赴いたことがある。あれは調布《ちょうふ》だったが、沖田が気にしていた古い自殺を調べ直そうとして――その後沖田とともに抱えこんだ恐怖は、未だに解消されていない。夜中にふと、自分は綱渡りの人生を生きているのだと思い出すのだった。

「現場の住所は?」

「府中市押立町《おしたてちょう》――中央道の稲城《いなぎ》料金所に近い辺りです。朝方、死体が河川敷に流れ着いているのを、散歩している人が発見したそうです」

「それでどうして殺しと言える？」

「刺し傷があって――死体は新しかったみたいです」

「そうか」

追跡捜査係に直接関係ある事件ではない。まあ、記憶の片隅にとどめておくか……何年か後には、追跡捜査係が扱うことになるかもしれないし。

「身元は？」

「それは現在調査中だそうです」

「特捜になるだろうな」

「そうでしょうね」

西川はコーヒーを飲みながら、パソコンで府中市押立町付近の地図を確認した。多摩川を水死体が流れていると、警視庁と神奈川県警、どちらが扱うかでせめぎ合いになる――というのは昔からよく言われる冗談だが、今回はそういうことは起き得ない。多摩川を挟んで府中市押立町の対岸は稲城市なのだ。右岸、左岸のどちらに流れついても、警視庁が捜査することになる。

沖田がやって来た。顔色が悪い。昨夜何かあったな、と西川はすぐに察した。沖田ほど、内心の様子が顔にはっきり出る人間はいない。分かりやすいことこの上ないのだ。

「何が」沖田が乱暴に言って、音を立てて椅子に座りこむ。どこかで買ってきたコーヒーを一口飲んで、「クソ」と文句を吐いた。慌てて飲んで、唇を火傷《やけど》したのだろう。

「どうかしたか」

「おい、今日の俺の運勢は？」

「は？　何言ってるんだ」

「牡牛座《おうし》の運勢だよ。ネットのどこかに、そういうのが出てるだろう」

「お前、星占いなんか信じてるのか？」西川は呆れて訊ねた。

「昨夜から、完璧《かんぺき》に運に見放されてるんだ」

「……山岡の件か？」

「ああ」沖田が認めた。

「どうしたんだよ」

「昨夜、すっぽかされた」

「また会う約束をしたのか？」あるいは、家の前でずっと張り込みしていたのだろうか。

「約束は破られた」

「だから、いい加減な男だと――」

「ああ、分かった、分かった」沖田が怒ったように言った。「いい加減なのは間違いない。ただ俺は、奴の情報そのものまでいい加減かどうかは判断してないからな」

「まだ食い下がるつもりか？」

「会ってもいないんだから、当然だろう。直接会って話を聴いて、それで初めて確認するんだよ」

「まあ……お前の事件だから」西川はうなずいた。まだ、自分一人で抱えこむつもりでいるのだろう。実際、この段階で何か頼まれても、手伝えることなどない。

「ああ、俺の事件だよ」

むきになって沖田が言い、コーヒーに口をつける。そしてまた「クソ！」と吐き捨てた。学習しないというか、間抜けというか……西川は呆れて、本当に星占いサイトを見て、牡牛座の今日の運勢を調べた。最悪――探し物見つからず。待ち人来たらず。怪我《けが》に注意。絶対にこれは教えないようにしよう。沖田が本気で星占いを信じるとは思えないが、さらに機嫌を悪化させるような情報を耳に入れる必要はない。

沖田が顔を上げ、外を見た。追跡捜査係のスペースは、いくつものファイルキャビネットで囲まれているだけで、「半オープン」な状態である。他の係の動きが、嫌でも目に入ってしまう。今も、数人の刑事がバタバタと部屋を出て行くところ――足音で、西川には緊急事態だと分かった。

「どうかしたか？」沖田が訊ねる。

「府中で殺しだ。現場は多摩川の河川敷」

「ふうん」沖田が関心なげに言った。元々捜査一課強行犯係の刑事である沖田は、追跡捜査係に横滑り異動してきた直後は、過去をほじくり返す仕事を明らかに馬鹿にしていた。

起きたばかりの熱い事件に取り組まなくて、何が刑事なのか、と言わんばかり……しかし今はすっかり追跡捜査係に馴染《なじ》んで、強行犯係が現場に飛び出して行くのを見ても、腰が浮いたりしない。

　朝の騒動はこれで終わりになった。沖田はまた、プライベートな問題で悩んでいそうなのだが、それは今聞くべきではあるまい。互いの家族も知り合いだし、沖田がややこしい恋愛問題を抱えているのも分かっているが、勤務中にそんな話をのんびりしているわけにはいかないのだ。

　追跡捜査係の通常の一日が始まった。資料の整理とデジタル化。肩が凝り、目が疲れる作業だが、これは永遠に終わらない。未解決事件が消滅する日は決して来ない。西川は、このところずっと注意を払っている新宿事件の調書に没頭し始めた——周りの状況が見えなくなったと思った瞬間、目の前の電話が鳴る。クソ、どうして電話というのは、いつも間の悪いタイミングでかかってくるのだろう。

「はい、追跡捜査係」

「西川さん？　府警の三輪《みわ》です」

「ああ、どうも……お久しぶり」

　大阪府警で盗犯捜査を担当する捜査三課の刑事である三輪だった。ある事件で追跡捜査係と関係ができ、その後も何かと協力しあう仲——ならいいのだが、実際には追跡捜査係が大阪府警捜査三課の協力を求めることなど、まずない。逆のケースはさらに少ないのだ。

ただ西川としては、他県警に個人的な知り合いがいることは財産だと思っている。

「今日、東京に来てるんですわ」

「仕事かい？」

「そりゃあ、もちろん」三輪が笑った。「仕事以外で東京へ行きますかいな。人が多くて疲れるだけや」

「人が多いのは、大阪だって同じじゃないか」

「いやいや、東京とはレベルが違います……泊まりの予定なんですが、今夜辺り、一杯どうですか？」

「ああ……」

「何なら沖田さんもご一緒に」

タカリだな、と西川は判断した。東京へ出張して来た人間と飯を食べるなら、こちらが奢《おご》るのが筋である。まあ、それもいいだろう。何となく今は、早く家に帰りたくないし、三輪は話して楽しい男だ。西川は「ちょっと待って」と声をかけ、送話口を手で塞《ふさ》いだ。

「大阪の三輪がこっちに来てるそうだ。今夜、呑まないか？」

「いいよ」沖田が気の抜けた声で言った。

「おい、俺が何言ってるか、分かってるか？」

「あ？」

「三輪。大阪府警の三輪」

「分かった、分かった。夜は空いてるよ」沖田が面倒臭そうに手を振った。

こいつ、本当に大丈夫なのか……心配になりつつ、西川は三輪と今晩の約束を取りつけた。夕方までにいい店を探しておくから、もう一度電話をもらう——三輪は飯が美味《うま》い大阪で毎日を過ごしているが、何も高いものを食べさせる必要はあるまい。新橋《しんばし》辺りで、自分たちが行きつけの気楽な店に連れていけばいい。

電話を切ると、庄田がどこかから追跡捜査係に戻って来た。何もなく気楽な様子——西川と目が合うと、「被害者の身元、分かったそうです」とさらりと言った。

「府中の件か？」

「ええ」

「ずいぶん早いな」

一報が入ったのは早朝だろう。五時か、六時か……おそらく被害者は、身元に直接つながるようなものを身につけていたのだろう。

「山岡って人らしいですよ」

「おい」沖田がはっと顔を上げた。「今、何て言った？」

「ですから、被害者は山岡という人——」

「下の名前は！」沖田が怒鳴った。

「それは……聞いてませんけど」庄田は明らかに腰が引けていた。

「馬鹿野郎、話は最後まで聴け！」

「おいおい、うちの事件じゃないんだぞ」西川は釘《くぎ》を刺したが、嫌な予感がした。「山岡」はそれほど珍しい名前ではないが、沖田が接触を試みていたのは、まさに山岡という男なのだ。

沖田が慌てて席を立ち、追跡捜査係を飛び出していく。すぐに、強行犯係の方から、馬鹿でかい声が響いてきた。あいつは……西川は力なく首を振った。沖田が追いかけていた「山岡」が殺されたとなったら、追跡捜査係にも関係ある一件になる。しかし沖田は、相手に喧嘩《けんか》を売るような乱暴な口調だった。別に、強行犯係の連中が山岡を殺したわけではあるまいに……。

沖田が、真っ赤な顔になってすぐに戻って来た。

「間違いない。あの山岡だ」吐き捨てると、バッグを肩にかける。大股で、再度追跡捜査係を出て行こうとして慌てて戻り、コートかけから、自分のコートを乱暴に引き剝《は》がした。

「おい！」

西川が呼びかけても、振り返りもしない。そのままさっさと姿を消してしまった。彼と入れ替わるように、係長の鳩山が部屋に入って来る。

「どうした？」

鳩山が目を見開き、西川に訊ねる。西川は簡単に事情を説明した。鳩山の眉間《みけん》に皺《しわ》が寄る。

「本当に、あいつが追いかけていた人間なのか？」

「名前は一致しているようです」

「奴の捜査と何か関係あるのか？」

「どうですかね」西川は首を捻った。「二回ほど、約束をすっぽかされたんですから、あまり筋のいいネタ元じゃなかったと思いますよ」

「ふうん……それであいつは、どこへ？」

「所轄だと思いますよ」

「それはまずくないか？」鳩山の眉間の皺が深くなる。

「よくはないですね」西川は認めた。

「ちょっと面倒を見てやってくれないか？　所轄と——特捜とトラブルになったら困る。この事件は特捜になるんだろう？」

「そうなるでしょうね。犯人不明の殺人事件ですから」

「お前も所轄へ行ってくれ。沖田が暴れ出してからじゃ遅い」

「まあ……そうですね」俺は沖田の世話係じゃないんだがと思いながら、西川は立ち上がった。隣に座る大竹《おおたけ》に、「一緒に来てくれ」と声をかける。大竹は何も言わず、うなずきもせずに立ち上がった。極端に無口な大竹は、一日に十回口を開くかどうか——西川と一度も話をせずに退庁時間を迎えることすらあった。今回も、特に事情を確認しようともしない。

「別件ですけど、ちょっと頼んでいいですか？」

「何だ？」鳩山の顔が歪《ゆが》む。何か押しつけられるのが大嫌いな男なのだ。

「大阪府警の三輪刑事が東京へ来てるんですよ。今晩呑む約束をしたんですが、合流できるかどうか、分かりません。夕方にここへ電話がかかってきますから――」

「俺に接待しておけと？」

西川は無言でうなずいた。鳩山の表情が緩む。理由はどうあれ、酒を呑む言い訳ができたのが嬉《うれ》しいのだろう。この男は本当に肝炎なのだろうかと、西川はまた疑った。

6

一応の処置は終わった。

しかし俺は、慎重な男だ。処置はまだ「一応」であって完璧ではない。これから少し時間を置いて、第二段階に入る。

必要なら、何回でも処置をする。そして新たな獲物を探さねばならない。


クソ、冗談じゃない。

特捜本部が設置された北多摩署へ向かう電車の中で、沖田は何度も悪態をついた。まさか、山岡が殺されるとは……どんな人間なのか、まだまったく知らないのだが、犯罪に巻きこまれるタイプではないだろうと勝手に想像していた。

昨夜会えたら……事件の詳細は分からないが、山岡が殺されたのは間違いなく昨夜だろう。自分と会っていたら、殺されるようなことはなかったのではないか？

もしかしたら昨夜早い段階で、既にトラブルに巻きこまれていたのかもしれない。だからこそ、自分との約束を守れなかった——そう考えると、自分にも何がしかの責任があるような気がしてくる。昨夜、もっとしつこく捜すべきだったのではないだろうか。彼からかかってきた一本の無言電話……助けを求めていたのかもしれない。それに報いることができなかった——俺は一生自分を許せないかもしれない、と沖田は自らを責めた。

北多摩署は、京王《けいおう》線府中駅のすぐ近く、甲州《こうしゅう》街道沿いにある。沖田は駅を出ると、すぐに走り始めた。何かしないと——自分に負荷をかけないと、爆発してしまいそうだった。

郊外にある割に、北多摩署の庁舎は狭い敷地に建てられた細長いビルだ。まだ築年数は浅く、清潔な雰囲気——最近の警察庁舎の例に漏れず、さほど威圧的ではない。一つ深呼吸してから、沖田は庁舎に飛びこんだ。受付でバッジを示し、特捜の場所を聞いて階段を駆け上がる。

庁舎は、正面は狭いが奥に深い作りだった。三階の刑事課の奥が会議室——特捜本部は設置されたばかりで、看板もかかっていない。中を覗くと、数人の刑事がいるだけだった。既に初動捜査の指示が飛び、刑事たちは現場に散っているのだろう。ここにいるのは、所轄と本部捜査一課の幹部のみ——沖田は、同期の本部の係長、宮下《みやした》を見つけてすぐに詰め寄った。

「沖田？　どうした？」宮下が怪訝《けげん》そうな表情を浮かべる。「何でお前がここにいる？」

「殺しだよ、殺し！」

「それはそうだが……」宮下が不安そうに周囲を見回す。「お前、何言ってるんだ？」

「だから、山岡卓也さんが殺されただろうが！」

「そうだけど……」宮下が沖田に歩み寄り、手を両肩に乗せた。正気か、と疑うような目つきで沖田の顔を凝視する。「もちろん俺たちは、その捜査のためにここに来たんだよ。だけど、追跡捜査係が何か関係あるのか？　被害者が、昔の事件の関係者なのか？」

「どうして死なせたんだ！」

「死なせたって、お前、何言ってるんだ……」宮下の眉がぐっと寄る。「何でお前にそんなことを言われなくちゃいけないんだ？」

「どうして死なせたんだ！」沖田はまた怒鳴りつけた。

「いや、お前、ちょっと……」思い切り引いた様子で、宮下がすっと下がる。

「沖田、いい加減にしろ！」

　怒鳴られ、振り返ると西川が立っていた。こちらは呆れたような表情を浮かべている。傍らには大竹がいるが、相変わらず何を考えているか分からない。無口、無表情……こんな男がよく、高いコミュニケーション能力を要求される刑事をやっていられるものだと思う。

「何だよ」沖田は西川に向き直った。「何でお前がここにいるんだ？」

「こんなことじゃないかと思って追いかけてきたんだよ。同じ電車に乗ってたの、気づかなかったのか？」

沖田は黙りこんだ。確かに……頭に血が昇っていたのは確かで、西川の存在になどまったく気づかなかった。影の薄い大竹が視界に入らなかったのは当然かもしれないが。

「西川、何なんだよ、これは」むっとした表情を浮かべ、宮下が問いかける。

「ちょっと複雑な事情があってね」西川が淡々とした口調で答える。「まあ、座ろうよ。同期同士で喧嘩してもしょうがないだろう」

「喧嘩？　沖田が勝手に突っかけてきたんだぜ」

「それはお前らが――」沖田は宮下に一歩詰め寄った。

「ああ、もう、いい加減にしろ！」西川が珍しく声を張り上げる。「これじゃ話が続かない。いいから二人とも座れ！」

沖田は渋々《しぶしぶ》椅子を引いて腰を下ろした。その様子を見て、宮下も椅子に座る。十分距離を置いて――沖田が立ち上がって手を伸ばしても、届きそうにない。西川が立ったまま、昨日からの出来事を説明する。聞いているうちに沖田は、頭からすっと血の気が引いていくのを感じた。重要な――重要かもしれない情報源が突然殺され、頭に血が昇っていたのだと意識する。

西川が話し終えた時、沖田はつい声を上げて笑ってしまった。

「何だ、お前」宮下が不気味そうに沖田を見る。

「いや……何でもない」そもそも考えてみれば、宮下——特捜本部には何の罪もない。しかし頭に血が昇った沖田は、警視庁から北多摩署まで一時間以上、ずっと怒り続けてきたのだ。

「とにかくうちが——沖田が接触しようとしていた情報源が殺されたんだから、間違いなく、極めて重大な問題だ」西川が話をまとめにかかった。

「沖田、お前は山岡さんに会ったのか？」宮下が訊ねる。

「いや、電話で話しただけだ。昨日の夜に会う予定だったが、すっぽかされた」

「どういうことだ？」

「理由は分からない。ただ、約束の時間を過ぎてしばらくしてから、電話がかかってきた」沖田はスマートフォンを取り出し、確認した。「昨日の午後七時二分」

「その時何か話したのか？」

「いや。俺は応答したが、向こうは何も話さなかった。スマホの誤作動で電話がかかってきたみたいだった」

「なるほど……」宮下が顎を撫でる。「被害者の携帯は見つかっていない」

「身元はどうして分かった？」

「スーツのポケットに財布が入っていた。そこに免許証もあった」

宮下が立ち上がった。係長本来の席——会議室の前方に向かう。特捜本部の光景は、沖田には馴染みのものだった。前方に横に並んだ長机には、捜査幹部が座る。一般の刑事の席は、それに向かい合う格好で並べられている。かなり大きなテーブルつきの椅子で、ノートパソコンでの作業もできるぐらいだ。沖田たちが駆け出しの頃は、会議ではほとんどの刑事がメモ帳を使っていたが、最近はノートパソコンやタブレットに情報を打ちこむ刑事も少なくない。沖田は未だに手帳派だったが。

三人は、宮下と向き合う格好で座った。

「この件では、追跡捜査係の手助けをもらうことになるかもしれないな。少なくとも沖田には……被害者のことを一番よく知っているのは、沖田じゃないか？」

「お前のところの刑事は、もう俺が知っている以上の情報を把握しているはずだよ」沖田は言った。山岡の人生をすっかり丸裸にしようと、初動で一気に動いているだろう。

「まあまあ……殺される直前に接触していたのがお前かもしれないじゃないか」

「変なこと言うなよ」沖田は顔をしかめた。

「最後に話したのはいつだ？」

「昨日の午後……おい、お前、まさか俺を疑ってるのか？」

「そっちこそ、冗談はよせ」宮下が力なく首を振った。「この件は面倒なことになりそうなんだ。どんな手がかりでも欲しいんだよ」

宮下が溜息をついた。何だか老けたな……同い年のこの男は小柄で童顔、二十代の頃は高校生に間違えられることもあったのだが、今は白髪が目立ち、顔の筋肉も緩んでいる。激務が、彼から若さを奪ってしまったのだろう。

「とにかく、情報を整理しておこうか」宮下が小声で続けた。「まず、そっちの情報を教えてくれよ。事件の詳細が分からないと、こっちが協力できるかどうか判断できない」

「お前の判断じゃなくて、こっちの判断で頼むことになるけどな……まあ、いい。分かってることを話すよ」

沖田はメモ帳を広げた。大竹も同様——西川は足を組んで、リラックスした姿勢を保ったまま。宮下の口から語られるぐらいの情報は、この場で暗記してしまう。稀《まれ》にこういう人間がいるが、沖田には理解できない。沖田は書くことで、記憶をしっかりさせるタイプなのだ。

「発見は、今日の午前六時十五分。現場は府中市押立町の多摩川河川敷だ。第一発見者は、同所在住の三上栄太郎《みかみえいたろう》、七十一歳。季節に関係なく、毎朝河川敷を散歩しているようだ。そこで、河川敷に打ち上げられている遺体を発見した」

「多摩川を流されてきたのか?」

「ああ」宮下がうなずく。「正確には、河川敷に上がっていたわけではなく、水際に引っかかっている感じだった。あの辺、川面《かわも》と河川敷は少し段差があるんだよ」

「何となく分かる。どこから流されてきたかは分かってるのか?」

「それはまだ不明だ。ただ、遺体の様子から見て、それほど離れた場所じゃない。近場から川に流されたんじゃないかな。いずれにせよ、遺体が遺棄されたのは真夜中だろう」

「ああ」

「発見者の三上さんは、慌てて自宅に電話を入れた。一一〇番通報してくれたのは、奥さんの洋子《ようこ》さん、六十九歳。三上さんが現場で遺体を監視しているうちに、また流され始めた。結局、所轄から人が急行した時には、中洲《なかす》に引っかかる形で止まっていたんだが」

「その中洲は、隣の所轄の管轄じゃないのか？　もう少し下流に行くと、川崎市に入るし」

「第一発見現場がここの管内だから、慣例的に北多摩署が担当することになった」

「そうか……で、遺体には刺し傷があったそうだが」

「背中と首、計二か所だな。詳しい状態は解剖《かいぼう》待ちだが、首の傷がかなり深そうだ。たぶん、それが致命傷だな。後ろから切りつけられて殺され、その後多摩川に遺棄された——そんな感じじゃないだろうか」

「なるほど」沖田はうなずいた。「で、そっちの見立ては？」

「まだ何とも言えない」宮下が首を横に振った。「強盗、怨恨《えんこん》、通り魔……何とでも考えられる。それより、お前の方ではこの男をどう見てたんだ？　本当に情報源になりそうだったのか？」

「分からん」沖田は正直に打ち明けた。「二回すっぽかされていることを考えると、悪戯だった可能性も否定できない。だけど話を聴いた限りでは、悪戯や嘘とは思えなかったんだ。本当に上野事件について何か知っていた——俺はそう判断している」

「すっぽかされたのはどうしてだと思う？」

「何か事情があったんだと思うが、その辺は聴いても何も言わなかった」

「夕べ、お前が待ってる最中に電話がかかってきたと言ってたよな？　もしかしたら、その時点でもうトラブルに巻きこまれていて、お前に助けを求めてきたとは考えられないか？」

沖田は黙りこんだ。夕べから何度も考えた可能性……もしもそうなら、自分は山岡のSOSに応えられなかったことになる。刑事としては大失態だ。

「まあ、あまり真剣に考えるな」宮下が慰めるように言った。「スマホの誤作動だったんだろう。それより山岡さんがどこから電話をかけてきたか、分からないか？」

沖田はしばし考えた。反応がなかった電話……聞こえていたのは、ホワイトノイズのような雑音だけだった。スマートフォンは、彼のバッグの中にあったのだろう。音を拾ってはいたが、居場所につながるような手がかりはなかった——沖田は、正直にそう打ち明けた。

「そうか……ちょっと、そっちの係長と話をするよ」宮下が受話器に手をかける。「今回は、ある程度協力し合って捜査した方がいいんじゃないかな。お前が、被害者と近い立場だったのは間違いないんだから。なあ、上野事件に関連して、山岡さんがトラブルに巻きこまれたとは考えられないか？」

「いや、それは……」沖田は口をつぐんだ。

「とにかく時間をくれ」宮下が受話器を取り上げる。

「ああ――その前に、ちょっといいか？」

「何だ」宮下が苛ついた口調で言って、受話器を自分の肩に押しつける。

「この署の喫煙《きつえん》場所はどこだ？」

「知らんよ」宮下が首を横に振った。「俺はこの所轄の人間じゃないし、もう煙草はやめたんだ」

「マジか？　お前、一日二箱ぐらい吸ってなかったか？」

「警部になった時にやめたんだよ。煙草を吸ってても、いいことは何もないからな」宮下の表情が歪む。

「ストレス解消にはなるぞ」

「精神のストレスが解消される代わりに、体がストレスを受ける。財布もだ――さあ、ちょっと時間をくれよ。お前らがいると話しにくいこともあるんだ」

沖田は席を立って、特捜本部を出た。西川と大竹も黙ってついて来る。沖田は一度一階へ降りて、受付で喫煙場所を確かめた。署の裏にある駐車場の一角――そんなところだろうと思っていた。

駐車場に通じる裏口から出ると、大きな吸い殻《がら》入れが二つ、置いてあった。覗きこむと、水面が見えないぐらい大量の吸い殻が浮いている……この署は喫煙者が多いのではないかと沖田は想像した。そもそも警察官は、世間の平均に比べて、まだ喫煙率が高いのだが。

沖田は無言のうちに煙草を一本灰にし、すぐに二本目に火を点《つ》けた。そこで初めて口を開き、西川に向かって「何でここへ来た」と訊ねた。

「安全弁」

「ああ?」

「お前、殴りこみみたいな勢いで飛び出して行ったじゃないか。誰かが止めないと、特捜と追跡捜査係の喧嘩になっちまう」

「宮下が担当でよかったな。持つべきものは、同期の係長だ」

「たまたまだよ……とにかくこの件、うちもある程度は協力することになりそうだな。お前、特捜に入ったらどうだ」

「許されるなら、そうしたいもんだ」沖田はうなずいた。

「それで——どんな気分だ?」

「どんな気分って?」沖田は目を逸らした。

「夕べお前と会ってたら、山岡さんは殺されずに済んだかもしれない」

「俺のせいだっていうのか」先ほど抱えこんだ自分に対する非難が、西川の言葉と共鳴する。そう、自分が会っていれば……話を終えた後、自宅まで送り届ければ無事だったかもしれない。

全ては仮定の話だが——やはり悔しい。人間は何度失敗してもやり直せる。一度の挫折で諦め、立ち止まってはいけない——沖田は常々そう考えて自分を鼓舞してきたが、その原則が通じないこともある。

　死は全ての終わりだ。あらゆる努力が無駄になるし、時間を巻き戻すこともできない。山岡の件については、これで終わりなのだ。自分は彼のために何ができただろう。何をすべきだったのだろう。

　嫌な思いだけが膨れ上がっていく。

7

「――というわけで、沖田は特捜に残りました」追跡捜査係に戻って、西川は報告した。

「了解してる。特捜からも連絡があった」鳩山がうなずいた。

「今回は、奴を特捜に貸し出す格好になるんですか？」

「そんな感じだな。特捜はまず、被害者の人となりを丸裸にしようとしている。そのために、沖田に徹底して事情聴取する必要があるわけだ」

「あいつは参考人ですか？」沖田は、自分を犯人扱いするのかと激怒していたが……。

「そんなものだ」

「あいつ、激怒しますよ」

「その時はほら、またお前が宥《なだ》めればいい」鳩山がニヤニヤしながら言った。

「俺はあいつのお世話係じゃないんですけどね……」西川はブツブツ文句を言った。

「それより、三輪君を招待する店、どうするかね？」鳩山が嬉しそうに訊ねる。

「ああ」西川は少しだけ意地悪してやることにした。「無事に戻りましたから、接待は俺がやりますよ。こんなことで、係長の手を煩わせるのは申し訳ありません」

「別に申し訳ないことはないけどね」鳩山が唇を尖《とが》らせた。

「係長……呑まないで済むならその方がいいでしょう？　係長の体に負担をかけるわけにはいきませんよ」

「別に負担ではないけどなあ……」

鳩山がぶつぶつ言ったが、西川は無視した。肝炎なら——本当かどうか疑わしい——酒は慎《つつし》むべきだ。そうでなくても、彼には体重を落とす必要がある。酒を呑めば余計なつまみを食べ、必要以上のカロリーを摂取してしまう。酔っ払ったら体を動かすのが面倒になり、摂取した分のカロリーを消費できない。悪循環を繰り返してきた結果のこの体形だ。彼もいい歳《とし》なのだから、肝炎の問題がなくとも、もっと自分の体に気を遣《つか》った方がいい。

何で自分が、鳩山や沖田に気を遣わなければならないのか——納得できないまま、西川は三輪を接待する店を探し始めた。

「いやいや、どうも……さすが、東京の人は洒落た店を知ってますな」

「そんなに洒落てるわけじゃない……この手の店、大阪にもあるだろう」

「ありますけど、自分から行こうとは思いませんな」

日比谷のガード下にあるこのイタリアンバルは、西川も何度か利用したことがあった。酒の種類が豊富で、つまみは安くて美味い。手軽に呑むのにちょうどいい店なのだ。

「しかし沖田さん、ついてませんな」言って、三輪がオリーブを口に放りこみ、すかさずビールを流しこむ。

「そうかい？」

「会うはずだった情報源に死なれる――いい気分やないでしょう。追跡捜査係が取りかかるはずだった仕事も、これで潰れたかもしれないし」

「まあな」

「重大事件なんでしょう？」

「殺しは何でも重大だよ」西川はうなずいた。「ただこの件は特に重大――とにかく、まったく手がかりがない事件だからな」

「えらい仕事をしてはりますなあ。私だったら耐えられませんよ」三輪が力なく首を横に振った。

「沖田だって耐えられないだろう。あいつは、こういうじっくりやる仕事は苦手だから」

「そうですか？」三輪が首を傾げる。「西川さんと二人、追跡捜査係の名コンビやと思いますけどねえ」

「冗談じゃない」即座に否定して、西川はハイボールを呷《あお》った。「追跡捜査係は人が少ないから、仕方なく組んでるんだ」

「いやいや、私から見れば名コンビですよ。そういう流れは、こちらの若い二人にも引き継がれている——そういうわけですな？」

「違いますよ」さやかが不満そうに唇を尖らせる。

「そうですか？　庄田青年とは名コンビに見えますよ」

「冗談じゃないです」庄田が慌てた様子で否定した。「コンビっていうのは、気の合う同士のことで——」

「気が合う合わないで仕事するなんて、プロとは言えないわね」さやかが鼻で笑った。「西川さんと沖田さんだって、普段は水と油じゃない？　でも、いざ仕事となったら息の合ったコンビネーションを見せる——それこそプロでしょう」

「そもそも息が合う必要もないよ」西川は苦笑した。だいたい追跡捜査係は、犯人逮捕に関《かか》わるぐらい捜査が進まない限り、個々に動くことが多いのだ。相手にするのは主に過去のデータだから、常に「組んで」取り組む必要もない。

「まあまあ、警察の仕事はいろいろ難しいもんですよ」三輪が三人を慰めるように言った。

「で、今回は？」

「いつもと同じような仕事ですわ。向こうで捕まえた泥棒さんが、東京での余罪《よざい》を吐きましてね。その裏取りです」

「順調に済んだ？」

「ま、何とか」軽い口調で言ったものの、三輪の表情は微妙に暗かった。「田園調布《でんえんちょうふ》ですか？　生まれて初めて行きましたけど、えらい気取った街ですな。お会いしたのが妙齢のご婦人でしてね、まるでこっちが泥棒みたいな目で見はるんですわ。被害届も出してて、犯人は無事に捕まったのに、何であんな感じになるんですかねえ」

「泥棒に入られたことを、恥ずかしいと思う人間もいるんだよ」

「確かにね」三輪がうなずいた。「周りの家はどこも、警備会社と契約してましたな。その家だけ、玄関先にシールがなかった……警備会社に払う金がないのが恥ずかしいんとちゃいますかね？」

「あのシールは、警備会社と契約してなくても貼《は》る家があるよ。一種の魔除《まよ》けみたいなものだ」

「変なところで見栄《みえ》を張るんですな。とにかく、よう分からんですわ。大阪のオバハンやったら、『すぐに金を取り戻して！』って大騒ぎするところやけど」

笑いが弾《はじ》けたが、西川の気は晴れなかった。沖田の件が——山岡の死が、心に重くのしかかっている。死なずに済んだ人が死んだ、という感覚が強いのだ。もしも自分が沖田に手を貸していたら、事態は違う方向に動いていたのではないか？

表面上は明るく一次会が終わった。さやかと庄田は先に引き上げ、西川は珍しく二軒目もつき合うことにした。というより今は、あまり家に帰りたくない……義母の暗い顔を見ていると、自分の無力さを実感させられて辛いのだ。

「しかし、銀座《ぎんざ》で呑むような日が来るとは思ってもいませんでしたよ」三輪が感慨深げに言った。

「銀座だからって、特別なわけじゃないよ。この辺——八丁目付近には、安い店も多いんだ。銀座自体、六本木《ろっぽんぎ》や赤坂《あかさか》に比べれば、呑み屋の値段という意味では良心的かもしれない」

八丁目の中——外堀通りと中央通りに挟まれた一角には、呑み屋が入ったビルが林立している。二人が入ったのは、古いビルの三階にある「ケンタッキー」という名のウィスキー専門店だった。名前がイメージさせる通り、珍しいバーボン専門店である。二人ともジャック・ダニエルのオン・ザ・ロックを頼んでいた。

「こういう店、自分で発掘したんですか？」

「いや、先輩から教えてもらった」

「いい先輩がいるんですなあ」

「いい先輩かどうかは分からないけどね」

西川は思わず苦笑した。高城賢吾《たかしろけんご》——失踪人《しっそうにん》捜査課第一分室の室長である。プライベートでは不幸な過去を背負った男なのだが、仕事の腕は確かだ。お荷物部署の失踪課では、分室長というナンバーツーの立場でありながら、実質的に課を取り仕切っている。問題は呑み過ぎること——未だに、仕事場の自分のデスクに、サントリーの「角」を忍ばせているらしい。警察官としてはあるまじき行為だが、何故か問題にならない。警察は身内に甘い——不幸な過去に悩まされ続けた高城が、酒で気を紛らして仕事に邁進《まいしん》してくれるならそれでいい、というぐらいに考えていた上司が多かったのだろう。

　高城は基本的に、家で一人じくじくと呑むタイプなのだが、ここは珍しく、彼がかつて行きつけだった店だという。

「沖田さん、相当ダメージを受けてはるんやないですか」

「だろうな」西川はうなずいた。「責任感の強い男だから。というより、何でもかんでも自分一人で背負いたがる」

「沖田さんらしいですなあ」

「そうかい？」

「仕事がないと、暇で調子が狂うタイプでしょう」

「働き方改革の波についていけない、古い奴さ」自分も同じようなものだと思いながら、西川は言った。やり方が違うだけ……自宅へ戻っても、寝る直前まで古い捜査資料を読みこんでいる西川も、明らかにワーカホリックだ。自分で「趣味」と思いこんでいる――納得させようとしているだけの話である。

「まあ、話を聞いただけでも、上野事件っていうのはかなり難しそうですね」

「筋が悪いんだよ」西川は認めた。

「ただ、筋が悪くても、沖田さんは諦めないでしょうなあ。しつこい人だし、亡くなった人に対する義務感みたいなものも強いでしょう？」

「そこが問題なんだよな。今回亡くなったのは犯人でも被害者でもなくて、情報提供者

――もちろん、追跡捜査係にとっては大事な人だけど、とにかく関係は薄い。そもそも一度も会ってないんだからな。それでも責任を感じて仕事をしていたら、あいつは精神のバランスを崩すかもしれない」

「そうなったら、西川さんがフォローしてあげるんでしょう？　名コンビなんやから」

「俺の方では、そういう意識はまったくないよ」

「またまた……名コンビといえば、さっきの若手二人――三井さんと庄田君ですけど、つき合ってるんですか？」

西川はバーボンを吹き出しかけ、口元を手で拭った。

「馬鹿言うなよ」

「そうですか？」三輪が不思議そうな表情を浮かべる。

「さっき、二人を見てて分からなかったか？　あれこそ、水と油だよ」

「いやあ……そうですかねえ？　お互いを見る時の目つきとか、いかにも怪しい」

まさか……あの二人が互いに嫌い合っているのは明らかだ。西川はむしろ、二人が衝突せずにきちんと仕事が転がるよう、あれこれ気を遣ってきたぐらいである。

「それはあり得ない」西川は否定した。「こっちは毎日、二人の仲の悪さに困りきってるんだよ。仕事で組ませないように、気をつけてるぐらいなんだぜ」

「毎日見てると、かえって気がつかないこともあるんやないですかね」三輪がニヤニヤと笑った。「こう見えても、私は人間観察の名人なんですよ。あいつとあいつはできてる

――そういう勘は大抵当たりますな」

「いや、しかしあの二人に限ってそれはない。保証するよ」

「別に、保証してもらわんでもいいですわ。西川さんも、案外人間観察は下手やないですか？　人間観察というか、男と女のことになると観察眼が鈍るというか」

「そんなこともないけどな」

もしも三輪の観察が当たっていたらどうなる？　どうもならないかもしれない。ただ、追跡捜査係の状況が、少しだけややこしくなる可能性はある。二人が結婚などとなったら、どちらかを異動させねばならないだろうし。

勘弁してくれ。それでなくても、ややこしい事件で頭がいっぱいなのだ。


家に戻って、十時過ぎ……美也子が心配そうに迎えてくれた。

「大丈夫？　こんなに遅くなるなんて、珍しいわね」

「大阪から、知り合いが出張で来ててね。恩のある男だから、少し返しておかないといけなかったんだ」

「だいぶ呑んだんですか？」

「いや、そんなこともない」深刻な話も出て、酔いに身を任せる気にもなれなかった。とはいえ、さすがに普段と同じ状態ではない。「風呂《ふろ》に入って寝るよ。今日は調子が狂った」

「コーヒーは？」

「やめておく。もう遅いから」

風呂にゆったりと浸《つ》かりながら、西川は額《ひたい》を揉《も》んだ。かすかな頭痛……やはり、少し呑み過ぎたのかもしれない。さっさと寝て明日に備えるのが一番だが、何となく布団に入る気にもなれない。

結局、風呂から上がると、ミネラルウォーターを一本持って書斎に入った。風呂上がりでも、さすがに一月は冷える……足元用のヒーターをつけると、書斎全体がすぐに温まった。身動きが取れないほど狭い場所の利点は、エネルギー効率が高いことだ。

スマートフォンを確認する。メール、電話の着信はなし。沖田が泣き言——文句を言ってくるのではないかと想像していたのだが……まあ、上野事件については、しばらく沖田に任せておこう。泣きついてきたら助ければいい。自分はあくまで、新宿事件に注力……今のところ、新しい手がかりはまったくないのだが。

事件の発生は十年前、捜査支援分析センター《SSBC》が発足する直前だ。SSBCは、ネット犯罪などに対応するため、ITを駆使した捜査を推し進めるために設置された部署で、警視庁プロパーの警察官と、民間からリクルートされた特別捜査官の混成部隊だ。今は、AI、ビッグデータを生かした捜査を進める中で、「事件解決」から「犯罪防止」への新たなフェーズに入りつつある。AIの深層学習によって、犯罪が起きやすい場所、時間帯などを割り出し、犯罪防止のために警察官を重点的に配置しておくことも可能になる。

それにはもう少し時間がかかるだろうが、今も街頭の防犯カメラをフル活用した捜査手法には定評がある。映像を次々に確認し、現場から逃走した犯人の足取りを追う。所轄や本部の他の部署でも同様の捜査は行うが、ＳＳＢＣは専門家の集まりなので、動きが速く正確だ。

ただし十年前には、防犯カメラは今ほど多くなかった。犯人の姿が映っていても、それはあくまで「点」としての存在であり、具体的な動きを「線」として捉《とら》えるのは難しかっただろう。

新宿駅構内で犯行に及んだ犯人は、どこへ逃げたのか。

新宿駅は鉄道の拠点である。外へ出れば、交通量の多い甲州街道がすぐ前を走っているので、どこへ逃げるにも便利だ。現場で凶器は発見されておらず、犯人が持ち去ったと推測されていたが、仮に血まみれの包丁をコートの中に隠しても、タクシーを拾えば、ばれずに簡単に逃げられるだろう。人通りの多い駅の構内で通り魔事件を起こすような犯人の精神状態は、普通の人のそれとは明らかに違うはずだ。平然として、一切怪しい態度を見せていなかったのではないだろうか――仮にタクシーに乗ったら、だが。これも、今となっては時代の変化を感じさせる話である。今なら、事件事故対策としてタクシーにはほとんどドライブレコーダーが装備されており、逃亡犯の姿が映っていてもおかしくないわけだ。運転手が気づかなくても、その映像を別の人間が見れば異変に勘づく可能性もある。

そう考えると、平成の後半――二十一世紀になってからの技術の発達には、警察も恩恵を受けてきたと言える。昔なら取り逃がしていた犯人の痕跡《こんせき》が、データとしてどこかに残っていることも珍しくないのだから。もちろん、それに頼り過ぎると失敗する。どれだけ技術が発達しても、捜査において最終的に判断するのは人間だ。当たり前の事実を西川は噛《か》み締めた。
人間が犯した罪に対するのは、自分たち刑事――人間だ。当たり前の事実を西川は噛《か》み締めた。

調書をひっくり返すと、一つ気になる証言に行き当たる。以前から引っかかってはいたのだが、まだ深く解析していなかったのだ。

新宿事件で、一人だけ、具体的に現場の様子を証言している人がいた。犯人の特徴を非常に詳細に証言し、当時の特捜本部はその情報にしばらく引っ張られてしまった。

男は百八十センチ以上はありそうな長身で、片足を明らかに引きずっていた。顔には、特徴のある傷跡――顎に、長さ二センチほどの醜く太い傷跡が走っていたという。足と顔、二つの怪我から、何か事故、あるいは事件に巻きこまれたのではと特捜本部は見立てていた。病院等での聞き込みが続いたが、そういう怪我を負った人間が治療に訪れた形跡はなかった。あるいは都内に住む人間ではないかもしれない……結局この捜査は「外れ」だった。証言が信用できないわけではなかったが、他に同様の証言がなかった以上、犯人像と直接結びつけるには無理がある。

この件が、どうにも引っかかっていた。重大な事件が起きると、嘘の垂れ込みをしてまで警察をからかう人間がいるのも分かる――実際にそういうことはあった。これもそういうケースだったのだろうか？　しかし、当時の特捜本部がこの情報を重視し、裏取りに動いていたのは事実である。多くの刑事が「悪戯ではない」と判断して捜査を始めたのだから……こういうことに関して、刑事の勘はよく働く。証言者の顔を見ただけで、嘘か本当か、かなりの確率で当てられるものだ。

この件については、様々な推測ができる。情報は確かだったが、特捜本部が詰め切れなかった、目撃者の記憶が曖昧だった、初めから警察をからかってやろうと偽情報を提供した——どれであってもおかしくはない。

とはいえ、これが当時唯一の頼りになる証言だった。西川は、面倒な捜査をしなければならないだろうと決心を固めた。当時、この証言者を調べた刑事に話を聴き、ニュアンスを感じ取るのだ。必要とあらば、証言者本人にも会って、西川自身が証言の真偽を確認する必要がある。

日比野《ひびの》正恭《まさやす》、三十歳。携帯電話の番号と住所も記載されていた。かすかに酔いが残る頭に、西川はデータを叩きこんだ。

8

沖田は、不機嫌な表情を浮かべたまま北多摩署に出勤した。

それにしても……夕べのことを思い出すと、またむっとしてしまう。夕方から夜にかけて二時間ほど、強行犯係の担当刑事にみっちりと事情聴取を受けたのである。警察の中で唯一山岡と接触した人間だから当然だ、と割り切ろうとしたが、どうにもモヤモヤする。あれはまるで取り調べだった。逆の立場だったら、自分も同じようにしたかもしれないが……いずれにせよ、取り調べを受けるのはいい気分ではない。

それでも、警察の中で自分が山岡に一番近いのは間違いない——そう思って気持ちを鼓舞しようとしたのだが、「誇り」は朝の捜査会議で早くも潰れた。特捜本部の刑事たちは、昨日のうちに山岡のプライベートをほぼ丸裸にしてしまったのだ。中には、沖田が知らない情報も大量にあった。

出身は鳥取《とっとり》県。都内の大学を卒業した後、新宿に本社のある大手食品会社「LGフーズ」に就職。二十七歳で会社の同僚と結婚して、三十歳で長女が生まれた。新百合ケ丘の家を購入したのは三十九歳の時。同時期に会社では課長補佐に、四十二歳で課長になっていた。まず、順調な出世ぶりと言っていい。会社では宣伝畑をずっと歩いてきて、将来的には役員候補とも見なされるようになった。

朝の捜査会議で明らかにされたプロフィルを、沖田はメモ帳に書き殴った。これを見れば、いかにも順風満帆、幸せな四十三歳の姿が浮かび上がってくる。会社では順調に出世の階段を上がり、家族にも恵まれ、人気の郊外の街に戸建ての家も購入——これまでの人生と、今回の彼の行動の整合性が取れない。小さな幸せを絵に描《か》いたような人生を送ってきた人間が、どうして未解決の通り魔殺人事件の犯人を知っているのだ？　妙に暗い影を感じ、沖田は疑心暗鬼になった。

捜査会議では、沖田は「オブザーバー」として紹介された。唯一被害者を知る刑事として、彼の生活、交友関係等の掘り下げを担当する——強行犯係の刑事として特捜に入っても、同じような仕事を担当しただろう。

捜査会議が終わると、沖田は宮下と少し話した。

「どうする？　誰か相棒をつけてくれるのか？」

「そうすると、お前は完全に特捜本部の人間になっちまうだろう。それはどうかな」

「俺は別に構わないけど」

「いろいろと、手続きが面倒なんだよ」宮下が面倒臭そうに首を横に振った。「とにかく、自由に動いてもらって構わない。何か分かったら、こっちにも教えてもらうということで……どうだ？」

「じゃあ、俺はあくまでオブザーバーとして……遊軍的に勝手に動いてみるよ」

「頼む」

宮下はすでに視線を下に向けていた。オブザーバーとして働かせるなら、もう少しいい扱いをしてくれてもいいのだが……まあ、この方が都合がいい。一人で動き回る方が性に合っている。

一階に降りると、誰かとぶつかりそうになった。思わず「おい！」と声を荒らげてしまったが、相手が被害者支援課の村野《むらの》秋生《あきお》だと気づいて「すまん」と小声で謝った。事件・事故の被害者支援を担当する村野は、自身、事故で膝を負傷した。今でも、歩く時には足をかすかに引きずる。

「沖田さん」村野が驚いたように目を見開く。「こんなところで何してるんですか？　まさか、特捜にまで首を突っこんでるんじゃないでしょうね？」

「突っこんでる、はひどいな」沖田は耳を掻《か》いた。「被害者と、ちょっとしたつながりがあってね」

「知り合いですか？」

「知り合いになる直前という感じかな」

「何ですか、それ」

沖田が簡単に事情を説明すると、勘のいい村野はすぐに状況を呑みこんだ。

「すごい偶然ですねえ」

「まあな……で、お前は？　被害者家族の相手か」

「もちろん、この事件の関係です」村野がうなずく。「昨日からずっとうちの人間が担当してます。今日は、奥さんがここで事情聴取を受けるんで、俺がつき添いです」

「一課の邪魔をするなよ」

「そちらこそ、被害者支援の邪魔はしないで欲しいですね」

この辺のやりとりは、いつも平行線をたどる。沖田の感覚では、犯人を捕まえることこそ、最大の被害者支援なのだ。しかし村野は、捜査のために被害者の気持ちが犠牲になってはいけないという持論を絶対に曲げない。そのために、被害者に対する事情聴取に立ち会い、途中で「待った」をかけることもしばしばだった。捜査一課では、とにかく受けが悪い。

「まあ、あまり一課をいじめるなよ」沖田は一歩引いた。

「こっちはいつも通りにやるだけですよ。沖田さんも、たまには支援課の研修に参加して下さい。学ぶことは多いですよ」

「そんな時間、あるかよ」

ニヤリと笑ってみせて、沖田はその場を立ち去った。村野がずっとこちらを見ている気がしたが、敢えて振り向かない。本気の喧嘩をするつもりはなかった。

さて、ここからは自分の仕事の時間だ。沖田は両手で頬《ほお》を張って気合いを入れ、大股で署を出て行った。


とはいえ、どこを当たるべきか……家族には、特捜の刑事たちが事情聴取中。会社にも当然、刑事たちが派遣されているだろう。とすると、今の沖田にできるのは、近所での聞き込みぐらいだ。地味な作業だが、被害者の人となりを知るには悪くない方法である。マンションしかないような都心部では、隣に住んでいるのが誰かも分からないことが多いが、一戸建ての民家が並ぶ街では、多少は近所づきあいがある。沖田はそこに賭《か》けた。

だが、なかなかいい証言者に行き当たらない。結婚後、会社を辞めて専業主婦になった妻は、近所づきあいがあるだろうが、昼間は基本的に会社にいる山岡は、近所の人とは挨《あい》挨《さつ》を交わすぐらいの関係ではないだろうか。

ようやくまともに話してくれる人を見つけたのは、昼前だった。運のいいことに、元神奈川県警の警部補。十年前に定年で辞めたと言っているが、今も隣近所に目を配っているのは、少し話しただけで明らかになった。

「あんた、一昨日《おととい》の夜にこの辺にいただろう」

「いましたよ」誤魔化《ごまか》してもしょうがないと思い、沖田は認めた。

「やっぱりね。しかし、張り込みの時は車を用意してくるのが普通じゃないか？」

「普通の張り込みじゃなかったので」

「だったら、どういう張り込みだ？」

「それは、業務上の秘密ということでお願いできませんか？」元警察官というのは、何かと扱いにくい。こちらの手の内がよく分かっているし、辞めた今でも、勝手に仲間だと思っている。自分はこういうジイさんにはならないようにしよう、と沖田は心に刻んだ。

「まあ、いいか。取り敢えず、庭の方に回ってよ」

「いいですか？」

「今日は天気もいいし、外で話すのもいいだろう」

言われるまま、玄関脇《わき》から庭に回る。「猫の額」という表現が相応《ふさわ》しい狭い庭だったが、枯れてはいても一応芝が敷かれ、背の低い木が二本、植えられていた。確かにいい天気……冬の陽光がたっぷり降り注ぎ、風もないので暖かい。沖田は「陽だまり」などという言葉を思い出していた。

最近では珍しい縁側がある。そこに座るよう、高木《たかぎ》は沖田に勧めた。

「お茶でもどうだい？」

「いや、勤務中ですので……」そう言ってから、沖田は金属製の立派な灰皿が縁側に置いてあるのに気づいた。「それより、煙草、いいですか」

「ああ、どうぞ」

嬉しそうに言って、高木も胡座《あぐら》をかき、煙草に火を点けた。沖田もそれにならう。久しぶりの煙草……考えてみれば、今日はまだ二本目だ。

「最近、外でも煙草が吸えなくて困るだろう」高木が面白そうに言った。

「そうなんですよ。この辺も、路上喫煙禁止じゃないですか？」

「ああ」深刻そうな表情を浮かべて高木がうなずく。「確かにポイ捨てはよくないけど、煙草を吸うこと自体が禁じられてるみたいで嫌だね。俺は現役時代、いつも携帯灰皿を持ち歩いて、吸い殻は自分で始末してたよ」

「副流煙が……と言われると肩身が狭いですけどね」

「外で吸ってたら、煙なんかあっという間に拡散しちまうじゃないか。副流煙の被害がどれだけ深刻なのか、疑問だね」文句を言いながらも、高木は美味そうに煙草を吸った。

「それで、山岡さんのことなんですけど……」

「まさか、殺されるなんてねえ」高木が眉間に皺を寄せる。「事件に巻きこまれるようなタイプには見えなかったけど。通り魔か何かかい？」

「特捜ではまだ結論を出していませんが、個人的には違うと思います」

「というと？」

「遺体の発見現場は、ここから少し離れています」直線距離にしたら八キロ程度だ。車があればそれほど遠くないが、電車やバスだと面倒……何度も乗り換えが必要だ。「普段の山岡さんの行動パターンからは外れた場所です。通り魔とはちょっと違いますね」

「遺体は川で発見されたと聞いたけど」

「ええ」沖田はうなずいた。

「それも通り魔っぽくないね。通り魔だったら、遺体を始末することなんか考えないだろう」

「仰《おっしゃ》る通りです。さすが、先輩だ」

「いやいや、それぐらいは素人さんでもちょっと考えれば分かるよ」そう言いながら、持ち上げられて高木は機嫌よさそうだった。

「それで……先輩の目から見て、山岡さんはどんなタイプだったんですか？」

「普通の真面目なサラリーマンだよ。彼、ちょうど駅へ行く途中でうちの前を通るんだ。俺が家の前を掃除している時間とよくぶつかるんだけど、必ず『おはようございます』ときちんと挨拶してくれるからね。最近、そんな風に声を出して挨拶してくれる人は珍しいんだ」

「確かにそうですね」

「二年ぐらい前かな……町内会の役員で一緒になった時に、顔見知りになったんだ。彼は広報委員で、町会報の編集を担当してたんだけど、きっちり真面目にやってくれた」

「町会報なんか作ってるんですか？」

「ああ」

「活動、盛んなんですね」

「この二十年ぐらいで一気に人口が増えたし、子どもも多い街だから、そういうのはちゃんとやらないとね。人が少ない街なら、町内会の活動どころじゃないだろうけど、ここは違うんだ」

「なるほど……高木さんは、この辺では古いんですか？」

「俺もそんなに古いわけじゃない。退職する少し前にここに家を建てたから——十五年ぐらい住んでることになるかな」

「山岡さんは、その後に引っ越してきたわけですね」

「そうなるね。そう考えると、俺なんか、この街ではもう古株の部類に入るわけだ。でかいマンションもできて、街全体がずいぶん賑やかになったよ。知ってるかい？　こんなところのマンションでも、億に届く物件があるんだよ」

「今は人気の街ですからねえ」

「俺が家を建てた頃は、まだ色々不便だったけど、今は便利になったからね。ここに住むのは、山岡さんの奥さんの希望だったらしい。彼も、通勤に便利だから助かるって言ってたな」

「会社は新宿ですからね」

小田急線で、新宿から快速急行に乗れば三十分もかからない。都心の会社に勤めるサラリーマンとしては、恵まれた環境だ。

「変な話、この辺で一戸建てを買うとどれぐらいするんですか？」

「そりゃあ、広さによって色々だけど、ここぐらい駅から離れた場所だと、普通のサラリーマンでも何とか手が出せるぐらいの値段じゃないかな。ちなみに俺が買った時には、四千万円台だった」高木が明け透けに打ち明けた。

「結構な値段ですね」

「そうだねえ。でも、まあ、あれだよ。警察官っていうのは、公務員の中でも給料はいい方だしね」

沖田は無言でうなずいた。山岡の家は四千万円台か五千万円台か……三十五年ローンを組んで、どこまで返し終えたのだろう。おそらくローンの残金は保険で賄われるはずだから、家族に負担がかかることはないはずだ。それで家族の苦しみが消えるわけではないだろうが。

「で、どうだい？　今のところ、何か手がかりは」

「ないですね」

「捜査の秘密は言えない、か」高木がニヤリと笑った。

「昨日の今日ですから、そもそもまだ動きはないようです」

「何だか中途半端な言い方だね。他人事《ひとごと》みたいじゃないか」

「ああ……私は手伝いのようなものなので」

「手伝い？」

元警察官の高木に適当なことを言っても通用しないと思い、沖田は正直に事情を打ち明けた。高木が感心したようにうなずく。

「なるほど、警視庁にはそういう部署があるんだね」

「ええ」

「しかし、山岡さんが情報提供？　変だな」

「そうですか？」

「そういうことをしそうにない人っているじゃないか」

「そう……ですかね」

「彼、警察は好きじゃないんだよ」

「何でそんなことを知ってるんですか？」沖田は目を見開いた。

「町内会の役員だった時に、俺が昔警察官だったっていう話をしたんだ。そうしたら彼、高校生の頃に警察に疑われて酷《ひど》い目に遭った、と零《こぼ》してね」

「何かやらかしたんですか？」

「いやいや、ただの誤解……高校の同級生が、彼にカツアゲされたって両親に訴えて、両親が警察に相談したそうなんだ。それで散々事情聴取をされた」

「ほう」そういうタイプ——恐喝しそうな人間なのだろうか？　見た目はいかにも真面目なサラリーマンに見えたのに。自分は山岡のことをほとんど知らないと改めて思う。

「認識の相違だったらしいよ。彼は貸した金を返して欲しい、向こうは強引に取り立てされた——その額は、二千円だったんだけどさ」

沖田は思わず声を上げて笑ってしまったが、すぐに真顔になってうなずいた。高校生にとっては、二千円でも大変だろう。

「その時担当したのが、交番勤務の中年の巡査長だったみたいでね。ほら、いるだろう？　巡査部長の試験にも通らず、お情けで巡査長になっただけで、だらだらと警察官人生を送るような奴」

「いますけど、担当していた警察官は本当にそういう人だったんですか？」

「話を聞いて、簡単に想像できたね」高木が自分の言葉に納得したようにうなずく。「本当にしつこくて、何度も家に押しかけてきたり、偶然を装ったんだろうけど、学校を出てきた瞬間に出くわして、その場でしつこく話を聴かれることもあったらしい。高校生にすれば、トラウマだろうね」

「何でそんなに目をつけられたんですかね」

「それが、本人にもまったく分からなかったらしい。山岡さんは、高校の時は鳥取県の大会で上位に入賞するぐらいのバドミントンの選手だったらしいよ。勉強の方も——それは本人がはっきり言ったわけじゃないけど、高校の名前を聞いたから調べてみたら、鳥取県内では五本の指に入る進学校だったんだ」

「文武両道ですか」

「悪い連中がいる高校に通ってたら、警察に目をつけられてもおかしくはないけど、いい学校の生徒は、警察もあまり気にしないんだけどねえ」高木が首を傾げる。

「分かります」沖田はうなずいた。たまたま、妙なことにこだわりを持つ警察官の気を引いてしまったのだろう。

「疑いは晴れたんだけど、それ以来警察は苦手だって言ってた。あれは、『苦手』というより『嫌い』な感じだね。彼自身は、ちゃんとした倫理観と正義感の持ち主だと思うけど、だからと言って警察に協力するとは限らない、ということだよ」

「分かります。一般市民に対する時は、態度に気をつけないといけないですね」

「まったくだ」高木が煙草を灰皿に押しつけた。「しかし、あなたに情報提供してきた人は、本当に山岡さんだったの？　いくら重大な未解決事件だからって、彼が警察に情報提供するとは思えないんだけどなあ」

「今話を聞いて、私も疑問に思いましたよ。でも、彼が私に接触してきたのは間違いないんです。電話でですが、何回か話していますしね」

「まさかと思うけど、あなたが追いこんだ可能性はないの？」

「それは……ないと信じたいですけどね」
沖田も煙草を揉み消した。山岡の人となりは少し分かってきたが、捜査の手がかりにはならない。捜査とは、小さな事実の積み重ねだと分かってはいるが、早くも小さな疲労感を抱えることになった。

一つだけ幸運だったのは、会うべき人の「つながり」ができたことだった。次に会ったのは、高木に紹介された石神豊子《いしがみとよこ》という女性。新興住宅地であるこの辺にしては珍しく、戦前からの住人だという。高木いわく「地主」。それを聞いて、沖田はすぐに合点がいった。大規模開発で、自分の持つ土地を提供する人は少なくない。相続税の関係で、仕方なく先祖代々の土地を手放すケースは、東京や神奈川などの首都圏ではよくある話だ。高木によると、豊子もやはり元々の地主で、この辺で手広く農業をやっていたらしい。ただし二十年ほど前に夫を病気で亡くし、それを契機に土地の大部分を手放すことにしたようだ。子どもたちは農業を継ぐつもりはなく、家や土地にも執着がなかったので、耕さない土地を持っていても意味はなかった――他の石神家の人間も、特に土地を持ち続けることにこだわらなかったので、自宅の土地、それに畑の一角を残して開発業者に売り払ってしまったそうだ。その年は、神奈川県内の高額納税者番付に載ったらしい――と、高木はいらぬ情報まで教えてくれた。いかにも警察官らしい……多くの警察官は、他人の人生に首を突っこむことを仕事にしている。そういうことをしているうちに、噂話は趣味にもなってしまう。現役を引退しても、そういうのは変わらないということだろう。

豊子の家は、塀に囲まれた立派な一戸建てで、塀の長さを見ただけでも敷地の広さが分かる。長屋門というのだろうか、塀と一体になった建物の中央付近がくり抜かれるような形で入り口になっている。田舎の旧家でよく見る造りだ。とはいえ、家自体は何百年もの歴史を刻んできたとは思えない。そこそこ古いものの、昭和後期――あるいは平成になってから建てられたものかもしれない。土地を処分する際に、自宅も建て替えたのだろうか……もっとモダンな家にする選択肢もあったはずだが、昔から馴染んだ家の雰囲気を敢えて再現したのかもしれない。

開け放たれた門に入ると、すぐに広い庭がある。これも農家でよく見る造りだ。母屋には人の気配はない……が、玄関に向かって一歩を踏み出した瞬間、ドアが開いた。沖田を見た豊子らしい女性が、怪訝そうな表情を浮かべる。沖田はすぐにバッジを取り出し、少し大きな声で「警察です」と告げた。

「そんな大声を出さなくても聞こえますよ」

「石神さん――石神豊子さんですか？」

「そうです」

「ちょっとお話を聴かせてもらいたいんですが、時間をもらえますか？」

「ああ……まあ、どうぞ」

乗り気ではないが拒否もしない――よくある態度だ。あまり用心させないために、沖田は庭で立ったまま事情聴取することにした。

「近くに住んでいる山岡卓也さんが殺されたのは、ご存じですか」

「テレビのニュースで見ました。びっくりしましたよ」豊子が目を見開く。

「山岡さんのことを調べてるんですが……」

「ああ」豊子がうなずく。「だったら、ちょっと出ましょうか」

「何ですか？」

「裏へ行くだけですよ」

豊子はしっかり戸締りしてから、ゆっくりと歩いて外へ出た。背中は少し曲がっているが、歩みはしっかりしている。豊子は家をぐるりと迂回《うかい》するように歩いて裏に出た。畑が広がっている——相当広い畑で、ネギなどが植わっているのが見える。一人でこの畑全部の面倒を見ているとしたら、大したバイタリティだ。沖田は豊子の年齢を、見た目で八十歳前後と判断していたのだが。

「ここの一角を、山岡さんに貸していたんですよ」豊子が打ち明ける。

「そうなんですか？」

うなずき、豊子が畑に入った。革靴の沖田は一瞬躊躇したが、すぐに彼女の後に続いた。このところまったく雨が降っていないせいで、土は完全に乾いている。

豊子が立ち止まる。下を見ると、確かに「山岡」と手書きされた小さな看板が刺さっていた。

「これは……どういうことなんですか？」

「家庭菜園の延長みたいなものですよ。私はもう、この広さの畑は世話できないけど、遊ばせておくのももったいないでしょう？　教育委員会に知り合いの人がいて相談したら、市民農園みたいにして貸し出したらいいって言われましてね。畑仕事は、子どもの情操教育にもいいからって」

「なるほど。それで、山岡さんも借りてたんですね？　いつ頃からですか？」

「二年ぐらい前ですかね。平日は奥さんが来て面倒を見てましたけど、週末には山岡さんが娘さんと一緒に来てましたよ。娘さん、中学生だから、土で汚れるのは嫌がりそうなものだけど、喜んでやってました」

「山岡さん自身はどうでした？」

「会社員を辞めて、農業をやりたいって言ってましたね。そもそも、この畑を借りに来たのも山岡さんでしたし」

沖田は、山岡の小さな家を思い浮かべた。あそこには庭もないはずで、土いじりをしたくてもできない。

「今時農業をやるのは大変よって言いましたけど、本人は結構本気だったみたいですよ。会社でもうしばらく働いたら、何とか田舎に土地を手に入れて、本格的に農業をやってみたいって」

「そうですか……」

意外な一面である。意外というか、沖田は再び、山岡のことをほとんど知らないのだと思い知らされていた。一度も直接会っていないのだから当然とも言えるが、刑事としては情けない限りだ。特捜の連中も、ここまでは摑んでいないはずだ、と自分を勇気づける。同僚にも出し抜かれたくなかった。

「何で殺されるようなことになったんですか」豊子が、かすかに抗議するような口調で訊ねる。

「それは今……調べています」

こういうことしか言えないのが、実に情けない。事件は被害者、被害者家族だけではなく多くの人を傷つけ、影響を及ぼす。山岡の場合、会社の人間も困っているだろうし、近所づき合いのあった人たちも悲しんでいる。「山岡さん、どんな人でした？」沖田は気を取り直して訊ねた。

「穏やかな人でしたよ。自分は鳥取の田舎の生まれだから、土があるとほっとするって言ってました。本当は、もっと田舎の方に家を買いたかったけど、そうすると通勤だけで疲れてしまうと……勤め人の方は、大変なんですね」

「東京は特に大変ですね」沖田は相槌《あいづち》を打った。

「マイホームパパ……今時、そんな風には言いませんか？」

「あまり聞きませんけど、意味は分かります」

「ご家族が大事だったのね。畑を借りたのは、自分がやりたかったからだろうけど、娘さんと一緒の時間も楽しみたかったんじゃないかしら。平日は、山岡さんも娘さんも忙しいですからね。土日ぐらい、娘さんとゆっくり畑仕事でもやりたかったんでしょう」

「共通の趣味、みたいなものでしょうか」

「そうかもしれませんね。仲がいい親子だったんですけどねえ」

「娘さん、悲しんでいるでしょうね」

「悲しんでいるというより、ショックなんじゃないかしら。まだ中学生だし……」

「そうでしょうね」

沖田はうなずいたが、頭の中は混乱するばかりだった。穏やかで家族思いの男が、どうして上野事件の犯人を知っていたのだろうか。もちろん、警察に対する悪戯、嫌がらせだった可能性も捨てられないが、人柄を知るに連れ、彼の狙《ねら》いが理解できなくなってくる。どうしたものか。自分以外の刑事は、きちんと捜査を進めているのだろうか。自分だけが重要な事実を摑めないままではないか？　一人で捜査するのは気楽なものだが、情報共有が遅れてしまうのは困る。まあ、今回はあくまでオブザーバーで、特捜本部に組みこまれたわけではないのだが。

中途半端な立場は、沖田を不安にさせる。

9

西川は、嫌なことは早く済ませようと決めた。十年前の新宿事件で特捜本部にいた刑事・東田《ひがしだ》に会うことにしたのだ。

東田は、当時既に五十五歳のベテランで、定年後もしばらく嘱託として交番勤務をこなし、昨年末に完全に引退したばかりだった。

この男から話を聴こうと思ったのは、何よりOBだからである。十年前の特捜本部に参加していた刑事のほとんどは今も現職だが、現職警察官に未解決事件のことを聴くのはなかなか難しい。どんなに図太い警察官でも、未解決事件は「傷」として残っているものだ。それを突かれると——特に内輪の人間から追及されると苛立つ。怒りを爆発させる人間さえいる。OBならそこまで怒らないだろう、という計算があった。

西川は予《あらかじ》め電話を入れて、東田にアポを取った。「午後にして欲しい」ということだったので、警視庁の食堂で昼食を済ませてから一人で出かける。

東田は、都営新宿線菊川《きくかわ》駅から歩いて五分ほどのところにあるマンションに住んでいた。途中、「長谷川平蔵《はせがわへいぞう》　遠山金四郎《とおやまきんしろう》屋敷跡」というモニュメントを見つけて、つい足を止めて説明文を読みこんでしまう。火付盗賊改《ひつけとうぞくあらため》、そして町奉行の屋敷がこんなところにあったのか……二人とも、自分たち警察官の大先輩と言えないこともない。まだ真新しい金属製のオブジェは現代彫刻のようなデザインで、江戸の歴史を伝えるには合っていないような気もしたが。
　一人でいた東田は、すぐに西川を家に入れてくれた。こぢんまりとしたリビングルーム
の中でひときわ目立つ、巨大な本棚。その一角に『鬼平犯科帳《おにへい》』の文庫本がずらりと揃っ
ているのを、西川はすぐに見つけた。
「『鬼平』ファンなんですか？」話のとっかかりにと訊ねた。
「ああ」東田が相好を崩す。
「近くに、屋敷跡のモニュメントがありますよね？　それでここに住んでるんですか？」
「まさか」東田が苦笑する。「それは偶然だよ。引っ越してから知って、嬉しかったけど
ね……ま、座って下さい」
　促され、西川はソファに腰かけた。かなり古いが、座り心地のいいソファで、西川はす
っと気持ちが落ち着いてくるのを意識した。リビングルームは綺麗に片づけられ、東田の
――夫婦の几帳面《きちようめん》さが窺《うかが》える。
　東田がお茶を淹れてくれた。西川に対して興味津々の様子である。
「追跡捜査係の人と会うのは初めてだね」珍しそうに西川の顔をじろじろと見た。
「現役時代は縁がなかったですか」
「ないよ。追跡捜査係の仕事は、通常の一課の業務とは重ならないからな」
「重ならない方が、お互いに幸福じゃないですか？」

「あんたらは、人の粗探し専門だからねえ」東田が皮肉を吐いて笑った。「……で？　確かに新宿事件は、俺が唯一やり残した案件だけど、今になって何事だい？」

「特に新しい事実が出てきたわけじゃないんですが、このところずっと、新宿事件の書類を読みこんでいましてね……お話しすれば、何か思いつくかもしれないと思ったんです。いきなりですけど、あの件、上野事件と関連があると思いますか？」本題に入る前に、西川は軽いジャブを放った。

「繁華街での通り魔事件という共通点はあるな。当時も当然、関連性は疑われたよ。しかし凶器が微妙に違う」

「それに、五年の間隔が空いていました」

「その通り」東田が素早くうなずく。「通り魔っていうのは、犯行を繰り返さないものだ」

「その通りだと思います」西川はうなずき返した。

「間隔を置いて犯行を繰り返す犯罪者はいる。しかし通り魔事件については、そういうことはないと考えていいだろう。ましてや人が死んだら——犯人も、余計なリスクを冒そうとは思わないだろう。人を襲う快感はあるかもしれないが、逮捕されるリスクを背負ってまでやるとは思えないね」

「確かにちょっと考えられないですね」西川は同意した。「破滅願望があるとしたら別ですが」

「そういうことだ」東田がソファに座り直した。「で？　あんたは、俺たちが見逃していたものを見つけたのか？」

「一人、気にかかる人間がいます」西川は人差し指を立てた。「日比野正恭。東田さんが事情を聴いた人間ですよね」

「ああ」東田の顔が微妙に歪む。それが、彼の嫌な記憶に直結していることを西川は悟った。

「当時、はっきり犯人を見たと証言した唯一の人ですよね」

「わざわざ向こうから、警察に連絡を入れてくれたんだ」

「どんな人でした？」

「地味な感じの若い人でね……ごく普通のサラリーマンとしか言いようがないな」

「確かに、職業は会社員になってましたね――調書を読みましたが、具体的な会社名は書いてなかったですよね」

「個人情報の提供を拒否されたんだよ」東田が、少し白髭《しろひげ》の浮いた顎を撫でた。表情は歪んでいる。

「拒否？」

「相手の身元確認は、事情聴取の基礎中の基礎だよな」

「ええ」

「しかしそれも、時と場合による。あの時は、とにかく犯人につながる具体的な話だったから、情報の確認が最優先だった」

「個人情報を明かさなかったのは、怪しいと思いませんでしたか？」

「いや、そういう人間もいないわけじゃない。違うか？」

「まあ、そうですね」西川はうなずいて同意した。世の中の人が、全員警察に協力してくれるわけではない。情報は提供してもいいが、個人情報は知られたくないと考える人がいるのは、不思議でも何でもないのだ。ただし、ことは殺人事件——それも捜査が難しい通り魔殺人である。一度摑んだ情報源を離さないためにも、身元をしっかり確認しておくのは基本中の基本だ。

沖田も同じミスを犯した。

「情報は確かだと……思ったんだよ、俺は」東田が言葉を濁《にご》した。

「ええ」

「追跡しやすい犯人だと思った」

「かなり背が高い、顔に特徴的な傷跡がある——それは、防犯カメラの映像と一致していたんですか？」

「少なくとも身長はな。防犯カメラは少し上から見下ろす位置にあったから、正確な身長は分かりにくいが、平均よりはかなり背が高い——百八十センチ以上ありそうな男だということは分かっていた」

そこで西川は、聞きにくいことを切り出した。東田の機嫌を損ねることになるかもしれないが……遠慮していては捜査は進まない。

「日比野という人が警察に連絡してきたのはいつですか？」

「事件発生の二日後だった。俺が特捜本部で電話を受けたんだ」

「そうですか……」

西川が口を濁すと、東田が居心地悪そうに体を揺らした。西川が何を指摘しようとしたかはすぐに分かったらしい。

「このやり方が正解だったかどうかは分かりませんが、広報は事件直後に、防犯カメラに映った犯人像について、明かしています」

「ああ」東田がうなずく。

「当然、ニュースでも流れました。身長、それに服装……かなり多くの人が、この情報に接したはずですよね」

「そうだな。いや、あんたが何を言いたいかは分かるよ。このニュースを見た人間が、情報に合わせた犯人像をでっち上げて、警察に適当なことを言ってきた——そういうことだろう？」

「防犯カメラの映像について広報する前だったら、十分信じられたと思います。ただ、一部の情報が流れた後だと——そうです。東田さんが仰る通りです」

「当時、広報するかどうか、かなり激しい議論になったんだよ」言い訳するように東田が言った。「犯人像を一般に流してしまうと、こういう悪戯もあり得る——実際、特捜事件で敢えて情報を隠すことはよくあるよな？」

「犯人しか知り得ない事実もありますからね。だけど防犯カメラの映像は、犯人逮捕につなげるための情報ですよね」

「しかも相手は通り魔だ」東田がうなずく。「防犯的な意味も含めて犯人像を明らかにする——そちらの意見が、隠しておくべきだという意見に勝った。俺としては、間違っていたとは思っていない。今でもな」自分に言い聞かせるように東田が言った。

「結果的に、情報が正しかったかどうかは、分からなかったわけですよね」

「そもそも犯人が捕まっていないからな」東田が皮肉っぽく答える。

「それで……日比野さんのことなんですが、東田さんの印象ではどんな人なんですか？　信頼できる証言者でしたか？」

「態度は真面目だった。まあ、今時、わざわざ自分から警察に連絡してくるぐらいだから、真面目な人に決まってるけどな。態度、話し方、全て真摯な感じだった」

「信用したんですね？」

「俺は、な」東田がうなずく。「俺も、何十年も刑事をやってきたんだ。人を見る目に自信はある」

「そうですよね」西川は深くうなずいた。「日比野さんは間違いなく犯人を目撃していて、厚意から警察に情報提供した——当時、そう判断したんですね？」

「ああ」東田が、また居心地悪そうに身をよじる。

「結局、この情報はどうして追及できなかったんですか？」

「もちろん、追及したさ。しかし、具体的な情報が足りなかった。身長、顔つき、顔の怪我……それぐらいの情報じゃあ、東京に住む大勢の人の中から探し出すのは難しい」

「犯人が東京都民と決まったわけでもないですしね」

「そうだ。傷跡がかなり大きなものだったというから、病院もチェックしたんだが、該当する人間は見つからなかった」

「それで、日比野さんは……」

「消えた」

「消えた？」

「言いにくいなあ」東田が顔をしかめ、お茶を一口飲んだ。「今でも後味が悪い……俺の警察官人生最大の失敗だったかもしれない」

「偽情報だったんですね？」西川はずばり突っこんだ。

「偽情報だったかどうかは分からない」東田が反論したが、言葉に力はない。「ただ、日比野と連絡が取れなくなった。携帯の番号、調書に控えてあっただろう？」

「ええ」

「その番号にはつながらなかったし、自宅住所も嘘だった」

「日比野さんとは何回会ったんですか？」

「三回」

「こちらから連絡を取ることはなかったんですか？」

「ああ。最初に向こうから電話がかかってきて、一度会った後は、次の約束、また次の約束で……三回会えたけど、四回目ですっぽかされた。その時点で初めて携帯に電話を入れたけど、つながらなかった。番号自体が嘘だったんだ。それで慌てて家を訪ねたんだが、住んでいたのは全く別の人だった」

警察としては、明らかな——初歩的なミスだ。しかしこのミスには、同情すべき点もある。事件発生直後に極めて重要な情報が入ってきて、まずその確認に追われる——捜査を進めることが第一で、証言者の身元確認が後回しになるのも仕方あるまい。自分が捜査を担当しても、同じように証言の裏取りを先にしたかもしれない。

「その後、日比野さんを探したんですか？」

「いや」東田の表情が歪む。

「提供してもらった情報で犯人に近づけなかったし、日比野が行方不明になったことで、証言の信頼性が揺らいだ」

「相当頭にきたでしょう？」

「そりゃあそうだ」東田がうなずく。「今だから言うけど、俺は日比野が犯人だったんじゃないかと思ってる」

「まさか……」あまりにも大胆な推測に、西川は言葉を失った。

「捜査を攪乱《かくらん》するための作戦だった、ということは考えられないか？」

「犯人が自分で警察にアプローチしてきて、直接刑事に会った？　さすがにそれはないでしょう。リスクが大き過ぎる。それに、犯人が背の高い人間だったのは間違いないでしょう？」

「防犯カメラの映像に間違いがなければな」東田が皮肉っぽく言った。

「日比野さんの体格は？」

「――中肉中背だ」

「だったら、防犯カメラが捉えた映像とは違います」

「まあ……それはそうだ」東田がうなずく。「しかし、日比野が犯人ではないとしても、何らかの狙いで犯人を庇《かば》おうとしていたとは考えられないか？」

「推理小説ではありかもしれませんが、実際の事件ではそういうことはないでしょう」

「うむ……」東田が腕を組んで黙りこんだ。やがて顔を上げ、西川の目を正面から見る。

「で？　あんたは――追跡捜査係はどう考えてるんだ？」

「まだ分かりません」西川は首を横に振った。「判断材料が少な過ぎますが、今のところ、この事件で唯一引っかかっているのが、日比野正恭という人物なんです」

「犯人か、犯人につながる人物――」

「あらゆる可能性を考えておきましょう」先ほどは否定したが、全く考えなくていいわけでもない。

「まあ、俺は引退した身だから、今更何も言えないが、この事件、筋がよくないと思うぞ。そもそも、こっちがちゃんと身元を確認していなかったのが問題なんだが……日比野正恭という名前も、偽名の可能性が高い」

「そうでしょうね」西川はうなずいた。

「どうするつもりだ？　この名前で追跡できるかどうかは分からないぞ」

「やってみます」

「頼みますよ」東田が深々と頭を下げる。「俺にとっては、現役時代のたった一つのやり残しなんだ。あの事件の犯人が捕まらない限り、安心して引退もできない」

「やり残しが一つしかないのは、幸せな警察官人生だと思いますけどね」

西川がやんわり反論すると、東田が渋い表情でうなずいた。彼が未だにこの捜査の失敗を悔いていることが分かる。

追跡捜査係の仕事は粗探し――まさにその通りで、自分のミスを探られるように感じて協力を拒否する刑事も少なくない。しかし東田のように、もう自分では手を出すことができない未解決事件の再捜査を、追跡捜査係に託す人間もいるのだ。

自分たちも、様々な人の思いを背負っている。その期待に背いてはいけない。

追跡捜査係に戻り、西川は鳩山に状況を報告した。

「新宿事件か……あれも未解決のままだったな」鳩山が渋い表情を浮かべる。

「ええ」

「何か新しい手がかりでも出たのか？」

「手がかりは出ていませんが、引っかかっていることがありましてね」日比野正恭という目撃者について説明した。

「悪戯にしては手がこんでいるな」鳩山が首を捻った。

「犯人、あるいは犯人に近い人間がやったんじゃないかという説もあったそうです」

「捜査の攪乱のためにか？　いやいや、そんな、推理小説みたいなことはあり得ないだろう」

「俺もそう思いますけど、この件だけが、事件全体の中で変な矛盾になっているんですよ。いずれにせよ、調べ直してみます」

「分かった」

「三井を借りますよ」

「ああ」

そのさやかは、庄田と何か言い合いをしていた。相変わらず……どうせつまらない、些《さ》細《さい》なことが原因だろう。これほど気の合わないコンビも珍しい――自分と沖田の方がよほどましだ。ただしこの二人が組んで仕事をした場合、失敗は一度もない。性格が合わないことはさておき、仕事となるときっちり協力し合う、ということだろうか。

「あー、三井、ちょっといいか？」

西川が声をかけると、さやかが「はい」と元気よく返事して立ち上がる。何か文句を言おうとしていたらしい庄田は、口を半分開けたまま固まってしまった。まったく、口喧嘩で負けてどうするんだよ、と西川は情けなくなった。この二人はしょっちゅう言い合いをしているが、庄田が言い負かした場面を、西川は一度も見たことがない。

二人は、追跡捜査係の一角に作られた打ち合わせスペースに入った。新宿事件の再捜査を始めることを宣言し、事件の詳細を伝えようとしたところで、話を止められる。

「その件なら、完全に頭に入ってますよ」

西川は少しだけむっとした。後輩がしっかり古い資料を読みこんでいるのは頼もしい限りだが、西川は基本的に、自ら事件について語るのが好きなのだ。それを邪魔されると、膝を後ろから押されたような脱力感に襲われる。

「日比野正恭という人間、覚えてるか？」

「新宿事件の情報提供者ですよね。でも、その情報は裏が取れなかった……」

「それだけじゃなくて、途中から連絡が取れなくなってるんだ」西川は事情を説明した。

「いかにも怪しいですね」さやかがぽつりと言った。「犯人じゃないんですか？」

「そういう風に考える人もいるけど、まずはこの人間の身元を特定して接触したい。犯人につながるかどうかは分からないけど、喉に引っかかった棘みたいなものなんだ」

「確かに、嫌な感じですよね」

「だからしばらく、日比野正恭という人間を捜すのを手伝ってくれ」

「分かりました」

「それとさ……」言っていいことかどうか悩んだが、西川は思い切って口に出した。「庄田のことなんだけど、もう少し普通につき合えないか?」

「つき合うって……」さやかが目を細める。

「だから、追跡捜査係の同僚としてさ。うちは小さい所帯なんだし、こう毎日喧嘩ばかりされてたら、係全体の雰囲気がぎすぎすしちまうじゃないか」

「だけど、向こうが……」

「庄田が?」

「はっきりしないからですよ。ぶつぶつ言ってるだけで、自分の意見をしっかり言わないから。私だって、突っこみたくなります」

「あいつは典型的な東北人だぞ? 何事にも控えめなんだよ」

「仕事だったら、そんなこと言っていられないでしょう」さやかが抗議する。

「そうだけど、もうちょっと全体の雰囲気を考えてさ」

「私、基本的に愚図《ぐず》な人間は嫌いなんですよ」

「おいおい……」

「そういう人がいると、とにかく突っこみたくなるんです。それで愚図な性格が治れば、いいじゃないですか」

今のところ、彼女の狙いはまったく当たっていないようだが……しかし、三輪もいい加減なものだ。この二人がつき合っている——いったいどこを見たら、そんな発想が出てくるのだろう。盗犯担当の刑事の目は、自分たちとは違うのかもしれない。「つき合ってるのか」という質問を口にしかけ、西川は言葉を呑みこんだ。この質問は仕事とは関係ないし、最近は職場で互いのプライベートに触れないのが一種のマナーになっている。何かとやりにくい時代だな……こういう時は仕事、仕事だ。仕事に没頭すれば、大抵の面倒臭いことは忘れられる。

10

週明け、捜査会議が終わったところで、沖田は宮下に相談した。

「山岡さんの家族なんだけどな」

「ああ」

「葬式、昨日終わったじゃないか」

「そうだな」宮下がうなずく。

「俺が接触してみていいだろうか？　いや、もちろん、家族に情報提供のことも聞いたのは分かってるけど」

「当然だよ」

その件は捜査会議でも報告されていた。家族はまったく知らない——その回答に沖田は一度は納得したものの、自分でも直接家族に話を聴きたいという欲求は消えなかった。また聞きではなく、自分の耳で直接確かめたい。

「聴く人間が変われば、新しい情報が出てくることもある——そんなこと、捜査の常識だよな？」

「まあな」宮下は明らかに嫌そうだった。そろそろ、沖田の存在が疎《うと》ましく思えてきたのかもしれない。実際、これまでのところ、沖田が何か情報を持ってきたわけではないのだし。

「家族への事情聴取、上手くいったのか？　また支援課に邪魔されたんじゃないか？」

「連中は、いつも口を挟んでくるわけじゃないよ。うちの刑事たちも、丁寧に対応したから」

「とはいえ、支援課の連中が監視している中では本音は引き出しにくい——違うか？」

「お前、支援課と何かあったのか？　まるっきり喧嘩腰じゃないか」

「別に何もないよ」沖田は耳を掻いた。「ただ、連中の仕事のやり方が……本来の警察業務に反すると思ってるだけだ」

「お前の言い分は、時代の流れに逆行してるぜ」宮下が反論する。

「だったらお前、支援課に異動しろって言われたら素直に従うか？」

「それは……それとこれとは話が違うだろう」宮下の声が小さくなる。「とにかく、家族に会うなら慎重にやってくれ。これからも、何度も話を聴くことになるかもしれないし」

「分かってるよ。俺がそんなことでヘマをすると思うか？」

宮下は何も言わない。沖田の申し出を危惧《きぐ》しているのは明らかだった。冗談じゃない。

俺だって、被害者家族を思いやる気持ちはきちんと持ってるんだぜ……。

すっかり通い慣れた新百合ヶ丘へ急ぐ。北多摩署からだと非常に行きにくいのだが……特捜の刑事たちは覆面パトカーも使っているが、沖田には足がない。バスを乗り継げば最短距離で行けそうなのだが、それだと時間が読めない。結局、京王線、南武線《なんぶ》、小田急線を乗り継いで行くことになる。実際に電車に乗っている時間は三十分ほどなのだが、待ち時間、それに新百合ヶ丘駅から歩く十五分が加わって、署を出て山岡の自宅に着いたのは一時間後だった。

さて、どう動くか……山岡の妻と娘、二人とも在宅していると、面倒なことになる。できれば別々に話を聴きたいのだが、妻に話を聴いている最中に、娘に「部屋にいてくれ」とは頼みにくい。一方、娘にだけ話を聴きたいと言ったら、母親は絶対抵抗するだろう。二人がいた場合は、取り敢えず顔つなぎだけしておいて、後で別々に事情聴取する方法を考えるか……。

幸い、家には妻の望美《のぞみ》しかいなかった。娘は学校へ行っているのだろうか……心配になって確認してみると、今日は横浜に住む祖父母——望美の両親の家に身を寄せているという。昨日葬儀を終え、あまりにもショックを受けて疲れ果てた娘の姿を見て、両親が「孫は一日二日預かる」と言い出したらしい。

そう説明する望美は、沖田が予想していたよりも疲れた様子ではなかった。化粧っ気こそないものの、顔には血の気があり、やつれてもいない。分厚いケーブル編みのセーターとジーンズという軽装で、沖田を迎え入れてくれた。

リビングルームは十二畳ほどの広さだったが、よく整理されているので、実際よりも広く見えるぐらいだった。ソファとテーブル、大きなテレビ、それに本棚があるぐらいで、どういうわけかあまり生活臭が感じられなかった。モデルルームのような感じでもある。

沖田はソファに座ったが、落ち着かなかった。浅く腰かけ、背中を伸ばす――心の中では正座している感覚だった。望美が「お茶でも」と言ったが、沖田は即座に断った。

「お手間を取らせるわけにはいきませんから」

「大丈夫ですよ」

「いえ……取り敢えず、お話を聴かせて下さい」

望美が、沖田の向かいに腰を下ろす。遠慮がちで、おずおずした態度だった。何度も警察から事情聴取を受け、うんざりしているのだろう。整った顔立ちに宿るかすかな敵意のようなものを、沖田は感じ取った。

「こういう家だったんですね」沖田は正面から突っこむのを避けた。

「はい？」意味が分からないようで、望美が目を細める。

「ずいぶん綺麗にされてますね」

「ああ……落ち着かなくて……主人が亡くなってから、掃除ばかりしているんです」

「そうですか」大事な人を亡くした時、人は思いもよらぬ行動に出る。やる気もなくし、ぼんやりと座りこんだまま時が過ぎ去るのを待つだけの人もいるし、悲しみを消し去るためにとにかく動き回る人もいる。望美の場合、「掃除」だったわけだ。

「それで、今日は……」

「何度も申し訳ないです」沖田は頭を下げた。「もう、何回も事情を聴かれてますよね」

「答えられないことばかりです」望美が溜息をついた。「主人がどんな人とつき合っていたかとか、何か問題はなかったかとか……そんなこと、分からないんです」

「実は私、一度この家の前まで来たことがあるんです。ご主人が亡くなる前ですが」

「どういうことですか？」

「ご主人が、警察に情報を提供しようとしていた話は、ご存じですよね」

「はい……警察から聞きました」

「その連絡を受けたのが、私なんです」

沖田は、テーブルに置かれた自分の名刺に視線を落とした。釣られたように、望美の視線も名刺に向かう。

「追跡……捜査係ですか」

「古い事件を再捜査するのが仕事なんです。ご主人は、十五年前の殺人事件について、犯人を知っていると電話してきました」

「その話は警察の方から聞きましたが、本当なんですか？」

「電話がかかってきたのは本当です」沖田はうなずいた。「ただ、会う約束をすっぽかされました」

「そうなんですか?」

「ええ。まあ、その件については特に言うことはない――会うはずだったのが会えないことも、この仕事ではよくありますから。ただ、一つ気になっているのは……一度約束をすっぽかされた後に、もう一度会う約束をしたんです。ところがご主人は、その約束の場に、また現れなかった。そして翌日、遺体で発見されたんです」

「はい……だいたい聞いてますけど、どういうことなんでしょうか」

「私にも分かりません」沖田は首を横に振った。「分からないから調べているんです。もしかしたら、ご主人が私に情報提供しようとしたことが、今回の事件につながっている可能性もあるかもしれません」

「そう言われても、私には分かりません」

「そうですね……山岡さんに、最初に約束をすっぽかされた後で、私は彼の情報を調べました。それで、ここまで訪ねて来たんです。ただしその時には、家の場所を確認しただけですけどね。実際に会うために、情報が必要だったんです」

「そうですか」望美は、特に何も感じていないようだった。大きなショックから立ち直っていない――まだ冷静に物事を考える余裕がないのかもしれない。

「勝手に家を確認したことは申し訳ないと思っていますが、これも仕事なので」

「そんなことは構いませんけど、実際のところ、どうなんですか? 主人が殺人事件の情報を知っていたなんて……そんなこと、あるんですか?」

「逆にお聴きしますが、そういう可能性はありますか？」

「私には分からない……ないと思います」望美が言い直した。

「ご主人が情報提供しようとしていたのは、十五年前に上野駅近くで発生した通り魔殺人事件のことです。十五年前は、どちらにいらっしゃいましたか？　どこに住んでいましたか？」

「結婚したばかりで、三鷹のマンションに住んでいました」

「勤め先は当時も新宿——本社でしたね」

「ええ。入社してからずっと新宿です」

「当時も宣伝の仕事をしていたんですか？」

「そうです」

「基本的には、ずっと転勤などはなく、本社勤務だったんですね？」山岡が勤めるＬＧフーズ——沖田には昔の社名「松南《しょうなん》製菓」の方が馴染み深い——は、全国各地に支社や工場などがある。

「ええ」

「仕事かプライベートで、上野の方へ行くことはありましたか？」

「ない……と思います」自信なげに望美が言った。

「あの辺は、行動範囲ではなかったんですか？」

「上野の方へ行く用事はなかったと思います」

「じゃあ、事件の時に上野にいた可能性は低いですね」

「それは……行ったことがあるかどうかは、本人にしか分かりません。仕事で行くことがあったかもしれませんし」

「そうですか」

沖田は腕組みしたが、すぐに解いた。事件当時上野にいたから犯人を知っていた、というのはやや短絡的な発想である。発生から長い年月が経った後で、何らかの事情で犯人を知ることになった、と考えるのが自然だろう。それもごく最近のことではないだろうか。長い間、犯人の情報を隠し続けるのは難しい。

ちらりと望美の顔を見る。やはり疲れているようだ。被害者家族の典型的な表情。突然家族を亡くし、悲しみに浸る間もなく、様々な雑務に追われ、それがぷつりと途切れた時に浮かべる表情——本当の悲しみが襲ってくるのはこれからだ。

「家で、事件のことを話したりしませんでしたか?」

「なかったです。上野事件なんて、今回のことがあって初めて聞きました」

「ご存じなかったんですか?　当時はかなり騒がれたんですよ」人通りの多い繁華街での犯行は、人の記憶に残りやすい。

「そういうことに興味がないんです。この街は静かで安全で、事件なんて起きたことがないですし」

「ご主人も、そういうことに興味はなかったんですね?」沖田は念押しした。

「ありません」望美が断言する。

「他の事件についても？」

「家で、そういう話題が出たことはありません」

「おかしいなあ……」沖田は頭を掻いた。「だったらご主人は、どうして警察に情報提供しようとしたんでしょう。何も知らなければ、そんなことをするはずがないですし、家族に何も話していないというのはちょっと理解しがたいですね。重大な話ですから、ご家族にも相談するでしょう」

「それは……私に言われても困ります」望美が眉根を寄せた。本当に困っている様子だった。

「ご家族にも言えないで苦しんでいたのかもしれませんね」

「そんなことはないと思います」望美が顔を上げ、はっきりした口調で断言した。「うちは、何でも話し合う家族でした。家族の間で隠し事なんかなかったです」

「仲がよかったんですね」

「……ええ」

「一緒に畑を耕したりしていたそうですね」

「あれは、主人の趣味でした」望美が淡々とした口調で言った。「鳥取の田舎生まれで、実家も農家でしたから、子どもの頃から畑を手伝ったりして馴染んでいたんです。できれば、いずれは田舎に引っこんで農業をやりたいって言ってました。でもそれはずっと先

──娘が学校を出るまではきちんと働いて稼がないといけないって……頑張ってたんです」

「そういう生活は、大変なんでしょうね」

「誰だって同じように考えると思います」望美が反論した。「私も同じ会社にいましたから、ＬＧフーズの社風は分かります。ブラック企業というわけではないですけど、仕事はいろいろ大変なんです。ライバルも多いですし、宣伝の仕事は、勝ち抜くためにも重要なんですよ」

「確かに、ＣＭの出来で商品の売り上げは大きく左右されますからね。食品会社は、ある種のイメージ産業ですし」

沖田はうなずいた。山岡が勤めていたのは、食品製造業界のトップ企業だ。元々は旧社名通りに菓子会社だったのだが、今は健康食品やサプリメントまで扱う総合食品メーカーになっている。新製品のＣＭは毎日のようにテレビで流れ、嫌でも記憶に残ってしまう。この辺りは、沖田が子どもの頃からまったく変わっていない。

「毎日帰りは遅かったんですか？」

「いえ、やっぱり最近は、会社の方でも働き方改革でいろいろとうるさいので……結婚したばかりの頃は、毎日残業で遅くなるのが普通でしたけど、今はそういうわけにはいきません。でも、宣伝部にいると、ＣＭ撮影の立ち会いやイベントの仕切りなどもありますから、遅くなったり休日出勤になることもありました。それ以外の時は、ほとんど毎日定時に会社を出ていたはずです」

「あまり呑みにも行かなかったんですね」

「家では一滴も口にしませんし、つき合い以外では、呑みに行くことはなかったです」

「つき合いはあったんですね？」交友関係。

「あの……それが何か問題なんですか？」望美が怪訝そうな表情を浮かべた。「普通のサラリーマン――まったく普通のサラリーマンだったと思いますけど」

「そうですね」厳しく責められているような気分になり、沖田は慌ててうなずいた。

「とにかく、そんな昔の事件のことなんか、何も分かりません――心当たりはありません」

「そうですか」仲のいい家族だったのは間違いないが、秘密があってもおかしくはない。家族は所詮他人の集まりであり、どうしても言えないこともあるのだ。

「正直、こんなことを言われてショックです」望美が震える声で言った。

「それに関しては、申し訳ないと思います。しかし私としても、気になることなんです。わざわざ警察に情報提供してくれる人は、多くはありません。そういう人が、私と会う直前に亡くなった――何か関係あると考えてしまうんですよ」

「そんなことあり得ない――いえ、分かりませんけど……」望美の顔には、困惑の表情が広がっていた。

「最近何か悩んでいたとか、塞ぎこんでいたとか、そういうことはありませんでしたか？」

「ないです」望美が即座に否定した。「あれば、私には必ず分かります。何でも教えてくれた人ですから」

「娘さんは、何か知らないでしょうか？　仲がよかったですよね？　一緒に畑仕事をしたりして」

「それはそうですけど、何か悩みがあっても、娘に打ち明けたりするわけがないでしょう。まだ子ども——中学生なんですよ」望美がむきになって反論した。

「親子ですし、中学生なら、もう十分話を聞けると思いますが」

「いえ、まだ子どもですから」望美が繰り返した。

「一度、娘さんに話を聴くことはできませんか？」

「やめて下さい！」望美が突然取り乱して声を張り上げた。「大変だったんです。他の刑事さんに話を聴かれた時もパニックになって……途中で中止になりました」

村野が介入したのだろうか、と沖田は訝《いぶか》った。あいつならいかにもやりそうだ。仕事ではあるのだが、そのせいで事情聴取が中途半端になり、特捜の捜査が壁にぶち当たっているとしたら……特捜には確か、女性刑事も何人か入っているはずだ。彼女たちに事情聴取を担当させれば、柔らかい雰囲気で、娘を緊張させずに話を聴けたかもしれないのに。宮下の奴、特捜を上手くコントロールできているのだろうか？

「とにかく、まだいろいろとやることがあって。お墓のこととか、大変なんです」

「そうですか……そうですよね」

「鳥取の実家のお墓に入れるか、こちらでお墓を用意するか、まだ何も決まっていないんです」

「分かります」沖田はうなずき、膝を一つ叩いた。「今日はお忙しいところ、申し訳ありませんでした。またお話を伺えればと思いますが……」

「お話しすることは何もありません」望美がきっぱりと言い切った。「その……主人が事件にかかわっていたように言うのはやめてもらえませんか？　そんなこと、絶対にないですから。長年一緒に暮らしてきた私が言うんだから、間違いありません」

「分かりました」沖田は立ち上がった。この事情聴取は失敗——張り切って出かけてきたものの、何一つ上手くいかなかったと認めざるを得なかった。

とはいえ、望美の態度は被害者家族として極めて標準的——まだ悲しみと怒り、戸惑いの中にいる。時が経てば、もう少し冷静に話せるようになるかもしれない。

しかし沖田としては、時間をかけたくなかった。こういうことは、早め早めに進めなければならないのだ。

第二章　重なり

1

大失敗だ。せっかくの機会を活《い》かしきれなかった。こんなことでは、あれだけ苦労してきた意味がない。

あれとこれとは全く違う。今回のために必死に頑張ってきたのに……。

手の中に残る中途半端な感覚が疎《うと》ましい。次の機会はいつだ？


「夕べの通り魔事件、聞きました？」出勤するなり、さやかが切り出した。

「ああ」第一報だけだが……午後十一時過ぎ、池袋《いけぶくろ》駅近くで通行人が切りつけられた事件は、今朝になって報じられた。自分が担当しない事件だと、刑事であっても、後からニュースで知るだけだ。

「あれ、上野事件や新宿事件と関係ないですよね？」さやかが暗い声で訊《たず》ねる。

「どうかな」西川は首を捻《ひね》った。「ちょっと状況と手口が違う」

　上野事件と新宿事件は、駅の近く、あるいは駅構内で起きた。しかし昨日の事件は、池袋駅東口からやや離れた公園近くで通行人が襲われたもので、しかも被害者は生きている。犯人は背後から刃物で襲いかかったのだが、分厚いダウンジャケットが一種のクッションになったのだ。ただし刃物傷は肺にまで及んでおり、被害者は意識不明。予断を許さない状況が続いている。犯人はすぐに現場から逃走したが、今のところ目撃者などは見つかっていないようだ。

「うちは気にしない方がいいですよね」

「ああ。新しい事件だ……こっちの事件に集中しよう」とはいえ、この池袋事件は、微妙な棘《とげ》のように心に刺さるだろう。状況が少し違うとはいえ、犯人はまたも逃げた。闇《やみ》の中で、犯人がほくそ笑んでいる様が容易に想像できる。

「こっちも、相当難しそうですね」さやかがいきなり弱気に言った。

「まあな」西川としても認めざるを得ない。同時に、当時の特捜本部の刑事たち——特に東田に対して、腹が立っていた。情報取得が最優先だったとはいえ、やはり情報提供者本人の人定《じんてい》もしっかりしておくべきだったのだ。あれから十年も経《た》ってしまったわけで、今になって「日比野正恭」という人物の足取りを追うのは相当難しい。

　東田も、少なくとも垂れ込みの内容が怪しいと分かった時点で、日比野についてきちんと調べるべきだったのだ。当時ならまだ、追跡可能だったかもしれない。もっとも、偽名を使って接触してきた人間の正体を探るのは難しいものだが……。

二人は取り敢《あ》えず、十年前に日比野が住所として届けていた場所に向かった。彼が残していた個人データは極めて少ない――住所と携帯の番号から探っていくしかない。

目黒区目黒本町《めぐろくめぐろほんちょう》。東急《とうきゅう》目黒線の武蔵小山《むさしこやま》駅に近い住宅街。近くに林試の森公園があり、何となく緑豊かな場所というイメージがある。しかし実際にはあまり特徴のない東京の住宅街――一戸建てと低層の共同住宅が建ち並ぶ、静かな街だった。

「この辺、大きなマンションってあまりないんですね。アパートが多いみたいですね」さやかが言った。

「税金対策じゃないかな。個人宅を相続した時にアパートに建て替えて……そもそも、でかいマンションを建てるほどのまとまった土地はないのかもしれない」

「環境は悪くないですけどね。ただ、買い物なんかには不便かな。私は、もっと商店街が賑《にぎ》やかな街がいいですね」

「何だ、この辺にでも引っ越してくるつもりなのか？」さやかは普段、自分が住む家や街について口にすることはない。

「ここかどうかは分かりませんけど、マンションの契約更新が近いんですよ。六年近く住んでるから、いい加減、飽きちゃって」

「独身者は気楽だよな。いつでも簡単に引っ越せるから」

「気楽じゃないですよ。六年も住んでれば、物も増えますし……引っ越しは断捨離にもなりますからね。西川さんは、今の家を建てる時は何がポイントだったんですか？」

「できるだけ本部の近くに――通勤に時間を取られたくなかったからな」

「でも、すごいですよね。山手線の内側でしょう?」

「一応だよ、一応」

「奥さんが頑張ったんですか?」

「もちろん。基本的に任せてた。俺《おれ》からの条件は、とにかく警視庁に近いということだけ……結局、広さが犠牲になったけどな」

そこに新たな住人が加わったので、どうしても手狭になる。たまたま和室の六畳間が空いていたのだが、義母も狭苦しい思いをしているのではないだろうか。かといって、家に関しては今のところどうしようもない。

「東京で家を持つのって、大変ですね」さやかが溜息《ためいき》をついた。

「何だ、引っ越しどころか、家を買うつもりなのか?」

「いずれは、ですよ」

今は、独身で家を買う女性も珍しくはないが……まあ、今この話を広げても仕方があるまい。

「ここですね」さやかが立ち止まった。

「なるほど」西川はうなずいた。先ほど話題になった類のマンション――相続時に小さなマンションに建て替えたのか。地主もそのまま入居して、家賃収入を頼りに暮らしているのではないだろうか。

西川はまず、借主募集の小さな看板を見つけ、不動産屋に電話をかけた。地主――大家がマンションに住んでいることを突き止める。

「最上階だ。行ってみよう」

西川は小さなエレベーターホールに入った。五階建て、各フロアに四部屋しかない小さなマンションで、エレベーターも小さい。二人に加えて鳩山が乗ったらブザーが鳴るのでは、と西川は想像した。

大家の茂山《しげやま》は在宅していた。七十歳ぐらい、すっかり白くなった髪を短く刈《か》り揃《そろ》え、堂々たる体軀《たいく》のせいで、年齢の割に妙な迫力がある。事情を説明すると、茂山は微妙な表情を浮かべた。

「ああ……そういえば昔、警察の人が同じ用件で訪ねて来たことがあったね」

「まさにその件なんです」西川はうなずいた。「十年ほど前のことなんですが」

「十年ね……それぐらい昔だったかな」茂山が首を捻《ひね》る。「そうそう、ここに住んでいる人を確認しにきたんだ。そんな人はいなかったんだけどね」

「日比野正恭という人です」

「日比野？　申し訳ないけど、名前までは覚えてないなあ」

「本当にいなかったんですか？」

「そういう名前の人はいなかったよ」茂山が即座に断言した。「――そう答えた記憶はある。警察の人が来ることなんて、滅多にないからね」

「ここの四〇一号室だったんですが……」

「ちょっと待ってよ」

茂山が部屋の中に引っこんだ。ドアが閉まると、急に寒さを意識する。外廊下なので、一月の冷たい風が容赦なく襲ってくるのだ。ましてや五階なので、風も少し強い。さやかが、急いでコートのボタンを留める。茂山はすぐに玄関に戻って来た。家に入れてくれる気はないのか、と西川は少し恨めしく思った。

「ええとね」茂山は、使い古したノートを開いた。「十年前でしょう？　四〇一号室に住んでいたのは、湯沢《ゆざわ》さんという人だったね」

「湯沢さん……どんな人ですか？」

「当時は学生さん。とっくに出て行ったよ。ここに住んでたのは、二年ぐらいだったんじゃないかな……そうそう、思い出した。就職が決まって、卒業と同時に出て行ったんだ」

「当時、家賃はいくらぐらいでした？」

「広めのワンルームで……十年前は六万二千円だったね。この辺の相場だと、かなり安かったよ」

「新入社員だったら、ずいぶんお金の節約になったはずですけどね」

「いや、彼はね、入社してすぐ富山《とやま》へ行ったはずなんだ。そう聞いたよ」

「富山の会社に就職したんですか？」

「いや、新聞記者」

「ああ、それじゃ、支局へ赴任したんですね」新聞記者――全国紙の記者は、入社するとすぐに、「修行」で地方支局に送られる。

「そういうことだろうね。まあ、うちは学生さんや若いサラリーマンが多いから、出入りは頻繁でね」

「そのノートは……」

「契約者のデータですよ。不動産屋がしっかり管理してくれてるけど、大家としては一応、ね」

「手書きなんですね」

「いやあ、こういうのは時代遅れだけどね」茂山が照れ臭そうに笑った。「パソコンでやった方が楽だって言われてるんだけど、ああいうのはどうも苦手なんだ」

「ちょっと見せてもらうわけにはいきませんか？」

「それは……」茂山が急に渋い表情を浮かべた。「個人情報だし、今ここに住んでる人もいるわけだから」

「十年前の情報――湯沢さんという人の情報を確認したいだけです。他の人の情報は見ませんから」

「そう？　いいけど、本当に余計なところは見ないでよ」

「もちろんです」

ノートを受け取り、当該の場所を確認した。茂山は、部屋別に借家人の情報を記載しており、非常に見やすい。見るなと言われても目に入ってしまうが、西川は無視して、湯沢という人物のデータだけを見た。連絡先として実家の住所、電話番号が書いてある。しかし新聞記者なら、接触するのも難しくはないだろう。会って何かが分かる保証はないのだが、会わねば何も始まらない。

西川はノートを広げてさやかに見せた。さやかが素早く手帳に情報を書き取る。西川はすぐに覚えてしまったが、こういう場合は正確を期した方がいい。

「ありがとうございました」ノートを返し、質問を続ける。「十年前に警察が来た時、どう思われました？」

「いや、全然心当たりがない話だから、びっくりしたよ。悪戯《いたずら》か何かだったんじゃないの？　うちの住所を勝手に使ったとか」

「日比野正恭という名前に心当たりはありませんでしたか？」

「全然ないね」

「逆に、この湯沢という人が日比野を名乗っていたとは考えられませんか？」

「そんなこと、私に言われても分かりませんよ」茂山が呆《あき》れたように言った。

「失礼しました」西川は頭を下げた。どうも今回は調子が出ない……。

「私に聞かれても、これ以上は分からないね。その日比野って人は、適当な住所を言ったんじゃないの？」

西川はうなずいたが、その辺がどうにも納得できない。日比野がその場で適当な住所を口にしたとしたら、実在の住所、マンションの名前が出てくるだろうか。事前に準備していたとしたらやり過ぎ——そこまで入念に準備をしてまで警察に嘘《うそ》をつく理由が思いつかない。

茂山の家を辞した後、西川は念のため湯沢に会ってみようと決めた。入社十年目……本社勤務なら、会うのは難しくないだろう。もっとも、社会部の警視庁担当だったりしたら厄介なことになる。事件を取材する記者から刑事が事情聴取する——当然、何事かと疑心を抱き、逆取材してくるだろう。

「ちょっといいですか?」マンションの外へ出た途端に、さやかが立ち止まった。

「何だ?」

「携帯電話の番号なんですけど……本当に架空のものだったんですかね」

「東田さんはそう言っていた。しかし考えてみれば、そこまで嘘をつくと、証言を信じてもらえないかもしれない」

「でも、つながらなかったんですよね?」

「そういう話だった」

「十年前、この番号の契約者が誰《だれ》だったか分かれば、何か役に立ちますか?」

「それは……役に立つとは思うけど、追跡は難しいんじゃないか?」

解約された電話の番号は「再利用」される。一定期間を置いて別の端末に振り分けられるが、そのタイミングはキャリアによって様々だ。そして過去の契約者を割り出すのは相当難しい。

「やれるかもしれません」さやかが自信を見せた。

「どうやって?」

「このところちょっと、新規のネタ元を開拓しているんですよ」さやかが小声で打ち明けた。

「携帯のキャリアに?」

「はい。携帯番号の追跡って、結構面倒じゃないですか。正規の手続きを取っていると時間がかかるし。でも、社内にネタ元がいたら手間が省ける……そう考えて動いてました」

「そのネタ元、使えそうか?」

「やってみます」さやかがうなずく。「過去の契約者情報を割り出すには時間がかかると思いますけど、担当者じゃなくてもできないことはないんですよ。以前、私のネタ元は『できる』と言ってました」

「そうか」西川はそっと息を吐いた。彼女も、庄田と喧嘩《けんか》ばかりしているわけではなく、独自に動いて追跡捜査係の仕事の幅を広げているわけだ。実に頼もしい。思わず微笑《ほほえ》みそうになって、表情を引き締めた。「だったらその件は君に任せる。電話一本で済む話か?」

「会わないと難しいと思います」

「分かった。じゃあ、電話の契約者については頼む。俺は念のために、この湯沢という新聞記者に会ってみるよ」

「大丈夫ですか？」さやかが顔をしかめる。「新聞記者って、結構面倒な相手じゃないですか」

「分かってるよ。相手が今どんな仕事をしているかにもよる……それに合わせて、方法を考えてみる」

ついていない、と西川は舌打ちした。東日《とうにち》新聞に確認したところ、湯沢は現在、横浜支局に勤務しているという。都内ならば誰にも報告せずに動けるが、県境を越えるとなると、一応鳩山の許可が必要になる。それに湯沢という人間に会えても、情報が取れる確率は極めて低い……。

それでも会わねばならない。あらゆる可能性を一つ一つ潰《つぶ》していくのが捜査の基本だ。さやかと別れ、武蔵小山駅前のタクシー乗り場でしばし考えた後、西川は鳩山に電話をかけた。時刻はまだ午前十一時。今からなら、横浜に行って事情聴取をしても、午後には警視庁本部に戻れる。

鳩山は鷹揚《おうよう》に、「行ってこいよ」と言った。中には、役に立ちそうにない情報源に当たるために遠出しようとすると、露骨に渋い反応を見せる上司もいるのだが、鳩山は基本的に止めない。あれこれ考えるのが面倒なだけではないかと西川は疑っているが。

許可が出たので、東日の横浜支局に電話をかけ、湯沢を呼び出してもらう。警視庁の人間だと名乗らずかけたが、特に怪しまれることもなく、湯沢は市役所の記者クラブに詰めているのが商売である。こんなことで個人の情報管理は大丈夫かと首を捻ったが、新聞新聞記者は人と会うのが商売である。西川も、湯沢の取材相手だと思われたのかもしれない。

横浜市役所に電話をかけ、記者クラブの東日の電話に回してもらう。呼び出し音が一回鳴っただけで電話に出た湯沢の声は、明らかに苛立《いらだ》っていた。

「警察？　警察に話を聴かれるようなことはないですよ」西川が名乗ると、嚙《か》みつくように言った。

「あなたについてじゃないんです。十年前……あなたがまだ学生だった頃に住んでいたマンションについて、知りたいことがあります」

「ああ……別にいいですけど、今は駄目です。急ぎますか？」

「できれば」

「じゃあ、午後でいいですか？　二時頃《ごろ》には落ち着いていますから」

「結構です。どこへ行けばいいですか？　市役所？」

「いや、それはちょっと……」湯沢が躊躇《ためら》った。「そうだな……関内《かんない》駅でどうですか？　駅前に喫茶店があります」

湯沢がチェーンの喫茶店の名前を告げる。待ち合わせ場所としては極めて無難だ。二時に会うことを再度確認して、西川は一息ついた。新聞記者というと何かと理屈っぽく、警察に反発心を持つ者も多いはずだが、取り敢えず会えば何とかなるだろう。会う気がないなら、あれこれ理屈をつけて断るはずだ。「取材や原稿執筆で忙しい」という、新聞記者ならではの言い訳には反論しにくい。

さて、都外へ出るのも久しぶりだ。横浜はあまり馴染《なじ》みがない街だが、ＪＲ関内駅が中《ちゅう》華街《かがい》の近くにあることぐらいは知っている。昼には安くて美味《うま》い中華料理でも食べて、久しぶりに一人の時間を楽しむか……何となく罪の意識を感じたのは、家で美也子が一人、義母の面倒を見ている様子を想像したからかもしれない。


武蔵小山駅から田園調布に出て東横《とうよこ》線に乗り継ぎ、直通のみなとみらい線で、終点の元《もと》町《まち》・中華街駅へ。昼少し前に到着して、西川は駅からほど近い中華街へ向かったのだが、混雑ぶりに圧倒させられた。人の波……そして所々でもくもくと立ち上がる白煙。寒さのせいで、店頭で販売している中華まんの湯気が、霧のように漂っているのだった。もちろんいい匂《にお》いも――食欲を刺激されたが、ここは我慢だ。中華まんでは昼食にならない。

真《ま》っ直《す》ぐ歩くにも苦労するぐらい混み合っている中華街を、ゆっくりと回る。観光客向けの街かと思っていたのだが、背広姿のサラリーマンも多い。地元の人の、普段使いの街でもあるようだ。こういう街が近くにあると、昼食の選択肢が広がっていいいんだよな、と西川は羨《うらや》ましく思った。警視庁のある霞が関は、ランチに関しては「砂漠」と同義の街である。

それにしてもあまりにも店が多過ぎて、どこに入っていいか分からない。値段も様々……食べ放題のビュッフェで二千円を超える店もあれば、数種類のランチを全《すべ》て七百円で揃えた店もある。「雑然」という形容詞がよく似合う街だ。

結局、それほど広くはない中華街をぐるりと一周しているうちに、三十分が過ぎてしまった。相変わらず人出は凄《すさ》まじく、行列ができている店もある。賑わう中心地からずっと南の方へ下って、「広東《カントン》家庭料理」と看板を掲げた店を見つけた。装飾が派手でないのが逆に目立っていた——看板のデザインを見ると、元々バーか何かだったところに居抜きで入った店のようだった——ので、そこに入る。たまたまテーブル席が一つ空いていて、すぐに座れた。

こういう店だとだいたい、壁が見えないほど多くの短冊メニューが貼《は》ってあるものだが、この店の壁は綺麗《きれい》だった。多少古びてはいるが清潔な雰囲気でもある。メニューを取り上げると、すぐには決められないぐらいの数……ランチセットから適当に選ぼうと思ったが、周りを見回すとほぼ全員が同じ丼《どんぶり》を食べている。茶色い肉の塊《かたまり》と青菜——牛バラ丼《どん》だな、と見当をつけた。東京では、牛バラを食べさせる店はあまりない。せっかくなのでチャレンジしよう。

頼むと、異様に早く料理が出てきた。丼の上は一面茶色で、とろりとした餡《あん》がかかっている。そこに青菜の緑が映えていた。レンゲを入れると、バラ肉がすっと崩れる。口に入れた瞬間、強烈な甘さと油を感じ、肉そのものは溶けるようになくなってしまった。ああ、確かにこれは人気なわけだ……飯は、西川の感覚では大盛りだったが、一気に食べきってしまう。見た目ほど味は濃くなく、今日は上等なランチになった、と思わず笑みが浮かんでしまう。

食べ終えても、まだ一時前。約束の時間までには一時間ほどあるし、待ち合わせ場所までは歩いて十分か十五分のはずだ。こういう美味い飯の締めくくりに、たまにはデザートもいいだろうと思い、西川は追加で杏仁《あんにん》豆腐を頼んだ。ゆっくりと食べながら、口中に残った油を洗い流す。

よしよし……すっかり満足して店を出ると、やはりコーヒーが欲しくなった。バッグに入れたポットには、美也子手製のコーヒーが入っているのだが、歩きながら飲むわけにはいかない。どうせ喫茶店で待ち合わせしているのだから、そこまで我慢しよう。

スマートフォンで地図を確認しながら、待ち合わせ場所へ歩いていく。中華街を出ると、そこはあくまで異質な一角だったのだと意識させられた。ごちゃごちゃと派手な雰囲気が唐突に消え、横浜のクリーンな街並みが姿を現す。横浜スタジアムの南側を歩いて関内駅へ向かう途中、前方右手に見えているのが市役所だとすぐに気づいた。

結局、一時半には約束の店に着いてしまった。かなり早いが、遅刻するよりはいいだろう。慣れた雰囲気……チェーン店ならではの既視感が襲ってきた。この店は外回りのサラリーマン御用達《ごようたし》で、いつ行っても背広姿の男たちで埋まっている。椅子《いす》は一人がけのソファで座り心地がいいため、ここでしばらく仮眠を取っていく人もいるぐらいだ。

西川はコーヒーを頼み、一息ついた。スマートフォンを取り出し、メールや電話の着信を確認する。さやかが携帯電話に関する情報を入手しているのではないかと思ったが、期待し過ぎだった。会わないと話が進まないと言っていたので、今日中に情報が手に入る可能性は低いだろう。

すぐにコーヒーを飲んでしまい、迷う。先ほどの牛バラ丼の油がまだ残っている感じで、もう一杯いきたいところだが……湯沢が来てから頼もうと決めた。

二時五分前、ドアが開く。無意識にそちらを見ると、一人の男がひどく慌てた様子で店に入ってきたところ——濃紺のマウンテンパーカーにバックパックという学生のような格好だったが、胸元にちらりとネクタイが覗《のぞ》いたので、この男が湯沢だろうと見当をつける。外で仕事をすることが多い記者は、よくこういうラフな上着を着ているものだ。

西川が立ち上がると、向こうも気づいた。軽く会釈すると近づいて来て、「西川さんですか？」と訊ねた。

「湯沢さんですね？　お忙しいところ、申し訳ない」

「いえ——ああ、ここに座ってたんですね」

かすかに不満そうに湯沢が言った。煙草《タバコ》が吸いたかったのだな、と西川はすぐに推測した。

「喫煙席に移りますか？」

「いいですか？」

「呼吸しなければ大丈夫ですから」

湯沢が微妙な表情を浮かべた——皮肉だと思ったのかもしれない——が、すぐにうなずき、店内の一角をガラスで区切った喫煙席に向かう。西川は伝票を振って店員に合図し、後に続いた。

二人ともコーヒー——西川は二杯目を頼んだ。湯沢は注文を終えると、すぐに煙草を取り出して火を点《つ》ける。童顔なので、高校生が煙草を吸っているようにも見えた。地味なグレーの背広はかなり古びて、型崩《かたくず》れする寸前。一方でシャツは派手なピンク色で、ネクタイはそこから浮き上がるような緑色のストライプ柄だった。どうやら新聞記者という人種は、服にはあまり気を遣わないようだ。あるいは彼が、特にセンスのない人間なのか。

「いったい何事ですか」

「古い話なんです」

「俺の学生時代って——十年近く前ですよ」

「古い事件を再捜査するのが仕事なんです」

湯沢が、テーブルに置いた西川の名刺を手に取った。「追跡捜査係ね」とぽつりと言い、背広のポケットから名刺入れを取り出してしまった。

「ご存じですか？」

「いや」

「残念だな。広報がなってないですね」

「そういうわけじゃなくて」湯沢が苦笑した。「私は元々経済部なので、事件取材には縁がないんですよ」

「経済部の人が、どうして横浜に？」

「ご奉公みたいなものです」湯沢が皮肉っぽく言った。「東日には、こういう制度があるんですよ。入社十年目ぐらいで、もう一度地方支局に出て、二年ほど仕事をするんです」

「若手の兄貴分みたいな感じですか」

「まあ……出ないで済めば、それに越したことはないですけどね。入社して数年は地方支局、それから本社に上がって数年は中央で取材する――ようやく中央の人脈ができたところで、また地方に出されるのはたまらないですよ。それまでの取材の流れが切れてしまう。もっともエース格の連中は、絶対地方に出されないんですけどね」

二度目の支局勤務になったことを恨んでいるわけか……厄介な相手かもしれないと、西川は気を引き締めた。

「十年前、あなたは武蔵小山駅近くの『茂山ハイツ』というマンションに住んでいましたね」

「茂山ハイツ――ええ」

「ある人間が、あなたの住所を勝手に騙《かた》ったんです」

「ああ」湯沢が煙草の灰を灰皿に落とした。「ありましたね、そんなこと。警察の人が訪ねて来ました」

「一回ですか？」

「一回ですね」

「それで、あなたは否定された」

「当たり前ですよ。全然関係ないですから」呆れたように湯沢が言った。「だいたい、見ればすぐに分かったはずですよ。警察が捜していたのは、三十歳ぐらいの人だったでしょう？　こっちは二十二歳の学生だったんだから、一目瞭然《いちもくりょうぜん》ですよ」

「でしょうね」十年前だったら、今よりずっと童顔だったはずだ。ドアを開けた瞬間、刑事たちががっくりする様子が目に浮かぶ。

「警察は、ろくに裏も取らないで捜査をするんですか？……思い出しました。新宿事件の関係ですね」

「さすが、記者さんだ」西川は一応持ち上げてみた。

「当時はまだ、記者じゃなかったですけどね」湯沢がまた苦笑する。「とにかく、いい迷惑でした。まるで犯人扱いだったんだから」

「警察も、いい情報を逃しそうになって、焦ってたんですよ」西川は思わず同僚を庇《かば》った。

「分かりますけど、裏の取り方がいい加減だな……新聞記者になって初めて分かりました」

「それで、日比野正恭という人間なんですが——心当たりはないですか？」

「日比野？　そういう名前だったかなあ……」湯沢が首を捻る。「覚えてないですね」

「年齢はあなたが言った通りで三十歳ぐらい、中肉中背で、サラリーマン風だったというんですが」

「そんな人、東京に何十万人もいるじゃないですか。他に何か特徴はないんですか？」

「特にない――これじゃ分かりませんよね」西川は認めざるを得なかった。

「別に、警察に協力しないわけじゃないですけど、もう少しはっきりしたことが分からないと、何も言えないですね。その証言者、適当な住所を言ったんじゃないですか？」

「それにしても、事前に準備はしていたと思う。そうじゃないと、具体的なマンションの名前まで出てこないでしょう」

「よく分かりません」湯沢がぴしりと言った。「とにかく、役に立てそうにないですね」

「そうですか……ちなみに、この番号に心当たりはないですか？」西川は、覚えていた日比野の携帯の番号を告げた。

「いやあ……ないですね。だいたい、携帯電話の番号って覚えないじゃないですか。必要なら、すぐに登録しちゃうし」

「そうですね」

「新宿事件のことは覚えてますし、これから解決するようなら、うちが特ダネで書かせてもらいたいけど、この線では何とも……筋が悪いんじゃないですか？」

「否定はできませんけど、古い事件をひっくり返す時には、少しでも手がかりになりそうなことは、全て調べるようにしているんです」

「それは分かりますけどねえ」湯沢が煙草を揉《も》み消し、コーヒーをぐっと飲んだ。「これでいいですか？　一応、地方支局勤務でもそれなりに忙しいので」

「市役所の担当なんですか？」

「横浜市政と経済です。横浜は大きい企業も多いもので」

「経済部出身ならではの仕事ですね」

「とはいえ、東京とはやっぱり違いますけどね。ま、年季明けまでは適当に頑張りますよ……もういいですか？　これで失礼しますよ」

湯沢が伝票に手を伸ばしかけた。西川はいち早くそれを押さえ、「これは警視庁の方で払っておきます」と言った。

「それはむしろ怖いですけどねえ」湯沢が唇を歪《ゆが》めるようにして言った。「まあ、お役に立てずにすみませんが」

「何か思い出したら連絡して下さい」

「と言われましてもね……失礼します」

そう言えば湯沢は、マウンテンパーカーも脱がなかった。最初から長居するつもりがなかったのか、単に失礼なだけの男なのか、西川には判断できなかった。そしてかすかな敗北感……日比野がどうして湯沢の住所を警察に告げたかは分からなかったのだ。

2

山岡の娘、智花《ともか》に会ってみたい——沖田は逸《はや》る気持ちを必死に抑えた。さすがにまだ早いだろう。相手は中学生なのだ。父親の突然の死という事実を乗り越えるには、かなり長い時間がかかるはずだ。事情聴取を始めた瞬間、パニックに襲われることを、沖田は一番恐れた。

仕方ない。この件は後回しだ。

沖田は別の筋から山岡に迫ることにした。会社の同僚——こちらには特捜本部の刑事たちがもう突っこんで話を聴いているはずだが、構うものか。とにかく自分で話を聴いてみないと、納得できない。

ここは正攻法でいくしかない。LGフーズの広報部に電話を入れ、山岡が所属していた宣伝部の同僚に話を聴けるように手配する。広報部の人間はうんざりした様子だったが、それでも何とかつないでくれた。会社もいい迷惑だよな、と思う。基本的にこの事件に会社は一切関係ないはずで、警察が嗅《か》ぎ回っていると、悪い評判が立つのでは、と心配するのも当然である。

面会時間は夕方。沖田は一度追跡捜査係に寄って、時間を調整することにした。

「あれ？　西川は？」庄田に訊ねる。いつも根が生えたように追跡捜査係にいる人間がいないと、違和感を覚える。

「新宿事件の捜査で、横浜の方へ行ってますよ」

「横浜？　何で横浜なんだ？」

「さあ……関係者が住んでるらしいですけど」

「お前、仲間の動きは、もっときちんと把握しておけよ」

「すみません」

庄田が頭を下げた。今のは因縁《いんねん》のようなものだ……係員の動向を把握するのは、係長である鳩山の仕事である。もっとも、その鳩山も席にいない。

「沖田さんは、特捜じゃないんですか？」庄田が訊ねる。

「ちょっと時間潰しだ」正直に言ったことを、一瞬後悔する。しかし、言ってしまった以上、もう少しきちんと話しておこうと決めた。「特捜には居場所がなくてね」

「オブザーバーですから、しょうがないですよ」庄田が慰める。「あれこれ文句を言われないで動き回れる分、ましじゃないですか」

「普段は邪魔者扱いされてるからな」沖田は皮肉をまぶして言った。

「偏見の目で見ないで欲しいですよね」庄田が悲しげな表情で言った。「こっちだって、きちんと仕事でやってるのに」

「人の粗探しをするようなものだから、他の刑事には嫌われて当然さ」

「沖田さん、それで納得してるんですか？」

「納得はしてないけど、もう慣れたよ」沖田は肩をすくめた。

「何だか悲しいですねえ」

「そう言うな」

喫煙ルームで煙草を二本灰にして、エネルギーチャージ完了という感じになった。そのまま警視庁を出て、丸《まる》ノ内《うち》線で新宿へ……約束の時間の五分前に、LGフーズの本社ビルに着いた。

さすが、戦前から続く、日本を代表する食品メーカーである。自社ビルはまだ新しく、「威容《いよう》」という形容詞が似合う大きさだった。少しだけ気後れしたが、とにかく受付へ向かう。午後五時過ぎ。勤務を終え、帰宅を急ぐ社員たちで、ロビーはごった返している。おそらくLGフーズでも、社員は定時退社を求められているのだろう。今はどこの会社もこんな感じ……日本は生産性が低いとよく言われるが、必死で働けば勤務時間を短くしても同じだけ儲《もう》けられるのだろうか。相手に合わせて仕事をしなければならない警察官には、なかなか理解できない感覚だった。特に捜査二課の連中は、勤務時間内で仕事を終わらせるのは難しい。情報源と会えるのは夜が多いので、どうしても残業が増えてしまうのだ。

LGフーズとしては、これから警察の事情聴取を受ける社員は残業扱いにするのだろうか——余計なことを考えながら、ロビーのベンチで相手を待つ。

五分後、宣伝部長の水原《みずはら》が降りてきた。まだ仕事中という感じで、背広の上は脱いでワイシャツ一枚だった。五十歳ぐらいだろうか、髪にはだいぶ白いものが混じっているが、体には贅肉《ぜいにく》がなく、ワイシャツは体によく馴染んでいる。

「お待たせしました」

言われて沖田も立ち上がり、すぐに名刺を交換する。

「何度もすみません。事情聴取には飽き飽きしてますよね」

「いや、まあ……こういう大変なことですから」水原が愛想よく言った。もちろん上辺だけの言葉だろうが、無愛想にされるよりはましだ。

「座って話しましょう」

ここのロビーは少し洒落《しゃれ》ている。昔の会社なら、ロビーのベンチは素っ気ないものが並んでいるだけだったのだが、ここには様々な形、色のベンチやソファがランダムに置かれているのだ。今は夕方だが、日中は広いガラス窓から明るい陽射《ひざ》しが降り注ぎ、明るい雰囲気になるだろう。

水原が、沖田の向かいのソファに座った。一人がけ、明るいオレンジ色のソファなので、妙に浮いて見える。

「課長が亡くなって、会社の方も大変じゃないですか？」

「それは大きなマイナスですよ」水原がうなずく。「宣伝部の肝ですからね。彼の専任事項も多かった」

「仕事が止まってしまう、というわけですか」

「もちろん、宣伝部の仕事は一人きりでやるわけじゃないですけど、課長というのはハブですからね。下の人間が大変ですよ」

「お察しします」沖田はうなずいた。「しかし、一刻も早く犯人を見つけないといけません」

「それは散々聞かされましたが……そもそも、山岡がどこで殺されたかも分かっていないんでしょう？」

「残念ながら、遺体遺棄現場が分かっているだけです」

不思議な話だが、人の多い東京も、常に衆人環視《しゅうじんかんし》で誰かの目が光っている場所ばかりではない。夜になれば、完全に無人になるような暗闇《くらやみ》はいくらでもある。

「いずれにせよ、あいつが府中の方へ行く用事なんかないはずなんですけどねえ」

「プライベートでは？」

「そこまでは把握してませんけど、用事があるとは思えないな」

「山岡さんは、どんな人だったんですか？」

「宣伝のプロです」水原がうなずく。「入社してからずっと、宣伝担当一筋でした」

「CMとか広告とかですね？」

「あいつが手がけたCMは、何回か広告関係の賞を取っています。もちろん、制作するのは広告会社なんですけど、広告会社を使うのが得意だったな」

「センスがよかったんですかね」

「それもありますし、あとは人柄かな。意見がぶつかった時に、向こうに後味悪い思いをさせずに納得させられるっていうのは、やっぱり人柄でしょう。真面目《まじめ》で誠実……今時こういうのは流行《はや》らないかもしれないけど、あいつはまさにそういうタイプでしたよ」

「出世も早かった」

「そうですね。課長になったのは、同期で一番早かったですから」

「基本的には仕事人間のようですね。でも、家族も大事にしていたと聞いています」

「昔だったらマイホームパパと呼ばれてたかもしれない。子どもは娘さんが一人かな？自分のデスクに、写真を飾ってましたよ」

沖田は胸が詰まるような思いを味わった。日本では、会社のデスクに家族写真を置くような人はほとんどいないが、山岡はそれだけ娘を可愛《かわい》がっていたのだろう。

「娘さん思いだったんですね」

「宣伝の仕事は、不規則なところもありましてね。他の部署に比べて残業も多いし、休日出勤もある。だから空いた時間は、全て家族のために使っていたと思いますよ。会社でもよく、家族の話をしていましたし」

「奥さんも、もともとこちらの社員だったそうですね」

「ええ、社内結婚です」水原がうなずく。「うちは、そういう社員も多いんですよ。そう言えば私は昔、奥さんと同じ部署にいました」

「宣伝ですか？」

「いや、その時は広報です。広報と宣伝は、常に協力しあって動きますし、人事の交流もありますから、そういうところから親密になったんでしょうね」

「なるほど……奥さんは結婚して会社を辞められて」

「そうです」

「失礼ですが、御社で課長クラスとなると、年収はどれぐらいなんですか？」

「それが何か？」水原の表情が急に渋くなった。

「いや……山岡さんの年齢で、新百合ヶ丘から歩いていける場所に戸建ての家を建てるということは、かなり給料もよかったのかな、と」

「どうでしょう……四十歳前後にマンションを買ったり家を建てたりするのは、一般的じゃないですか？　子どもの教育のことを考えて、適当な場所に住みたいとも考えるでしょう」

「新百合ヶ丘が適当な場所、ということなんですかね」

「あそこはいい街ですよ。うちの社員も、何人も住んでいますしね。通勤に便利だし、人気のエリアです」

この情報を、沖田は頭にインプットした。同僚で、同じ街に住む人たち——プライベートでも山岡と交流があるかもしれない。話を聞けば、何か情報が出てくる可能性もある。

「山岡さん、プライベートのトラブルは何もなかったんですか？」沖田は質問を繰り返した。

「特に聞いてないですね」水原が顎《あご》を撫《な》でる。

「金に困っていた様子はないですか？　住宅ローンが辛《つら》かったとか」

「それで辛くないサラリーマンは、いないと思いますが」水原が苦笑する。「ただ、そういう話は一切聞いたことがないですね。まあ……正直に言えば、うちの課長クラスの年俸があれば、五千万円の家を買うのにも、それほど苦労することはないでしょう。上手《うま》くやれば、繰り上げ返済で、定年前にローンを返済し終えますよ」

「そんなものですか？」

「ええ」水原がうなずく。「ローンがなくなる日が楽しみで働いている人もいますからね」

どうやらこの部長からは、いいネタは出てきそうにない。直属の上司だからといって、何でもかんでも知っているわけではないのだ。もっと近い人――プライベートでも交流のある人に当たらないと駄目だろう。沖田は「新百合ヶ丘駅付近在住の同僚」という条件で何人かの連絡先を教えてくれるよう、頼みこんだ。水原は渋い表情を浮かべたが、何とか押し切った。「犯人逮捕のため」という理由は、何事にも優先する。

「後でメールします」

「簡単なリストで大丈夫ですから」できるだけ負担をかけないようにと、沖田はつけ加えた。「名前と連絡先だけが分かれば大丈夫ですよ」

「まったく……こんなことになるとは思いませんでした」水原が溜息《ためいき》をついた。慰めの言葉もない。普段から、事件に巻きこまれるかもしれないと用心している人間など、まずいないのだ。

立ち上がろうとした瞬間、沖田はふと鋭い視線に気づいた。誰かに見られている――周囲を見回すと、妙に背の高い男とふと目が合った。向こうはすぐに視線を逸《そ》らしてしまい、足早にロビーから出て行った……沖田の戸惑いに水原が気づき、「どうかしましたか」と訊ねる。

「いや……あの人、誰ですか？」沖田は、遠ざかる背中を指差した。

「ああ、デザイン課の牧《まき》ですね」

「デザイナーさんですか？」

「ええ……どうかしたんですか？」水原が質問を繰り返す。

「睨《にら》まれていたような気がしましてね」

「そうですか。まあ、ちょっと変わった人間なので……うちのデザイン課には、変わり者が多いんですよ。彼も、芸大出でね」

「なるほど」会社員と言っても芸術家のようなものか。だったら、変わっているのも理解できないではない。

この件とは関係ないだろう。向こうも、変な人間がいると思って警戒していただけではないだろうか——沖田は自分に言い聞かせた。一々気にしていたらきりがない。

ろくな収穫なしか……沖田は新宿駅へ引き返す途中、喫茶店に入ってアイスコーヒーを頼んだ。外は身を切るような風が吹く寒さだが、頭を冷やすために冷たい飲み物が必要だった。

会社の線も薄いかもしれない。山岡はおそらく、会社とはまったく関係ないプライベートな事情で殺されたのだ。ということは、彼の私生活を探る必要があるが、そもそも会社にも家族にも関係ない私生活があったかどうか……基本的に仕事は忙しく、一方で娘を溺《でき》愛《あい》するマイホームパパ――それは本当だろう。いかに隠していても、自分の趣味やプライベートな人づき合いに時間を割いていれば、周りにはばれてしまう。山岡には、本当にそういう一人きり――会社とも家族とも関係ない時間はなかったのだろうか？

沖田の要請に対して嫌そうにしていた水原だが、実際にはすぐに動いてくれた。特捜本部に戻るために、京王線に乗っている最中に、もうメールが届いたのだ。面倒なことをよく引き受けてくれたと思ったが、彼にすればさっさと終わらせた方が気が楽、という感覚かもしれない。そもそも、引き出すのが難しいデータでもあるまい。昔のように、住所などが明記された社員名簿が各セクションに常備されているわけではないだろうが、部長の権限があれば、人事関係のデータを引き出すのは簡単だろう。

リストを見た瞬間、沖田はまだ動けると判断した。幸い、準特急は千歳烏山《ちとせからすやま》を出たばかり。次の調布で乗り換えて京王多摩センターまで行き、そこから小田急多摩線を使えば、新百合ヶ丘駅は遠くない。調布を過ぎていたら、山岡の家まで行くのも面倒だった――今日の自分にはまだツキがあるかもしれないと思いながら、沖田は調布で電車を降りた。幸い、あまり待たずに特急の橋本行きがくる。よしよし……今日はもう一仕事だ。しっかり情報を引っ張ってこよう。

今回は、事前の接触なしで、いきなり家を訪ねることにした。地図を見て、駅から遠い方から始める。まずは、バスで十分以上かかる場所――沖田はタクシーを奢《おご》った。贅沢《ぜいたく》したわけではなく、バス便のルートが複雑でよく分からなかったし、できるだけ時間を節約したかったからだ。LGフーズは残業についてうるさい会社のようだし、会おうとしている相手は経理課の社員だ。決算時期でもない今、残業に追われているとは考えにくい。

タクシーで、一度家の前を通り過ぎてもらった。ここもかなり急勾配《きゅうこうばい》な坂の上——先ほどバス停を見かけたが、そこから家まで行くまでの間に一汗かいてしまうだろう。夏など地獄のはずだ。この街が人気だという理由が、沖田にはイマイチ理解できない。

午後七時二十分。目当ての石倉《いしくら》という社員はとうに帰宅しているはずだ。インタフォンを鳴らすと、くぐもった男の声で「はい」と返事があった。食事中だったかもしれない、と沖田は想像した。

「夜分にすみません。警視庁捜査一課の沖田と申します」

「警視庁……」相手の声に怯《おび》えが混じる。

「亡くなった山岡さんのことで調べています。お話を聴きたいんですが、時間をいただけますか？」

「ちょっと待って下さい」

インタフォンが切れた。拒絶ではない……と思いながら沖田は待った。一分ほどしてドアが開く。石倉は四十代半ば——自分と同年輩の、細身の男だった。ネクタイを外したワイシャツ姿だが、分厚いダウンジャケットを抱えている。

「山岡のことというと……」眼鏡の奥の目が厳しく光る。

「山岡さんについて、あらゆる情報を集めています。会社の同僚で、近所に住んでいる人にも話を聴きたいと思いましてね。お時間は取らせません」

「家じゃなくていいですか？」

「どこでも構いません」

「じゃあ」石倉が外へ出て、ダウンジャケットに腕を通す。ドアノブを何度も回して施錠を確認し、歩き出すとすぐに振り返って「近くに公園があるんです」と告げた。

「結構ですよ」

沖田は彼から二、三歩遅れて続いた。見ると足元はサンダル……しかも靴下は履いていない。上はダウンジャケットでそれなりに防寒しているが、これでは長くは持つまい。足元から寒さが這《は》い上がってきて、風邪を引くかもしれない。かといって、靴下を履いて下さいと言うのも間抜けな話だ。さっさと済ませよう。

小さな児童公園で、ブランコや滑り台などの遊具がいくつか置いてあるだけ……一月の午後七時とあって、人気はない——と思ったら、一人の若者が公園の中でストレッチをしていた。どうやらこれから走るつもりらしい。こんなに坂のきつい街でジョギングは、辛過ぎないだろうか。

二人はベンチに並んで腰を下ろした。しばらく煙草を吸っていなかった沖田は、ニコチンへの強い渇望を感じたが、何とか我慢した。

「山岡さんと、個人的なつき合いはありませんでしたか？」

「知ってはいましたよ。深いつき合いではないですけど」

これはいけるのでは、と沖田は期待して続けた。

「同じ駅の利用者ですからね」

「朝はよく一緒になりました。出勤時間も、乗る車両も同じですからね」

「そういう時に話をしたり――」

「いやいや、小田急もなかなか混んでますから」石倉が苦笑する。「昔に比べればずいぶん楽になりましたけど、朝の通勤電車の中で、のんびり話はできませんよ」

「しかし、話はしていたんですよね？　話題は？」

「お互いの子どものこととかね」

「同級生ですか？」

「いや、うちはもう高校生ですけど、近所に住んでいれば、学校の情報交換なんかはするでしょう。山岡は、智花ちゃんを溺愛してましたからね。智花ちゃんは勉強も相当できるようだから、高校や大学はどうしようかっていう話は、結構してましたね」

「家族仲は良かったんですね」

「そりゃあねえ。家族のために、頑張って家を建てたんだし」

「かなり無理してたんですか？」

「家を買う時、頭金はどうしますか？」

「それは……いろいろでしょうね」家を買うことなど一度も考えたことのない沖田は、答えに詰まった。

「親に出してもらうことも結構ありますよね。ただ、山岡は三男でね……実家も農家で、そんなに金があるわけじゃなかったから、頑張って節約して頭金を貯《た》めたそうです」

うなずきながら、沖田はいいネタ元を摑《つか》んだかもしれないと密《ひそ》かに胸を躍らせた。山岡と石倉は、プライベートな問題までよく話し合っていたようだ。

「あいつが家を買う時に、ちょっと相談を受けたんですよ」石倉が打ち明けた。

「そうなんですか？」

「新百合ヶ丘は、最初から第一候補だったみたいです。でも、実際に住んでいる人間に話を聞かないと、街の様子は分からないでしょう？　うちは十年前に家を建てたから、結構な先輩になるわけです。それで、会社でいきなり話しかけられたんですよ――新百合ヶ丘のことを色々聞かせて欲しいって」

「それからのつき合いになるわけですね」

「ま、そういうことですね」

石倉がダウンジャケットのポケットから煙草を取り出した。自分も吸うチャンス――と思ったが、石倉はすぐに煙草をしまってしまう。

「煙草、どうぞ」沖田は愛想よく勧めた。

「公園は禁煙なんですよ」石倉が苦笑した。「今は、外でも勝手に吸っていいわけじゃないですからね」

「ああ……何だかやりにくい世の中ですね。私も困ってます」

「まったく……」石倉がすっと背筋を伸ばした。「まあ、山岡は煙草もやめたんですけどね」

「住宅ローンのための節約ですか」

「冗談めかしてましたけど、確かにそう言ってました」

「ということは、家計はだいぶ苦しかったんじゃないですか」

「何千万もローンを抱えれば、余裕たっぷりってわけにはいかないでしょう」

「分かります」沖田はうなずいた。それでも、同じ広さの家に住むならば、毎月の家賃よりも住宅ローンの方が負担が小さい、という話はよく聞く。

「酒もやめちゃったんですよね」

「そうなんですか？」

「家ができた時、お祝いで一杯やろうって誘ったんですけど、これからは節約しないといけないから禁酒するって、断られました」

「そんなにローン返済が大変だったんですかね」沖田は、山岡の家の様子を思い浮かべた。こぢんまりとした家……庭があるわけでもなく、どちらかというと質素な家だった。中に入ってもその印象は変わらない。リビングルームに贅沢な家具を置くわけではなく、どちらかというとシンプルに暮らしていた――そこでふと、違和感に気づく。

「山岡さん、アウディに乗ってますよね」

「そうですか？　そこまでは知らなかったな。まあ、この辺りは車がないと、休みの日に出かけたりする時も不便ですけどね」

「かなり高額なアウディなんですが……オプション抜きでほぼ九百万円」

「九百万？　この辺だと中古のマンションが買えるんじゃないかな」石倉が驚いたように目を見開いた。

「そんなに安いんですか」逆に沖田は驚いた。

「築四十年の物件ならね……引っ越す時に、この辺の住宅事情は結構調べたんですよ」

「なるほど……いずれにせよ、九百万円の車っていうのは、庶民には簡単には手が出ないですよね」

「ちょっと考えられないですね」石倉が首を捻《ひね》る。「そもそもあいつが、車を趣味にしているとは思わなかった」

趣味……なのだろう。最近は、子どもが生まれたらミニヴァンかSUVというのが定番だ。沖田が子どもの頃は、どの家でも狭いセダンに家族五人が乗って、長距離ドライブに出かけていたものだが。

「車のことはまったくご存じなかったんですか？」

「ええ」

「ちょっと変ですね。住宅ローンがかなりの重荷になっていたなら、九百万円もする車なんか買えないいんじゃないですか」アウディのサイトでローンのシミュレーションをしてみたのだが、頭金を三百万円以上用意したとしても、六十回ローンで毎月の返済は十万円以上になる。住宅ローンがいくらだったかは分からないが、毎月十万円のプラスは、相当重い負担だったのではないか。

「確かに……何か臨時収入でもあったんじゃないですかね」

「LGフーズは、副業を許可してるんですか？」

「ええ、でも、実際にやっている人間はまだいません」石倉が否定した。「そういうことなら、詳しい人がいるかもしれません」

「誰ですか？」

「やっぱりこの辺に住んでいる人なんですけど、門田《かどた》という男です。山岡と同期なんですけど、とにかく車好きでしてね。まだ独身で、金は全部車に注《つ》ぎこんでいるんじゃないかな。だから結婚できないのかもしれませんけど……二人は、仲がよかったはずです」

いいポイントだ。まだ自分はいい流れに乗っていると沖田は自信を深めた。

しかし、物事はそう上手く転がるものではない。門田の名前は水原のリストにも載っていて、住所はすぐに分かったが、自宅には不在だった。いかにも古い――築三十年以上経《た》っていそうなマンションだったが、これで家賃を抑え、余った金は全て車に回しているのかもしれない。沖田には理解し難い感覚だったが、まあ、金の遣《つか》い方は人それぞれというしかない。

今日は諦めることにした。ＬＧフーズの人間だから、明日会社で会ってもいいし、夜に自宅で会うように約束を取りつけることもできるだろう。

八時過ぎか……沖田は響子に電話を入れた。少し遅いが、久しぶりに会いたい。週末に長崎に里帰りしていたので、その結果も聴きたかった。

しかし響子は、会うのを拒んだ——強い口調ではなくやんわりとだが、「今日は会えない」とはっきり言った。

「お義父《とう》さんのことが気になるんだけど」

「それは大丈夫……予定通りに検査入院したけど、あくまで一応、みたいだから。本人も、何でもないって安心したいだけじゃないかしら」

「それならよかった。その辺の話、詳しく聞かせてくれよ」

「それはまたの機会でいいかしら？　今日はちょっと忙しいの」

「そうか……」ここは強く出るべきだと思ったが、それができない。最近、二人の間に隙《すき》間《ま》風が吹いているのは間違いなく、このまま何もしなければ、確実に距離は開いてしまうのだから。むざむざ別れるには、響子は惜し過ぎる女だ。結婚するかどうか、彼女の実家の商売を継ぐかどうかは別問題にして、とにかく離してはいけない——そう本能が告げていた。

しかしどうしても、強く出られないのだった。彼女の方で会いたくないと言うなら、無理強いはできない。こと女の問題になると、昔から強く出られないんだよな……だから、四十代半ばになっても独身のままなのだが。独身生活が辛いわけではないが、男女関係が仕事のように上手くいかない理由が分からないのが微妙に辛い。自分はこんなに弱気な人間なのだろうか、と情けなくなることもあった。

3

「当時の携帯の契約者が分かりました」

「よくやった」朝一番でさやかの報告を受け、西川は反射的に褒めた。これで捜査は一歩進むかもしれない。

「契約者名は、浜島黎人《はまじまれいと》。当時二十三歳です」

「何者か、分かるか？」

「そこまでは……名前が分かったのは、昨夜遅くでしたから」

「よし。君は庄田と一緒に、この浜島という人物について調べてくれ」

「ええ……」さやかが目に見えて不機嫌になった。

「どうした、しっかりしてくれよ。これは仕事なんだから」

「別にいいですけど……」

「ちゃんと情報共有して、頼むぞ」

露骨に嫌われた庄田も、むっとした表情を浮かべている。これは、本格的に二人の処遇を考えた方がいいかもしれない。いくら何でも、ここまで互いを嫌い合っていたら、今後の仕事に支障を来す恐れもある。しかし西川は、二人が普通に組んで仕事ができるのではないかと、まだ微《かす》かな希望を抱いている。逆に言えば、人間的にどんなに嫌いでも、プロならコンビを組んできちんと仕事ができるはずだし、そうすべきだ。そう、二人にはプロ意識に訴えかけようと決めた。プロなら、個人的な感情を押し殺して何とかしてもらわないと。

二人が打ち合わせスペースに去るのを見届けて、西川は受話器を取り上げた。まず、東田に電話をかける。

「やあ、あんたか」先日は微妙に気まずい思いをしたのだが、今朝の東田の声は快活だった。

「先日は貴重なお話を聞かせていただいて、ありがとうございました。一つ、確認させてもらえますか？」

「どうぞ、どうぞ。こっちは暇《ひま》を持て余しているからね」

「浜島黎人という名前に心当たりはないですか」

東田が一瞬黙りこんだ。思い出せないのか、話したくないのか……西川が「東田さん？」と声をかけると、東田が掠《かす》れた声で「ああ」と短く反応した。

「浜島黎人さんです。覚えはないですか？」西川は繰り返した。

「携帯の契約者だな——十年前、日比野正恭が俺たちに教えた携帯の」

「そうです。先ほど、ようやく割り出したんですよ」

「ああ、そうかい」東田の声は、急に素っ気なくなっていた。

「この男のことは調べたんですか？」

「……摑まらなかった」

「追跡はしたんですね？」西川はさらに突っこんだ。

「住所は割り出した。一度訪ねたんだが、不在でね」

「それきりですか？」西川は次第に怒りがこみ上げてくるのを意識した。いくら何でも、十年前の特捜の仕事は杜撰《ずさん》過ぎる。

「まあ……」東田が咳払《せきばら》いした。「本筋とは関係ないからね」

「その後、浜島黎人さんのことは追跡していないんですね」

「していない」東田が強張《こわば》った口調で答える。

「先日、話してくれてもよかったじゃないですか。割り出すのに、結構苦労しましたよ」

西川は思わず愚痴を零《こぼ》した。

「それは……忘れてたんだよ」

「忘れた……」西川は呆れてつぶやいた。

「もう十年も前のことだぞ？」東田が言い訳した。「あんたも、十年前のことを全部覚えてるわけじゃないだろう」

事件に関することなら覚えている——しかし西川は文句を呑《の》みこんだ。追跡捜査係の仕事は、他の刑事の粗探しとも言える。ミスを見つけて、その穴を埋めていくような仕事だ。ほとんどの刑事は、そんなことをされるとむかつくわけで、何も改めて指摘、批判する必要はない。ＯＢが相手でも同じだ。

礼を言って電話を切り、西川は一つ息を吐いた。落ち着け、落ち着け……十年前の特捜の捜査に文句を言っても、何かが生まれるわけではない。昔のことは忘れて、ゼロから捜査を始める気持ちでいればいい。そもそもこの件——日比野正恭という人間の正体が分かって接触できても、それで事件が解決する保証はないのだ。あくまで手がかりの一つに過ぎないのだから、まだ熱くなってはいけない。

庄田とさやかは打ち合わせを終え、コートも着込んで臨戦態勢を整えていた。

「今、誰と話してたんですか？」さやかが訊ねる。「ずいぶん怖い顔をしてましたよ」

「そうか？」西川は慌てて両手で顔を擦《こす》った。「ちょっとＯＢの人とな……」

「この件ですか？」

「ああ。十年前に特捜にいた人だ」

「当時、もう少しちゃんと調べていてくれたらよかったですよね。私たちがこんな手間をかける必要もなかったし」

「しょうがないじゃないか」庄田が反論した。「捜査の本筋からは外れてしまった話なんだから」

「小さい筋を大事にしないと、捜査は駄目になるのよ」

さやかがぴしりと言ったので、庄田がみるみる不機嫌な表情になる。まったく、この二人は……西川は「喧嘩《けんか》してないで、さっさと捜査を始めてくれ」と二人を急《せ》かした。何も言わずに二人が出て行ったので、ようやくほっとする。これでようやくじっくり考えられると思った瞬間、目の前の電話が鳴った。東田が怒って抗議の電話をかけてきたかもしれないと想像して少し怯《ひる》んだが、習慣で手を伸ばし、受話器をつかんでしまう。

沖田だった。まあ、東田よりはましだろう。そう言えば、沖田と話すのも久しぶりだ。

「山岡なんだけどな、ちょっとおかしな話があるぜ」沖田がいきなり切り出した。

「何だ？」

「金だよ、金」

「金がどうした。はっきり説明してくれ」

「お前ね……」金というキーワードで全てを理解できない西川が悪い、とでも言いたそうだった。「金の流れがおかしいんだ」

「どういうことだ？」

「前から気づいてたんだが、彼は、いい車に乗ってるんだよ」

「LGフーズの課長さんなら、ちょっといい車に乗っていてもおかしくないだろう」こいつは何が言いたいんだと訝《いぶか》りながら、西川は言った。

「九百万の車が、『ちょっといい』か？」

西川は黙りこんだ。普通のサラリーマンには簡単には手が出せない。食品業界トップの

ＬＧフーズでは、社員の平均年収は八百万円超――有価証券報告書に記載されている――だが、年収を超える額の車を購入するのはリスクが大き過ぎる。

「リースとかでは？」

「違う。本人の名義だ。しかも即金で買っている」

「九百万円を現金で？」

「ディーラーに確認したから間違いない」沖田がさらりと言った。「まあ、ディーラーとしてはローンでも現金でも構わないだろうが……山岡さんはいい客だったそうだ」

「車が趣味だったのか」

「そういうことだな。基本的には家と会社を往復するだけの毎日で、土日は近くに借りた畑に子どもと行くぐらいしかやることがなかった」

「それじゃ、車に乗ってる暇もなかったんじゃないか」ろくに乗らない車に九百万円も出すのは、西川の感覚では理解できない。

「いや、土日の早朝に、一人でドライブに出かけていたらしい。朝五時とか六時なら、高速も空《す》いてるだろう？　東京と沼津《ぬまづ》を往復とか、首都高を何周もするとか」

「それは、単なるガソリンの無駄遣いじゃないか」

「車の運転自体が趣味っていう人も珍しくないぞ。三リッターＶ６、三百三十三馬力のエンジンでドライブしたら、そりゃあ快適だろうよ」

　西川は鼻を鳴らした。どうにも現実味がない……趣味のためならいくらでも金をかける人もいるが、限度があるだろう。沖田は、初めて山岡の家を訪れた時に、アウディの存在に気づいて疑問を抱いたのだという。

「それ、特捜には言ったのか？」

「いや、まだだ」

「さっさと言えよ。何かヒントになるかもしれない——大人数で一気に調べれば、すぐに事情が分かるんじゃないか」

「馬鹿言うな。こっちにとっては大事な隠し球なんだよ」沖田が低い声で笑った。

「しかしこれは、殺人事件の捜査なんだぜ」

「いや、俺にとっては、ネタ元の謎《なぞ》を解くことが大事だ」

また沖田の暴走が始まった……こうなってしまうと、何を言っても無駄である。どこかで引っ張り戻さなければならないが、タイミングを間違うと手遅れになる。

「山岡さんと同じように、車が趣味の会社の同僚、門田という男に面会したんだ」

「ああ」

「家も近くでね。門田さんという人は山岡さんの会社の同期なんだが、独身で、給料のほとんどを車に注ぎこんでいる。休みの日にはサーキット走行をすることもあるそうだから、より本格派だな。二人はよく、車談義をしていたらしい。山岡さんは、自分でサーキットを走りたいタイプじゃなくて、いい車でゆったりドライブしたい——そういうことに子どもの頃から憧《あこが》れていたそうだ」

「アウディというのは……」

「S5っていうのは、その手の使い方に適してるんじゃないかな。馬力十分で余裕があるし、シートに座るだけで満足できる」

「お前、乗ったことあるのか？」

「いや。アウディのサイトで見ただけだ。宣伝が上手いから、すっかりファンになったよ」

まったく、何を言ってるのか……しかしこの男は、こんな情報を俺に教えてどうしようというのだ？　嫌な予感が走る。

「それで……俺にどうしろと」

「ちょっと手伝ってくれよ」

「これはお前の事件だろう？」

「追跡捜査係の事件だ」

西川は思わず溜息をついた。勝手なことを……ここは、甘やかしてはいけない。

「俺も今、新宿事件の件でばたばたしてるんだ」

「何か動きがあったのか？」沖田が探るように訊ねた。

「多少な……庄田と三井もこの件で動いているから、ヘルプが欲しいなら、大竹を送るよ」

「大竹か……」沖田はどこか不満そうだった。

「あいつも頼りになるだろう？」

「じゃあ、これから北多摩署の特捜へ行かせてくれるか？　俺も外なんだが、特捜で落ち合って相談したい」

「分かった」

電話を切り、西川は大竹に声をかけた。

「すまないが、北多摩署へ行って、沖田と合流してくれ」

大竹が無言でうなずき、立ち上がった。すぐにコートハンガーから黒いコートを取ってきて、出発の準備を整える。西川に向かって一礼すると、さっさと出て行った——用件を聞かないで大丈夫なのか？　まあ、いいか。大竹はこういう男なのだ。喋《しゃべ》らないことで、極力エネルギーを使わないようにする。余った分のエネルギーが捜査に生きているかどうかは分からなかったが。

西川は、新宿事件の資料を検討して過ごした。他に事情聴取できる人間は……取り敢《あ》えず、当時の担当刑事に話を聴いていこうと決めた。嫌な仕事だが、記憶を引っ張り出してもらうのも捜査方法の一つなのだ。

夕方、庄田から連絡が入った。

「どうだ？」西川は、なお書類を見ながら訊ねた。

「十年前の住所は確認できました。五年前までは、そこに住んでいたようです」

「何者だ？」

「それはまだ分からないんですが……五年前に東京を引き払って、小田原に引っ越しています」

「現住所は？」

「分かりますが、どうしますか？」

西川はしばし考えた。このまま小田原に転進してもらってもいいが、夜になってしまう。緊急の用件ではないから、明日に回してもいいだろう。

「了解した。明日、俺が行ってみる」

「一緒に行きましょうか？」

「そうだな……つき合ってもらおうか。明日は空いてるな？」

「大丈夫です」

「じゃあ、明日の朝、詳細な報告を聞く。それから、どう調べていくか、検討しよう」

「三井はいいんですか？」妙に気にするように庄田が訊ねる。

「何が？」

「この件、調べたのはあいつですよ。自分で追跡したがると思いますけど……」

「そもそも俺が引っかけてきた事案だから、俺が自分で調べたい――単なるわがままだけどな」

「それは構いませんけど……」庄田が遠慮がちに言った。「三井、この件に関しては妙にやる気になってるんですよ。今日これから小田原まで行ってもいいって言ってるぐらいなんです」

「気持ちは分からないでもないけど、今はそこまで無理する必要はないさ」そんなに興味を惹《ひ》く事件だろうか、と西川は首を傾《かし》げた。最近、追跡捜査係のスタッフが暇を持て余しているのは間違いないが。「話を整理しておきたいし、明日にしよう。今日は直帰でいいぞ」

西川は壁の時計を見た。既に退庁時刻を五分過ぎている。鳩山も帰り支度を始めていたので、西川は慌てて状況を報告した。鳩山はさほど興味を惹かれた様子もなく、立ったまま聞いていた。

「明日、現地集合の方がいいんじゃないか？　その方が時間の無駄にならないだろう。詳しい状況は、明日、現地で聞けばいいじゃないか」

「そうですか？」

「効率よくいこう、効率よく。警察だって、生産性を考えないといけないからな」

「警察の生産性って何ですか？」

「逮捕した犯人の数に決まってるだろうが。多ければ多いほどいい」

上手いことを言ったと思ったのか、鳩山が笑いながら出て行った。西川は庄田を呼び出し、明朝九時、小田原駅で落ち合うことを決めた。庄田はまだ、さやかに遠慮している様子だったが……。

やはりこのギスギスした雰囲気を何とかしないといけない。そう言ったら、自分の家もそうなのだが……とはいえ、家族の問題に関しては解決策はない。

自分も、こういうことに関してはまったく無力なのだ。仕事よりも、家族とのつき合いの方がよほど難しい。


朝から小田原遠征は面倒臭かったが、一つだけ利点があった。下りの東海道線《とうかいどう》はガラガラで、毎日通勤ラッシュに苦しめられている身にすれば、天国のようなものだったのだ。川崎からは座れたので、つい居眠りしそうになる。体がずり落ちそうになってハッと目を覚まし、慌てて座り直す——そんなことをしているうちに、いつの間にか小田原に着いてしまった。

JRや小田急など複数の路線が乗り入れる小田原駅はかなり巨大で、コンコースも広い。JRの改札前で待ち合わせ——庄田は既に到着して、スマートフォンを覗きこんでいた。

「おはようございます」西川に気づくと、さっと頭を下げる。

「朝から小田原は大変じゃなかったか？」

「いや、うちは祖師ヶ谷大蔵《そしがやおおくら》ですから、小田急線で一本なんです。近かったですよ」

「そうか。東海道線にずっと乗ってくると、結構遠い感じがするな」

「遠くまで来ていただいて恐縮なんですが、もう一本電車に乗ります」

「大雄山線《だいゆうざん》か……井細田《いさいだ》駅の近くだったな」

「ええ」

大雄山線の改札へ向かって歩き出しながら、西川は「どんなところなんだ？」と訊ねた。

「地図で確認しただけですけど、普通の住宅街ですね」

「ずいぶん遠くに住んでるんだな」

「そうですね」

現在、三十三歳。普通に働いているとしたら、自宅にはいない時間帯だ。取り敢えず家を訪ねて、そこから情報を割り出そう。

「携帯の番号は分かっているな？」

「三井が割り出しました。いいネタ元を持ってるみたいですね」庄田が少しだけ羨ましそうに言った。

「お前も努力するんだな」

「はあ……」

庄田は不満そうだった。彼女に出し抜かれたとでも思ったのかもしれない。まあ、悔しさは努力で昇華させればいい。庄田も、そういう気持ちを失っていないのはいいことだ。ある程度の年齢になると、ライバルに出し抜かれても、どうでもいいと思ってしまうのだが……一度諦めると、残りの人生はドアマットのように他人に踏みつけられたままになる。

大雄山線に乗るのは初めてだった。いかにも登山鉄道のような名前だが、小田原駅を出てからしばらくは、郊外を走るローカル線の趣である。井細田駅で降り立つと、郊外というより田舎の雰囲気……のんびりとした空気が流れ、緑が濃い。ゆっくり散歩でもしたい気分だったが、東京よりもかなり寒いのが難点だ。小田原は結構暖かいイメージがあるのだが――あれは伊東《いとう》や熱海《あたみ》のことか。

「五分ぐらい歩きます」

うなずき、庄田がスマートフォンを見ながら歩き出した。西川は彼の数歩後を歩きながら、周辺の光景を記憶に収めた。基本的には一戸建てや小さなアパートが建ち並ぶ、静かで落ち着いた街である。駅前には商店街のようなものもない。のんびりしてはいるが、暮らすには結構不便な街かもしれない。ただ、この辺なら小田原駅近くまで出るのにも便利だから、普段の生活には困らないのだろう。

庄田は、四階建ての小さなマンションの前で立ち止まった。外壁は薄いピンクのタイル貼りだが、かなり汚れており、完成してから結構な年月が経っているのが分かる。

「ここの二階です」

二人はマンションのロビーに入り、郵便受けを確認した。確かに二〇三号室の郵便受けに「浜島黎人」の名前がある。手書きだが、他の住人の名前も全て同じ書体――建物のオーナーが自ら書いているのかもしれない。西川は、郵便受けの蓋《ふた》に手を伸ばした。

「大丈夫ですか？」庄田が心配そうに言った。

「見つからなければ存在しないって、沖田がよく言ってるだろう」

哲学的な言葉にしてはいるが、要は沖田が自分の乱暴さを糊塗《こと》する言い訳である。ただ……確かに誰も見ていなければ、犯罪は存在しないと言ってもいい。「認知」されてこその犯罪なのだ。西川は郵便受けの蓋に手をかけた。鍵《かぎ》はかかっていない。身を屈《かが》め、隙間から中を覗きこむ。

「家にいるかもしれない」

「そうですか？」

「新聞……今朝の朝刊があるぞ」日付ははっきり読み取れる。

「ちゃんと確認しなくていいですか？」

「見るだけだ。手を出したら問題になる」

「行きますか」

「君がノックしてみてくれ。お手並み拝見といくよ」

「分かりました」緊張した口調で庄田が言った。この男はいつまでも初々しいというか、慣れないというか、誰かに話を聴こうとする時にはやけに緊張してしまう。以前、「訛《なま》りが微妙に取れないせいです」と弁明していた。東北出身なので、子どもの頃は訛りがあったかもしれないが、彼も東京での暮らしは長い。西川が話す限り、訛りはまったく感じられなかった。本人の意識だけの問題なのではないか……。

階段で二階に上がり、「二〇三」号室の前に立つ。インタフォンはだいぶ古びており、庄田がボタンを押すと、いかにも電池切れのようにか細い音がするだけだった。

反応なし。

「新聞を抜かないで出かけたんじゃないですか？」庄田が首を傾げながら言った。

西川は腕時計を見た。九時半――三十五分になるところ。普通の勤め人なら、とっくに家を出ている時間だ。遅刻しそうになって、庄田の言うように新聞を無視して出かけた可能性もあるが……。

「もうちょっと鳴らしてくれ」

うなずき、庄田が二度、三度とインタフォンを鳴らす。四度目、ようやく掠れた声で「はい」と返事があった。庄田が急いで身を屈め、インタフォンに向かって、遠慮がちな声で「警察です」と名乗った。

「警察？」

「浜島黎人さんですね？」

「そうですけど」

「参考までに、お話を伺いたいことがあります。ちょっとお時間をいただけますか？」

「参考って……」浜島の声に戸惑いが混じった。声を聞いているだけでは、どんな人間なのか見当もつかない。一つだけ分かるのは、いかにも起き抜け――まだ寝ていたところを無理に起こされた感じということだけだ。

「ドアを開けてもらえますか？」

「ちょっと待って下さい」

西川は、手順を間違えたと焦った。もしも浜島に、何か後ろめたい事情があるなら、これをきっかけに逃げ出そうとしてもおかしくない。まず裏へ回り、出口を塞《ふさ》いでおくべきだった——心配し過ぎだった。三十秒ほどしてドアが開く。

浜島は、明らかに寝ていた。しかも、今日は休みという雰囲気——髪がぼさぼさなのは当然としても、顔の下半分が無精髭《ぶしようひげ》で覆われている。顔色は悪く、目の下には隈《くま》ができていた。着ているのはグレーのトレーナーの上下。何年も着続けてきたようで、襟《えり》周りはだらしなく伸びて鎖骨が覗いていた。

「いったい何事ですか」不安そうに言う声は掠れている。

庄田が、きびきびした動作でバッジを示し、訊ねる。

「十年ほど前のことなんですが、ある携帯電話の契約について調べています」

「携帯ですか?」浜島が首を傾げた。

「そうです。十年前に、あなたの名前で契約されていた携帯電話の番号が、ある人物に使われました。日比野正恭という名前に、心当たりはありませんか?」

「日比野……いえ」怪訝そうに、また首を傾げる。

「日比野正恭さん、です」庄田が一音一音区切るように繰り返した。

「覚えてない……聞き覚えはないです」

「この番号なんですけど」庄田が、「090」から始まる番号を告げた。

「ああ、それは……そうですね、昔契約した番号だった——かな」記憶の糸がようやくつながり始めたようだったが、困ったような表情は消えない。

「その携帯電話の番号を、日比野正恭という人に貸したんじゃないですか？」

「そういう名前は記憶にないです」浜島が口を尖《とが》らせた。

二人はしばらく押し引きするようにやり取りを進めたが、話は全く前に進まなかった。

当該の携帯電話を契約したことは確認できたが、誰かに貸すか盗まれるかされなかったか——肝心な質問に関して、彼の記憶が曖昧なのが痛い。

これは筋が悪かった、と西川は諦めた。「何か分かったら連絡を下さい」というお定まりのメッセージを残して辞去する——寒風に首をすくませながら外廊下を歩き始めた瞬間、ドアが開いた。

「あの……そう言えば、変なことがありました」浜島が、不安そうな顔を覗かせる。

「聞かせて下さい」

二人はドアに駆け戻った。

4

沖田は、門田からさらに人のつながりを広げた。山岡には、週末の早朝、一緒にツーリングをする仲間がいたのだという。沖田には理解できなかったが、共通の趣味の友だちということだろうか。

午後、沖田は門田から紹介してもらった牧野《まきの》という人物と、丸の内にある喫茶店で会った。勤務先は近くにある外資系の証券会社。刑事が訪ねて来たせいか、明らかに警戒した様子だったが、話題が車のことだと分かると、急に饒舌《じょうぜつ》になった。

「ディーラーで知り合ったんですよ」

「あなたも、新百合ヶ丘に住んでいるんですか?」

「ええ」

外資系ということは、かなり稼いでいるのではないだろうか。新百合ヶ丘辺りではなく、港《みなと》区の高級マンションや、湾岸地域のタワーマンションに住んでいるようなイメージがあるのだが——それを口にすると、牧野は声を上げて笑った。

「実家なんです。独身ですから、家を借りる必要もない——新百合ヶ丘なら、都心へ出るにも便利ですしね」

「なるほど」沖田はコーヒーを啜《すす》った。「しかし、一緒にツーリングといっても……バイクなら分かりますけど、車というのは不思議な感じがしますね」

「そんなこともないですよ」牧野が爽《さわ》やかな笑みを浮かべた。まだ三十代前半だろうか……長身で細身、スーツはあつらえたように体にぴたりと合っている。やはり、いろいろなところにそれなりに金をかけているようだ。

「あなたの車は何なんですか?」

「アウディのRS5です」

「RSということは、山岡さんの車よりも高性能ですよね?」カタログで見て分かっていたが、沖田は念のために確認した。

「そうなりますね。うちはツードアのクーペなので、山岡さんの車とはちょっと違いますけど……それより、山岡さんが殺されたって本当なんですか？」

「ニュースを見てないんですか？」沖田は思わず、非難する口調で訊ねてしまった。

「事件や事故は、仕事に関係ないので……普段は、経済ニュースしか見ないですから。あらゆるニュースに目を配っているような余裕なんか、ないですよ」牧野が言い訳するように言った。

「山岡さんとはどれぐらいのつき合いになるんですか？」

「車を買ったのが同じ時期だったから、二年ぐらいですかね。山岡さんも、本当はＲＳ５が欲しかったって言ってました。でも家族持ちだから、ツードアは実用的じゃないからって断念したんです」

「なるほど」

「でも、Ｓ５のスポーツバックでも、十分速いですけどね」

「三百三十三馬力でしたっけ？　日本の道路だと、そこまで必要ないですよね」

「それを言ったら、ＲＳ５は四百五十馬力ですよ」牧野が自虐的に笑った。「馬力なんか、この半分でいいでしょう」

「だったらどうして……」わざわざ高い金を出して、エンジンパワーを使いきれないような車を買うのだろう？

「趣味ですから、理屈じゃないんですよ」牧野が苦笑した。「まあ、エンジンパワーに余裕があれば、普通に走っていても安全ということです。危機回避能力が高い」

「そういうものですか？」

「……という言い訳で、ハイパーエンジンの車に乗ることにしてます」

「なるほど」沖田はうなずいた。話は転がっているが、今のところ中身がない。「山岡さんとは、どれぐらいの頻度で会ってましたか？」

「月に二回ぐらいですかね。毎週はスケジュールが合わないので」

「最後に一緒に走ったのは？」

「一か月前です。もう、去年ですね」

「今年になってから会っていないのは、何か事情があったからですか？」

「いや、単にスケジュールが合わなかっただけです。山岡さんは、一人で走りに行ってたと思いますけどね」

「一緒にドライブって、どんなことをしてたんですか？」

「主に東名、新東名を走って、沼津辺りまで行くんですよ。往復で二時間ぐらいかな。高速を降りたら、現地の道の駅で一緒に朝飯を食ったりお茶を飲んだりして帰って来る、それだけです」

「不思議な感じですね」

「たまには泊まりがけで遠出しようという話もしてたんですけど、さすがにそこまではスケジュールが合わなかったですね。山岡さんは家族持ちだし」

「ご家族は大事にされていたみたいですよ」

「聞いてます」牧野がうなずく。「話をしてると、車の話題以外はだいたい家族のことでしたから。こっちは独身ですから、あまり興味はなかったけど……」

「山岡さんは、どんな人ですか？」

「微妙に不良？」牧野が首を傾げる。

「不良？　最近聞かない言葉ですね」

「いやいや……普段は家族思いの人が、車にだけは金をかけて、贅沢してる感じです。それに、結構飛ばしますしね。エンジンパワーをフルに発揮してる感じで」

「日本でそんなことをしたら、あっという間に捕まりそうですけど」

「すみません。警察の人の前で、こんなことを言っちゃいけませんね」牧野が苦笑する。

「交通担当の警察官じゃないので、そういうことは関係ないですよ」沖田も合わせて苦笑いする。一般の人にとって、警察官イコール交通取り締まりのイメージだろう。

「でも、大胆ですよね」

「大胆？」

「こんなことを言ったら何ですけど、よくあの車に手を出したな、と思って」

「高いですよね」

「LGフーズの課長さんって、そこまで給料が高いわけじゃないでしょう？　いや、平均よりはかなり上だろうけど、山岡さんには家のローンもあるんですよね。私みたいに、稼いだ金を全部自分のために使えるような立場とは違うと思うんですが……」

「確かに」沖田はうなずいた。

「不思議に思って、遠回しに聞いてみたこともあるんですよ。購入資金について……」

「答えは？」

「誤魔化されました」牧野が苦笑する。「まあ、そんなこと聞かれても答えられませんよね。でも、何か上手いことやったんじゃないですか？」

「上手いこと？」

「だって、家のローンに加えてあの車のローン……相当厳しいですよ。娘さん、まだ中学生でしょう？　そっち方面でもお金がかかるって言ってましたし」

「でしょうね」

「だから、宝くじを当てたとか、思わぬ遺産が手に入ったとか？」牧野の口調は皮肉っぽかった。

「そういう話は聞いてませんけどね」沖田は首を捻った。

「あくまで想像です。想像ですけど……まあ、私が山岡さんの立場だったら、S5には手を出しません――出せませんよ。きっと何か、臨時収入があったんでしょうね」

夕方、特捜本部に戻った沖田は、結局宮下にこの件を打ち明けた。自分一人でもやっていけるのだが、西川の言う通りで、大勢で一斉に当たった方が早い――それに、この捜査を進めるには、銀行口座の調査などが必要だろう。沖田はそういう捜査がどうも苦手なのだ。銀行員と合わないのかもしれない。

「確かに、かなり高い車だった」宮下も興味を惹かれたようだった。

「臨時収入があった可能性はあるな。それで、憧れの車を手に入れた——その臨時収入が何だったか、気にならないか？」

「なる」宮下があっさり認めた。「少し、そちらに手を割こう。銀行の口座のチェックが必要だな」

「それは……」沖田は隣に座る大竹をちらりと見た。「大竹にやらせてくれないか？　こいつは数字に強いから」

大竹が無言でうなずく。もしかしたら、本来は捜査二課向きの刑事なのかもしれない。人の相手をするより、無言で帳簿を睨み続ける方が合っているのではないだろうか。本人がこの先のことに関して何の希望も口にしないから、沖田としても何とも言えないのだが。

「それで、俺はもう一度奥さんと会ってこようと思ってるんだが」

「それはどうかな」宮下は慎重だった。「何度も立て続けに会うと、奥さんにも負担をかけるだろう。今は少し、放置しておいた方がいい」

「いや、金の件は奥さんがよく知ってるはずだ。確認するなら、奥さんに聞くのが一番早い」

「それは後回しにしろよ」宮下は引かなかった。「少しは被害者家族のことも考えろ」

「そうはいかない。この件は先を急ぐ——急いだ方がよくなったんじゃないか？」

「まあ、お前が言うならしょうがないけど……今日は、支援課の連中が会いに行ってるはずだぞ」

「何で」沖田は目を見開いた。「奴《やつ》らこそ、あまり頻繁に顔を出すと、プレッシャーを与えることになるんじゃないか？」

「事件発生からしばらくは、定期的に面談するそうだ。取り敢えず挨拶《あいさつ》だけでも——相手の顔色を見る、ということらしいぜ」

「それに何の意味があるのかね」沖田は鼻を鳴らした。「向こうが困った時だけ相談に乗る方がいいんじゃねえか？　そんなに頻繁に面談されても、被害者家族も困るだろう」

「俺に言うなよ」宮下が面倒臭そうに表情を歪めた。「文句があるなら、支援課に直接言ってくれ」

「ああ、いつかがつんと言ってやるよ」沖田は膝《ひざ》を叩《たた》いて立ち上がった。

「おい——」

「俺も素人じゃねえんだ。相手に嫌な思いをさせないで話すぐらいはできるよ。大竹、ちょっと来てくれ」

廊下に出ると、沖田は「特捜で何か動きがあったら知らせてくれ」と大竹に指示した。自分はあくまでオブザーバーであり、特捜としても、捜査の動きを逐一親切に教える義務はない。捜査会議に出れば情報は共有できるが、出られなければそのまま放置だ。

「じゃあ、頼むぞ。今日はもう銀行にも当たれないだろうから、それは明日──今日は捜査会議を聞いて引き上げてくれ」

大竹が無言でうなずく。「はい」とか「了解です」ぐらい言っても、ほとんどエネルギーは消費しないはずなのに。

これから訪ねると、夜になってしまう。支援課の連中がいるとやりにくいのだが……事前に電話をかけて、妻の望美を緊張させるのもまずい。行き当たりばったりの勝負で行こう、と決めた。

北多摩署からは長い道のり……また京王線と南武線を乗り換え、小田急線の新百合ヶ丘駅に出るルートを辿《たど》った。そこからはひたすら坂を上がっていく。

山岡の家の前に、一台の覆面パトカーが停《と》まっているのが見えた。見慣れぬ品川《しながわ》ナンバー……支援課だな、と推測した。村野は事故の後遺症でまだ足を引きずる時があるから、この坂はきついのだろう。わざわざ覆面パトカーを持ち出してきたに違いない。トラブルにならなければ、帰りは乗せていってもらえるとありがたいんだが、と沖田は虫のいいことを考えた。

インタフォンを鳴らすと、その村野の声で返事があった。何であいつが出る？　訝りながら、一応「捜査一課の沖田です」と丁寧に名乗る。

「沖田さん？　村野ですけど、どうしたんですか？」村野が疑わしげに言った。

「ちょっと話を聴きたい──今日になって、気になることが出てきたんだ」

当然、捜査はいきなり動くこともあるさ。


「予定外ですね」

「急に、だよ」少し苛立ち、沖田は声を荒らげた。「捜査はいきなり動くこともあるさ。とにかく、ドアを開けてくれ」

インタフォンがぶつりと切れた。おいおい、まさか支援課の権限で事情聴取を妨害するつもりか？　しかしすぐにドアが開き、小柄な若い女性が姿を現した。誰だ？　女性が「支援課の安藤《あんどう》です」と名乗る。犯罪被害者、被害者家族には女性も多いので、支援課には女性スタッフが多いと聞いていたが、彼女は何となく頼りない……子どものような表情なのだ。これで被害者の辛い思いを受け止められるのだろうか、と沖田は不安になった。

「上がっていいな？」沖田は念押しした。

「どうぞ。でも、村野さんと喧嘩しないで下さい」

「俺の方は、喧嘩なんかするつもりはないよ。ふっかけてくるのは、いつも村野の方じゃないか」

「私にはそうは思えませんが」

おっと、彼女も捜査一課に対しては強硬派か……警戒しないと、と沖田は自分に言い聞かせた。できる限り、愛想のいい笑みを浮かべた。

「とにかく、一点だけ確認したいんだ。何だったら、ここでも構わない」

「じゃあ、そうします」安藤と名乗った女性が踵《きびす》を返した。

「ちょっと——」

無視された。支援課は、どうしてこう揃いも揃って頑固者ばかりなんだ？

少し待つと、村野が望美を伴って玄関まで出てきた。望美がうつむいていたので、沖田は村野に向かって思い切りしかめ面を浮かべてやったが、あっさり無視された。こいつら、強硬なだけではなく、相手をいなす術《すべ》も身につけているのか……敵にしたら厄介だ。同じ警察の中で、敵味方というのもおかしな話だが。

「お連れしました」村野が淡々とした口調で言った。

「奥さん、捜査一課の沖田です」

望美が顔を上げる。状況はよくない……先日よりも顔色が悪く、急激に痩《や》せたようにも見えた。今思えば、先日は最低限の化粧をしていたのかもしれない。今沖田に見せている顔は血色が悪く、目は充血していた。

「一つだけ、確認させてもらいたいことがあるんです。それを聴いたらすぐ帰ります」

「……何でしょう」望美の声に力はなかった。

「車です」

「車……」望美が顔を上げる。

「おたくのアウディです。あの車、どうしたんですか？」

「どうしたって、主人が……」

「ご主人が買われた――奥さんに、相談はなかったんですか？」

「私は、車のことは何も分かりません。主人が『買う』と言ったので、特に何も言いませんでした」

「ご主人は、車が好きだったんですね」

「そうですね」望美が淡々と答えた。「前の車は結婚前から乗っていて、結構ガタがきていましたから。娘も大きくなってきたし、少し大きい車に買い換えたいと言ってました」

「前に乗っていた車は何ですか？」

「車種は分かりませんけど――車のことは全然分からないんですけど、ホンダの車です。普通の、小さい車です」

「分かりました……」沖田は一瞬顔を伏せた。ホンダの小型車――調べれば何だったかは分かるだろう。いずれにせよ、十数年も乗り続けた小型車をアウディの高性能車に乗り換えるには、相当な金が必要だったはずだ。前の車は、ほとんど下取りにもならなかったはずだし。

「あの、車がどうかしたんですか」望美が急に心配そうな口調になって訊ねた。

「いえ――山岡さんのことを全て知りたいだけです。車、本当にお好きだったんですね」

「そうですね。趣味……みたいなものかもしれません」

「今の車を買うお金は、どうやって都合したんでしょうか」

「それは……私は何も聞いていません。あくまで主人の趣味だったので」

「心配じゃなかったですか？　九百万円もする車ですよ」

「ええ、でも……」望美が顔を伏せる。

「お金のことを何も聞いていないんですか？　軽く財布から出せるような金額じゃないですよね」

「私は何も聞いていません！」望美が悲鳴に近い声を上げる。

「沖田さん」

村野からすかさずストップが入った。邪魔しやがって……しかし、望美の前で、警察官同士が喧嘩するわけにはいかない。ここは引いておくことにした。少なくとも一つ収穫はあったのだから——車のことは、山岡だけの問題だった。つまり、夫婦の間にも秘密はあった。

「失礼しました」沖田はさっと頭を下げた。「車のことを確認したかっただけです。夜分遅くにすみませんでした」

もう一度一礼して、沖田は家を辞した。何となくモヤモヤするが、とにかく山岡に対する一種の「疑念」が膨らんだのは間違いない。それを「成果」と呼ぶべきかどうかは分からないが。

「沖田さん」

追いかけるように外へ出て来た村野が声をかけた。

「何だよ。もうやめたんだから、お前に説教されるいわれはないぜ」

「別に説教するつもりじゃないですよ。車の件って何なんですか？」

「これだ」

沖田はガレージに回りこんだ。深い紺色のアウディは、夜の闇に溶けこんでいる。

「ずいぶん高そうな車だな——このことを気にしてたんですか？」村野が訊ねる。

「普通の会社員には、分不相応だと思うぜ」

「九百万円って言ってました？」

「ああ」

「確かに、なかなかの高額ですね」村野がうなずく。

「だろう？　ちょっと金のことが気になるんだ。購入資金はどうしたのかね」

「不正でもあると？」

「否定はできないな。この話は、最初からどこかおかしかったんだ」おかしいと言ってい たのは、実は西川の方なのだが。ただそれは「悪戯ではないか」というものだった。実際 には、もっと深い闇が隠れているのかもしれない……。

「娘さんから話が聞けないかな」沖田は切り出した。

「それは駄目です」村野が即座に却下した。「娘さんはまだ、精神的に非常に不安定な状 態にあります。沖田さんと話をしたら、どうなるか分かりませんよ」

「俺はそんな乱暴な男じゃないぞ」

「俺が知ってる話と違いますね」

「村野……何年か前に、お前に焼肉を奢ってやったこと、あるよな」

村野の顔が微妙に歪んだが、すぐに穏やかな笑みに変わった。

「あれはもう、時効です」

「時効っていう言葉は、こういう時に使うもんじゃねえだろう」

「合ってるかどうかはともかく、そういうことです。とにかく、娘さんに話を聴くのは、もう少し先にして下さい。だいたい、娘さんに車のことを聴いても、分からないでしょう」

「車のことじゃなくて、どういう父親だったかを知りたいのさ」

「大丈夫そうになったら、こっちからＯＫを出しますよ」

「何か賄賂《わいろ》でも送ったら早まるか？」

「支援課に賄賂は通用しません」

にやりと笑って、村野が踵を返した。ただし膝が悪いので、軽快な動きにはならない。村野が背負った傷の重さを、沖田は改めて思った。

5

午後九時、西川はまだ追跡捜査係にいた。よほど忙しい時ならともかく、普段ならとうに帰宅して、食事も終えている時刻である。しかし今は、自宅では仕事に集中できない。今夜中にどうしても、ある程度考えをまとめておきたかった。

引っかかっているのは、浜島が思い出したある事実だ。忘れてしまうには、あまりにも強烈な出来事……彼は、もしかしたら犯罪行為に手を貸してしまったかもしれないと、この十年、ずっと恐れていたのではないか。だから最初はとぼけていたのかもしれない、と西川は想像した。

西川は、彼に対してその懸念をぶつけなかった。少しでも責めるようなことを言えば、それだけで口を閉ざしてしまいそうだったから。聞けば彼はこの十年間、かなり苦労してきたらしい。十年前は二十三歳、新卒で就職したばかりだったが、職場の人間関係で悩んでメンタルをやられ、ゴールデンウィーク明けには早々と休職してしまった。結局退職し、翌年に就職した会社は二年後に倒産。その後は様々なアルバイトを経て、今は警備会社に何とか職を得た——横浜近辺の企業で夜の警備をすることが多いので、家賃が安い小田原に引っ越したのだという。今日も朝まで勤務を続け、西川たちが訪ねた時には、ようやく眠りについたところだったのだ。

彼との会話を思い出す。

「あの時は、頼まれたんですよ」と浜島は打ち明けた。

「相手は誰ですか？」

「名前は分かりません」

「依頼の内容は？」

「携帯電話を契約して欲しい、金はこちらで払うし謝礼も払うから、ということでした」

「どうしてそれを受けたんですか？」

「五万円で……」

「謝礼が五万円？」

　もしかしたら犯罪だったかもしれない――それにしては、五万円という金額はあまりにも分が悪い。五万円を儲《もう》けるためだけに逮捕されたらとても割りに合わない、とは考えなかったのだろうか。それを指摘すると、浜島は暗い表情を浮かべた。

「あの頃は、金がなかったんです。本当に困ってたんです」

「休職している時ですか？」

「ええ」

「その男とはどこで知り合ったんですか？」

「マンションの前で声をかけられたんです」

「いきなり？」

「同じマンションの人でした。顔は知ってるけど、名前は分からない……普通のサラリーマンみたいな感じでした」

　要は名前を借りたい、ということだった。別人名義の携帯電話が必要だったのだろう。浜島に依頼した人間が、当時新宿事件の特捜本部に情報提供してきた人間である可能性は高い。この人物を割り出せれば、新宿事件も解決に向かうのではないか？

「何やってるんだ、お前」

　はっとして顔を上げると、沖田が部屋に入って来たところだった。

「お前こそどうした？」

「最近こっちにご無沙汰《ぶさた》だったからな」沖田がしれっとした口調で言った。

「そうか……」

「で？　何なんだ。何もないのに、お前がこんな時間までいるのは変じゃねえか。それとも何かあったのか？」

「もう一歩――もう少しで何か摑めそうなんだ」

西川は事情を説明した。向かいの席に座った沖田は、腕を組んだまま無言で聞いていたが、西川が話し終えると、「変だな」とぽつりと言った。

「何が」

「悪戯にしては手が混み過ぎている」

「確かに」西川はうなずいた。「わざわざ他人名義の携帯を手に入れる必要はない」

「公衆電話を使えばよかったんだよ――いや、十年前でも、公衆電話はもうあまり見かけなかったか」

「あるいは、プリペイド携帯か」

「そうだな」沖田も同意した。「わざわざそんなことをしたのは、捜査を攪乱するためじゃないのか？　となると、本当に犯人だったか、犯人を匿《かくま》おうとする人物だった可能性が出てくる――いい線じゃねえか」

「それが誰だったかを割り出さないと、先へ進めないけどな」

「何か手はあるか？」沖田が身を乗り出す。

「一つだけ――この契約を持ちかけて来た人間が、ミスを犯している」

「ミス？」

「同じマンションに住んでいた人間だったんだ」

「はあ？」沖田が目を見開いた。「それじゃ、バレバレじゃないか」

「ミスというか、バレても構わないと思っていたのかもしれない……もしかしたらこの男が、さらに別の人間に携帯を渡していた可能性もある。つまり、単なる仲介役だ」

「本当かね」沖田が首を捻る。「携帯一台を手に入れるために、そこまで複雑なことをするか？」

「あくまで想像だ」

「本当だとしたら、ややこし過ぎるぜ」

「そうなんだけどな……」西川は認めた。

「それにしても、リスクが大き過ぎるんじゃねえか」沖田が首を捻る。

「その辺の事情は、本人に聞いてみないと分からないけど……明日、すぐに調べるよ。マンションの大家か管理会社に確認すれば、追跡は可能だと思う」

「絞りこめるか？」

「浜島さんは、相手の人相は覚えていた。三十歳ぐらい、身長百七十五センチ――」

「身長は参考にならないな。今もそのマンションに住んでいれば、話は別だが」

「年齢で、ある程度絞りこめると思う」

「今、大家に電話すればいいじゃないか。この時間だって、マンションに関する情報ぐらいは入手できるだろう」

「いや……直接会って確認した方が、大家さんもいろいろ思い出してくれるんじゃないかな」

「分かった——それは分かったけど、今晩急いでやることでもないのに、何で居残ってるんだ？　お前らしくないな」

「今、ちょっと家に帰りたくないんだよ」西川は渋い表情を浮かべた。

「珍しいな。奥さんと喧嘩でもしたのか？」沖田が目を見開く。

「違う、違う。喧嘩じゃない。嫁の母親を、静岡の実家から引き取ったんだ」

「親孝行じゃねえか」

「そうだけど、家族が一人増えると、いろいろ面倒なんだよ。義父を亡くしてから、メンタルがちょっと参ってるみたいだし」

「そいつは大変だな」沖田が渋い表情を浮かべる。

「静岡の実家で一人でいると、いろいろ都合が悪いんだ。でも、こっちへ引き取ったら、今度は静岡の家のことが気になってしょうがない——どうにも落ち着かなくてさ。それが俺にも伝染してるんだろうな」

「確かに厄介な問題だな」沖田が目を細める。「だけどお前、逃げてちゃ駄目だろう」

「家に帰らないのは、逃げてるからじゃないのか？」

西川は黙りこんだ。沖田の指摘は当たっているのだが、何もそこまではっきり言わなくても……。

「逃げてないよ」

「いいから、さっさと帰れよ。らしくないことはしない方がいいぜ」

「……そうだな」西川はのろのろと荷物をまとめた。新宿事件で、普段より今一つ勘が働かないのは、やはり私生活の問題が心に影を落としているからか。

かといって、プライベートな問題はすぐには解決しそうにない。アイディアもまったく浮かばない。いわばハンディつきの状態で捜査に取り組まねばならないわけで、嫌な予感しかなかった。

「そう言えばお前、池袋の一件、聞いたか？」沖田がいきなり話題を変えた。

「ああ」

「また通り魔だろう？　嫌な感じじゃねえか」沖田が表情を歪める。

「でも、俺たちが追ってる二件とは関係ないだろう。場所も手口も違う」

「そう言えば、五年ぐらい前に渋谷《しぶや》でもあったよな。あれも未解決だろう？　そろそろうちにデータが回ってくるんじゃないか」

「そうだな」西川は右手で顔を擦った。

「全部同じ犯人だとしたら……山手線一周でも狙《ねら》ってるのか？」

「馬鹿言うな。本当に山手線一周されたら、警察のメンツは丸潰れだよ」これで、品川辺りで事件を起こされたら、本当に山手線一周という感じになる。冗談じゃない。こんな方向に話を持って行こうとするとは、沖田も本当に趣味が悪い。

「江村《えむら》さんですか」

「ええ。間違いないと思いますよ。というより、該当者はこの人しかいない」

浜島が五年前まで住んでいたマンションは、不動産屋が管理していた。大家は別の場所に住んでいて、マンション経営にはまったくタッチしていない。まあ、この方が都合がいい、と西川はほっとした。個人よりも会社を相手にした方が、捜査はやりやすい。年配の頑固な大家だったりすると、事情を説明して話を聴くだけでも面倒なのだ。

「名簿を見せてもらえますか？」

「それはちょっと……」不動産屋の若い社員が、渋い表情を浮かべた。「プライバシーの問題がありますから。でも、当時——十年前にあのマンションに住んでいた三十代の人は、一人だけなんですよ」

「ワンルーム——独身者用ですか？」

「ええ。だいたい十代の学生さんから二十代前半のサラリーマンですね。今もあまり変わっていません」

「なるほど。では、取り敢えずその江村さんに関する情報を教えて下さい」

「十年前に引っ越されてますね」若い社員がすぐに言った。

「引っ越し先は？」

「それは分かりませんが……実家の連絡先は分かりますよ。それと、勤務先も」

「どこですか？」

「ＬＧフーズ」

西川はテーブルの上に身を乗り出した。若い社員が驚いた表情を浮かべ、すっと身を引く。この状況をどう説明したらいいのか——この社員に説明する必要はない。江村を訪ねて、詳しく話を聴くだけだ。

ＬＧフーズの広報部長は、西川の電話にうんざりした声で対応した。特捜本部から何度も電話が入り、事情聴取などのアレンジをしてきたのだろう。業務外の仕事続きで、本業に支障を来しているのかもしれない。

「追跡捜査係からは、沖田さんという方が話を聴きにきましたよ」

「それとは別件です。とにかく急ぐので、江村貴紀《たかのり》さんという方とつないでいただけますか」

実際急いでいる——西川は電話を入れる前に、まずＬＧフーズの本社前まで来てしまっていたのだ。話がつながったら、すぐにでも江村に会うつもりだった。

「ちょっとお時間いただけますか」広報部長が言った。「個人的には、その江村という社員のことは知らないので、調べてみます」

「お願いします――実は今、御社の前まで来ているんですが」

「あ……そうなんですか」呆れたように広報部長が言った。

「それだけ急いでいるんです。とにかく、お願いします」西川は珍しく、焦って迫った。

電話を切り、LGフーズの本社ビルを見上げた。この中に手がかりがある――そう考えると胸が高鳴ったが、どうにも落ち着かないのも事実だった。二つの未解決事件で、ほぼ同時にLGフーズの名前が出てきた。会社が関係しているとは思えないが、偶然の一致にしては話が出来過ぎだ。

こういう時煙草が吸えたら、とふと思う。この場を離れるわけにはいかないし、かといって何もせずに時間を潰すのは難しい。どうしたものかと迷い始めた瞬間に、スマートフォンが鳴った。ありがたいと思って電話に出ると、広報部長だった。

「確認できました。江村は確かにうちの社員です。現在、営業二部に所属していますが……どうしますか」

「話を伺いたいんです。これから会えますか?」

「では、本人に話をしますので、ロビーでお待ちいただけますか? 広報部員がつき添いますので」

「つき添いは必要ないんですが……」むしろ邪魔だ。

「念のためです」不機嫌な声で言って、広報部長は電話を切ってしまった。

俺にしては強引だったか――しかし、江村には会えることになったのだから、これでいい。それに、堂々と建物の中に入れるのもありがたかった。何しろ外は寒い——今日の予想最高気温は五度だったと思い出した。

受付に何か言う必要はあるまい。ロビーにはいくつもソファやベンチが置いてあり、社員を待つ来客や、打ち合わせしている人たちの姿が目立つ。ここにいれば向こうが自分を見つけてくれるだろうと判断し、西川は空いているソファに浅く腰かけた。背筋を伸ばし、ゆっくりと周囲を見回す。

五分ほどして、若い女性と四十歳ぐらいの男が、慌てた足取りでエレベーターホールからこちらに向かって来る。この二人連れだろうと見当をつけ、西川は立ち上がった。

「西川さんですか」女性が声をかけた。

「西川です」

「広報部の相本《あいもと》です。こちらが——」

「江村さんですね？」西川は男の方に顔を向けた。

「江村です」

江村はいかにも不機嫌そうだった。身長百七十五センチというのは浜島が覚えていた通りだが、肉づきがよくなり、中肉中背ではなく「前後左右に大きい」感じになっていた。腹は丸く突き出ており、動きも鈍い。

「昔の話でお伺いしたいことがあります」

「はあ……」

「取り敢えず、座って下さい」

西川に促されるまま江村がソファに座ったが、腰は引けていた。いつでも逃げ出せるようにしているつもりかもしれない。相本と名乗った女性社員は、ソファの近くで立ったまま——やりにくい感じだが、ここは仕方がない。「下がっていて下さい」と言えば、二人とも用心するだろう。

「十年前ですが——あなた、浜島黎人さんという人をご存じですね?」

「浜島……」江村が首を捻る。「いや、覚えがないですね」

「携帯を契約してくれるように、あなたが頼んだ相手ですよ」

江村がぴくりと身を震わせる。急に思い出したのか、とぼけていられないと覚悟したのか。いずれにせよ西川は、「当たり」を確信した。静かな興奮が、胸の中に湧き上がってくる。

「浜島黎人。覚えてますよね? あなたと同じマンションに住んでいた人です」西川は念押しした。

「……ええ」

江村が背中を丸めた。急に居心地が悪くなったように、体を大きく左右に揺らす。

「間違いないですね? あなたは浜島黎人さんに五万円の謝礼を渡して、彼の名義で携帯を買わせた」

「……はい」

「どういうことですか？　その携帯は、一体何に使ったんですか？」

「それは……」

江村の反応は、どうにも歯切れが悪かった。相本と名乗った女性社員を気にして、ちらちらと見ている。西川は爆発しそうになるのを我慢し——沖田だったらこの時点でブチ切れているだろう——粘って訊ねた。

「日比野正恭という名前に心当たりはありませんか？」

「日比野……いえ」江村が顔を上げる。目には戸惑い——そこには嘘はなさそうだった。

「覚えがないですか？」

「ないです」江村の声は消え入りそうだった。

西川は言葉を切り、江村の顔を真っ直ぐ見詰めた。何かまずい事情がある——携帯電話の件を人に知られたくなかったのは間違いない。その理由は……やはり、犯罪に関《かか》わることだろうか？　同行してきた広報部員の女性は、困ったように周囲を見回している。助けが欲しければ呼んでもいい、と西川は強気に思った。誰が来ても、ここのイニシアティブは渡さない。

「十年前、警察に情報提供しませんでしたか？」

「え？　いや……」

「新宿駅で通り魔事件があったんです。その犯人について知っている、という情報でした。あなたが浜島さんに買わせた携帯が、情報提供者の連絡先だったんですよ。あなたが、その情報提供者じゃなかったんですか？」

「違います！」江村が叫ぶ。急に大声を上げたので、周りの人の視線が集まってきた。それに気づいたのか、江村がうつむき、自分の靴に視線を集中させる。

「違う？　どういうことですか」西川はさらに追及した。声は敢えて低く抑える。

「頼まれたんですよ」江村が打ち明けた。

「頼まれた？　どういうことですか？」

「だから……他人名義の携帯電話が必要だと。プリペイド携帯じゃなくて普通の携帯が欲しい、と頼まれたんです」

「それを受けたんですか？」いかにも危ない――怪しい誘いではないか。この件の背後には、何か別の犯罪があるのだろうか。あるいは垂れ込み自体が、新宿事件の犯人と関係がある？「いったい誰に頼まれたんですか？」

「知り合いです」

「名前は？」

「それは……」江村が口を閉ざす。もうひと押し――沖田なら、怒鳴り上げるかテーブルを叩くところだが、自分にはそういうスタイルは合わない。代わりに、江村に合わせて黙りこんだ。時間が、彼の頭に現状を染みこませるのを待つ。言い訳を考える余地を与えてしまうかもしれないが、逃げきれないと覚悟を決める時間になる可能性もある。

「……山岡さんです」

「何ですって？」

西川は思わず立ち上がった。怯えたように、江村がびくりと体を震わせる。

「山岡って……」

「山岡さんです」江村が西川の目を真っ直ぐ見た。「亡くなった山岡――山岡卓也さん」

西川は、しばし言葉を失った。沖田が追いかけていた山岡こそが、十年前に特捜本部に偽情報をもたらした本人だった――携帯電話の線は固いと思うが、念には念を入れて裏を取る必要がある。西川は一時事情聴取を中断して、追跡捜査係で待機していたさやかに指示を飛ばした。

「新宿事件の特捜本部にいて、今は退職している東田という人がいる。彼に会って、山岡さんの顔写真を見せて確認してくれないか？　写真は手に入るだろう」

「どういうことですか？」突然の指示に、さやかは事情が呑みこめない様子だった。

「新宿事件で、犯人の目撃情報を特捜に伝えたのは山岡さんだった可能性が高い。とにかく大至急、東田さんを摑まえて確認してくれ」

「分かりました！」ようやく指示の意味を呑みこんださやかが、勢いよく返事をする。

西川は東田の自宅と携帯の番号、それに住所をメールでさやかに送った。さやかのことだから、すぐに動いて確認してくれるだろう。

一つ深呼吸して、江村の前のソファに腰を下ろした。江村は相変わらず落ち着かない様子で、視線をあちこちに彷徨《さまよ》わせている。

「山岡さんは、会社の先輩なんですね？」

「大学の先輩でもあります。俺が入社する時のリクルーターでした」

「そうですか。そういう人が亡くなって、残念でしたね」

「ええ……びっくりしました」

「それで、十年前の一件は、どういうことなんですか？　怪しいとは思いませんでしたか？」

「いえ……まあ、怪しいとは思いましたけど、理屈は通っていたので」

「どういうことです？」西川は目を細めた。

「山岡さん、ずっと宣伝の仕事をしてたじゃないですか。ＣＭ撮影なんかで、芸能事務所の人や芸能人とも顔見知りだったんです。それで、親しくなった俳優さんから、別名義の携帯が欲しいって言われた——そういう説明でした」

「何のために？」

「これです、これ」江村が右手の小指を立ててみせた。「あの……彼女との連絡用に、どうしても自分の名義じゃない携帯が必要だという話でした。バレるとまずいということだったんじゃないですか」

「その話を信じたんですか？」

「うちの栄養食品のＣＭに長く出ている俳優さんでしたし……」

江村が、その俳優の名前を明かした。進藤輝《しんどうあきら》。芸能事情に疎い西川でも知っている有名な俳優だ。十年前というと三十代半ばだっただろうか。

「つまり、その俳優さんが、関係がばれてはいけない相手と連絡を取るために、どうしても別名義の携帯を欲しがった——そういうことですか」

「ええ。要するに……浮気というか不倫ですよね」

「本当にそうだったんですか？」

「分かりません。山岡さんは、そう言ってました」

「そしてあなたは、それを信じた」あっさりと。

江村の耳が赤くなる。今になって、不自然な状況を意識させられたのかもしれない。

「まあ、先輩の言うことですし……実際宣伝部は、芸能人とのつき合いもありますからね。昔からよく、裏話とかを聞かせてもらっていました」

「なるほど。それ以外にも、おかしな依頼をされたことはありますか？」

「いや、その時だけです。山岡さんは、基本的に真面目な人ですし……その時も、困ってました」

「面倒な依頼だと？」

「そういうことに手を貸すの、嫌だったんじゃないですか？　山岡さんは家族思いの人だし、あの頃は娘さんがまだ小さくて、一緒に飯を食いに行くと、娘さんの自慢ばかりしてましたから」

それは昔から変わらないわけか。

それにしても……どういうことだ？　山岡は十年前と今回、二度も警察を騙《だま》そうとしていたのか？

6

「どうして断言できるんですか」沖田は食い下がった。スマートフォンを握る手に汗を感じる。

「いや、あり得ないですね」

LGフーズの宣伝部長・水原は、沖田の問いかけを真っ向から否定した。

「山岡は、進藤さんを使っていないです。接点がないですよ」

「間違いないんですか？」

「宣伝部員が関わった仕事は、全て記録してあります。確かに進藤さんは、うちの栄養食品のCMに長く出ていましたが、山岡は担当していませんでした」

「CM以外の関係ではどうですか？」

「それもないですね」

進藤の名前を借りただけだったか……沖田は歯嚙みした。

「それより、どういうことなんですか？　山岡の仕事と今回の事件と、何か関係が？」水原が逆に訊ねた。

「いや、そういうわけじゃありません」沖田は否定した。一応、現段階では……。

「そうですか？」水原は疑いを解かなかった。「そんな昔の話が、いったい……」

「ちょっとした確認です」沖田は誤魔化した。「お手数おかけしまして」

急いで電話を切り、思わず「クソ！」と叫んで拳《こぶし》をデスクに叩きつける。

「デスクに当たるなよ」西川が低い声で忠告する。

「ぶち壊してやりたいぐらいだ。俺たちは騙されたんだぞ！」

「騙された、か」西川がぽつりと言った。

「そうだよ。山岡って男は、垂れ込みマニアみたいなもんじゃねえか。わざわざ警察に連絡してきたのに、話すのはいい加減な情報だったり、約束をすっぽかしたり……信用できる人間じゃなかったんだよ。しかも十年前は偽名を使ってたんだぞ。要するに、手のこんだ悪戯だ」

「お前、今までずっと信用して調べてたじゃないか」西川が冷静に指摘する。

「信用してたわけじゃない。状況が分からないから、確認してただけだ。あくまで念のためだ」

実際今は、「からかわれた」という意識が強い。山岡がどうして殺されたかは謎のままだが、その事件の捜査は自分の担当ではない――もう、どうでもいい話だ。特捜の動きを邪魔したわけでもないし、このまま手を引いても問題はないだろう。宮下も、そろそろ自分の存在を鬱陶《うっとう》しく思い始めているようだし……最初からかもしれないが。

「俺は引き続き、この件を調べるからな」西川が宣言した。「十年前、そして今——二回も垂れ込みしてきたのには、何か必ず意味があるんだよ」

「いや、単なるマニアだな」沖田は切り捨てた。「警察があたふたするのを見て喜ぶ——そういう人間は、一定数いるんだ」

「そうだとしても、この動きは明らかに怪しい。何か意味があるんだよ」

「ああ、分かった、分かった」沖田は顔の前で手を振った。「お前が調べるのは勝手だ。俺はもう降りるぜ」

「そうか」西川は深く突っこまなかった。「やる気がないなら、俺は無理は言わない。好きにしてくれ」

「何だよ、その言い草は」突き放されると、逆に気にかかる。

「やりたくない人間に、無理に仕事をさせるわけにはいかないだろう」西川が肩をすくめる。

「おい——」

目の前の電話が鳴り、沖田は西川を睨みつけたまま、受話器を取った。大竹だった。

「銀行口座に不審な動きはありません」例によって短く静かな報告。

「それは、メーンの取り引き銀行か？」

「メーン——給料の口座です」

「他には？　銀行の口座ぐらい、いくらでも開設できる」

「把握できる限りは調べました。今のところ、メーンバンク以外に口座を持っていた形跡はありません」

「分かった。引き上げてくれ」

「いえ」大竹が短く拒否した。

「もう、追跡捜査係として山岡のことを調べる必要はないんだよ」沖田は簡単に事情を説明した。

「もう少し調べます。金の動きが気になりますから」

「おい――」

「特捜とも協力しています」

「いや、だからうちとしては――」

いきなり電話が切れた。沖田は呆れて受話器を睨みつけてから、架台に叩きつけた。何なんだ？　どうしてあいつまで俺に逆らう？　元々帳簿の分析などが得意だから、金の動きに興味を惹かれたのかもしれないが、勝手なことを言いやがって……。

「どうした？」西川がさらりとした口調で訊ねる。

「大竹だよ。特捜で、しばらく金の流れを追うって言ってた。あいつ今、普段の一週間分ぐらい喋ったぞ」

「そうか」

ジョークのつもりだったが、西川はくすりともしない。その態度にもむかつく。

「大竹には、俺が連絡しておく」

「ああ、そうかい」沖田は立ち上がった。こいつ、いったい何がそんなに気になる？　垂れ込みマニアを調べていても、時間の無駄だ。

「どうするんだ？」西川が上目遣いに訊ねる。

「帰るんだよ。もう定時を過ぎてるからな」

「本当にこのままやめていいのか？」

「捜査する意味はないね」

「本人の性癖はともかく、情報の真偽は……」

「それを確かめる方法がないじゃないか。本人は死んでるんだし、俺は何も聴いてないんだから。無駄なことはやめろよ。年度末だからって、余った予算を使い切ることなんか考える必要はないんじゃないか」

「おい――」

「じゃあな」沖田はさっさと追跡捜査係を出た。コートを忘れたことに気づいたが、取りに戻る気にもなれない。まあ……これだけカッカしていたら、寒風など気にもならないだろう。逆に、少し頭を冷やした方がいいぐらいだ。

気持ちと体は裏腹……沖田はその日の夜から体調を崩し、翌日の土曜日はベッドから抜け出せなくなった。全く情けない。コートなしで冬空の下を少し歩いたぐらいで風邪を引いてしまうとは。熱がそれほど上がっていないので、インフルエンザではないと思うが、今日一日は寝ていることにした。

朝、ペットボトルの水を一本飲み干しただけで、さっさとベッドに戻る。横になった瞬間に意識がなくなるほど、あっさり眠れた。次に目が覚めたのは昼前――スマートフォンが鳴り出した時だった。腕を伸ばしてスマートフォンを摑む。響子……こんな時間に電話してくるのは珍しい。

「大丈夫？」

「何が？」答える声がひどくがさがさしていて、我ながら驚く。

「午前中、何回かＬＩＮＥしたんだけど、既読にならないから」

「ああ……寝てたんだ」

「風邪？　声がおかしいわよ」

「風邪だな」気が抜けたのだ。ぎりぎりと進めてきた捜査を放り出す――そんな状況になったら、どんな人間でも緊張が解けて、一気に体調を崩す。

「大丈夫なの？　医者へは行った？」

「いや。一日寝てれば大丈夫だよ」

「あなた、普段風邪なんか引かないじゃない」響子が指摘する。

「確かに」

「今日、会えないかなと思って……」

「会うのはいいけど、風邪がうつるよ」言いながら、思わず顔が緩《ゆる》んでしまう。

「大丈夫よ。そっちへ行くわ。何も食べてないんでしょう?」

「食欲はないな」実際には腹は減っていた。しかし、食べたいものがまったく頭に浮かばない。

「おかゆでも作るから」

「それじゃ悪いよ」

「食べないと、風邪は治らないわよ。それに、話したいこともあるの」

「――そうか」このタイミングで「話したいこと」というのは、嫌な感じがする。こんな状態で別れ話でも持ち出されたら、風邪はさらに悪化する――再起不能になるかもしれない。

「一時間ぐらいで行くわね。何か、食べたいもの、ない?」

「むしろ飲み物が欲しいな」冷蔵庫に残ったミネラルウォーターのペットボトルは一本か、二本か。

「分かった」響子が電話を切った。

あと一時間か……せめて顔でも洗おうとベッドから抜け出そうとしたが、フラフラして上手くいかない。諦め、またベッドに潜りこんで布団を被《かぶ》った。明らかに熱はあるのだが顔は寒い――エアコンもつけていなかったのだ。しかしリモコンは、少し離れたテーブルの上……そこまで行くのも面倒臭い。

まったく、俺も歳《とし》だな。風邪で年齢を意識させられるのも情けない話だが、実際に辛いのだから仕方がない。

次に目が覚めたのは、鍵が解錠される「がちゃり」という音がきっかけだった。U字ロックはかけていなかったはず――かけてあったらドアまで行かねばならないが、動けるかどうか。

ドアが開く。U字ロックをかけ忘れたままだったのは幸運だが、これは反省材料でもある。刑事の部屋が泥棒の被害に遭ったら、洒落にならない。施錠は常に確実に、と心がけているのだが、昨夜は帰宅する直前から体調が悪化して、決まり切った手順をこなす余裕さえなかった。

「大丈夫？」心配そうな響子の声。

沖田は何とか起き上がり、「ああ」と言った。一時間前より少しはまし――しかし依然として熱っぽく、頭がぼうっとする。

響子がダイニングテーブルに大きなビニール袋を下ろし、ベッドに近づいた。屈みこんで沖田の額《ひたい》に手を当てる。そのひんやりとした感触が心地よく、沖田は思わず安堵《あんど》の息を吐いた。

「やっぱり熱があるわね。体温、測った？」

「いや」そもそも体温計がどこにあるか、分からない。

「薬は？」

「……呑んでない」

「ちょっと待ってね。薬を呑む前におかゆ、作るから」

「おかゆか……」基本的に、おかゆは好きではない。米はすっきり硬く炊けているのが好みなのだ。

「そんな顔しないで。消化のいいものを食べて、早く薬を呑まないと。風邪も長引くと大変よ」

「了解」

沖田は何とかベッドから抜け出した。ふらつく足取りで洗面所に向かい、冷水を顔に叩きつける。震えがきたが、逆に意識は多少はっきりした。鏡を覗くと、見返してくるのは疲れた中年男の顔――目的を失った人間は、魂が抜けたような顔になるものだ。

キッチンへ行くと、響子が冷凍したご飯の解凍を終えたところだった。鍋《なべ》に移し、煮立てて始める。沖田は冷蔵庫を開け、響子が買ってきてくれたスポーツドリンクを取り出した。半分ほどを一気に飲むと、死んでいた細胞が生き返ったように、頭がはっきりしてくる。ベッドに戻らず、ダイニングテーブルについて、料理する響子の後ろ姿を見守った。

おかゆは十五分ほどででき上がった。茶碗《ちゃわん》に一杯のおかゆと味噌汁《みそしる》、それに梅干しときゃらぶき。まず味噌汁を一口飲んで、塩分の旨《うま》みをじっくり味わう。そしてきゃらぶきでおかゆを一口。

「あまり柔らかくしなかったから。硬いご飯の方が好きでしょう?」

「おかゆに硬いも柔らかいもないと思うけど……でも、美味いよ」

生まれてから一度も美味いと思ったことのないおかゆだが、今は胃を温め、体に栄養を行き渡らせてくれるだけでもありがたい。予想外に美味く感じられるのは、響子が作ってくれたからだろうか。おかゆを茶碗に二杯食べ、ようやく人心地つく。その後に薬を呑むと、それだけで体調は五十パーセントほどまで回復したような気分になった。

「夜の分は味を変えておくから、ちゃんと食べてね」

彼女は帰らないといけないわけか……それも当たり前だ。侘《わび》しさをぐっと噛み締めながらベッドに戻る。この分だと、明日の朝にはすっかり回復しているだろう。響子がいてくれて、本当に助かった。

響子がベッドの脇で片膝をついた。体温計を渡してくれたので熱を測ると、三十七度八分。平熱が三十五度台なので、これでもかなりの高熱だった。冷却シートを、響子が額に貼ってくれる。すっと染み入るような冷たさで、気持ちが落ち着いた。

「帰省してもはっきりしなかったから、実家に電話して、母親と話したの」響子がいきなり打ち明けた。

「ああ」返す言葉がなく、沖田は曖昧《あいまい》に返事をした。

「だいたい、父は大袈裟《おおげさ》なのよ。今回の検査入院だって、私を説得するためのようなものだったんだから」

「そうなのか？」

「一種の詐欺？　馬鹿らしいわよね」

「ああ……」

「正直に言うわね」響子が座り直した。「私、ずっと迷ってた。流産してから、これからどうしていいか、どうするべきか、何も決められなかったの。あなたも同じでしょう？」

「そうだな」沖田は認めた。妊娠の話を聞いた時は、まず結婚を意識した。けじめというか、そろそろはっきり気持ちを決めなければならないと……響子の実家の後継問題は、その後考えればいいだろうと思っていた。

「啓介《けいすけ》が、九州の大学へ行きたいって言い出したの」

「ちょっと待て」響子の一人息子、啓介は来年大学受験だが、そんな話は一度も聞いたことがない。「初耳だけど、どういうつもりだ？」

「前から、両親がそんな話をしていたのよ。九州の大学へ入れば、学費も生活費も面倒を見るって。本音は、私じゃなくて啓介が店を継いでくれればいいって思ってるのよ。そのための交換条件みたいなものね」

「啓介がその条件を呑んだのか？」まだ高校生の男の子が、将来呉服屋をやる気になっている？　沖田には、にわかには信じられなかった。

「呉服屋をやるかどうかはともかくとして、あの子、九州は嫌いじゃないのよ。子どもの頃から、長崎に里帰りする度に喜んでたし。福岡《ふくおか》辺りだったらもっと都会だから、不便もないでしょう?」

「それはそうだけど……大丈夫なのか?」

沖田は本気で心配していた。啓介は、小学生の頃に事件に巻きこまれ──響子と知り合ったのもその事件がきっかけだ──長くトラウマに悩まされた。中学生ぐらいまでは不眠が続き、学校も休みがちだった。高校へ入ってからは何とか乗り越え、去年は留学までしているのだが、それでも心配ではある。

「遠くで一人で暮らして、ちゃんとやっていけるかな」

「遠くって言っても、両親がいるところだから。心配ないわ」

「その件は……」

「この前長崎へ行った後に、急に言いだしたのよ」響子が打ち明けた。「本気かどうかと思ったけど、何度か話したら、真剣なのは分かったわ」

「もしかしたら、俺たちに気を遣ってるのかな」

「さすがにそういうことはないと思うけど……でも、悪いことじゃないと思うわ。今の家族は、いつまでも子離れ、親離れできないって言うでしょう? 少し寂しいけど、独立心が強くなったのはいいことよ。まあ……彼女の問題もあるみたいだけど」

「彼女?」沖田は目を見開いた。「啓介、つき合ってる子《こ》なんているのか?」

「つき合ってるわけじゃないけど、気になる娘がいるみたい。留学の時に向こうで一緒になった、福岡出身の娘……その彼女、地元の大学へ進む予定みたいなの」

「そいつはすげえ話だな」沖田は半ば呆れ、半ば感心して言った。「女の子のために自分の進学先を決める――ある意味大したもんだよ」

「啓介の件も含めて、まだまだ私の――私たちの将来は、はっきりしないことが多いわよね」

「ああ」沖田は認めた。

「そういう状態を不安に感じることもあったの。やっぱり、一人で子育てしてきて、心配なことは多かったし。でも考えてみれば、あなたと会ってからはずっと楽しかった。生活は不安定なはずなのに、どこかでそれを楽しんでいる自分がいたのよ」

「そうだな……俺も同じだった」将来を誓い合ったわけでなくても、今一緒にいるこの時間が楽しい――刹那《せつな》的とも言えるが、響子との出会いが、自分にいい影響を与えてくれたのは間違いない。

「だからまだ、はっきり決める必要はないんじゃないかしら。私、開き直ったわ。もう少しフラフラしていたい――啓介が大学へ行って、卒業して、それまで待ってからいろいろなことを決めても、遅くはないと思うの」

「親父《おやじ》さんは……」

「もしも本当に体調が悪化したら、その時に考えればいいじゃない」響子がやけに明るい表情を浮かべた。「起きるかもしれないことを心配して疲れちゃうのは、馬鹿馬鹿しいでしょう。目の前のことを一つ一つ片づけていくだけ――何だか、啓介が背中を押してくれ介の若さを心から羨ましく思った。
四十代も半ばになった自分には、もうそういう決断のチャンスは何回もないだろう。啓
自分で自分の道を切り開いていく覚悟があるのは、大したものだと思う」
「あいつも立派だよな」沖田は心底そう思った。「女の子のことがきっかけだとしても、
たみたい」

どだった。
足してくれていた。これが滅法美味い——たまにはおかゆも食べてみるものだと見直すほ
ら、午後八時にこの日の二食目を食べた。響子はおかゆを味噌味に変え、油揚げやネギを
響子は夕方に引き上げた。一眠りした沖田は、急速に体調が戻ってきたのを意識しなが

風呂《ふろ》は明日でいい。

さて、また薬を呑んでさっさと寝てしまおう。汗をかいてべたついた体は鬱陶しいが、
ベッドに潜りこみ、音量を落としたテレビをぼんやりと眺めていると、スマートフォンが鳴った。響子だろうかと慌てて取り上げ、確認もしないで電話に出ると、西川だった。

「何だ、お前か」

「ご挨拶だな」西川がむっとした口調で言った。「響子さん、そっちへ行ったか?」

「ああ、来てくれたよ」

「どうだ?　彼女の看病で、少しはよくなったか?」

「お前……どうして俺がダウンしていることを知ってる？　まさか、お前が連絡したのか？」

「お前昨日、顔色悪いのにコート忘れて帰っただろ。様子がおかしいから、女房に頼んだ」

西川の妻・美也子は響子とも顔見知りで、たまに連絡を取り合っている。

「で？」

「でって何だ？」沖田は聞き返した。

「お礼は？」

「何でお前にお礼を言わなくちゃいけないんだ。そういうのをお節介って言うんだよ」

「だけど、響子さんがそこへ行かなかったら、まだ一人で唸《うな》ってただろう」

「まあ……そうだけど」沖田は少し弱気になった。

「月曜は出てくるか？」

「多分、大丈夫だ」

「だったら、週明けからちゃんと山岡さんの捜査に参加してくれ。人手が足りないんだ」

「何で俺が……俺は、ああいういい加減な人間に興味はねえよ」山岡に対する怒りは消えない。むしろ激しくなっていた。

「最初に調べ始めたのはお前だろうが。中途半端に放り出すなんて、らしくないぞ」

「そんなこと、お前に決めて欲しくない」

言いながら沖田は、山岡に対する興味が再び湧いてくるのを感じた。山岡はいい加減な垂れ込みマニアかもしれないが、その動き、そして謎の背景はやはり気になる。はっきり言えば、彼の背後には犯罪の気配が感じられるのだ。本人は犯罪者ではないかもしれないが、何か犯罪につながる臭いがする。

「まあ……俺の獲物ではあるけどな」

「今は追跡捜査係の獲物でもある。十年前の一件ともつながったんだから」

「そうだな」

「だから、とにかく週明け、出て来い」

「何か、新しい情報は？」

「ない」断言する西川の口調は、いかにも悔しそうだった。「週明け以降、お前が見つけてくれ」

「ああ、いくらでも見つけてやるよ。ただし、条件がある」

「何だ？」

「アイスを奢れ」

「はあ？」

「風邪にはアイスクリームだろうが。少しぐらい気を遣えよ」

「分かったよ」西川が溜息をつく。「アイスぐらいいくらでも奢ってやる」

よし。月曜からフル回転だ。そう決めた瞬間、沖田はベッドを抜け出し、シャワーを浴びた。暑い湯で汗を洗い流しているうちに、風邪も抜けていく感じがある。急激に体調がよくなっていく快感は、二日酔いが抜けていく時の心地好《よ》さに似ている。

それは西川のおかげとも言えるのだが……いや、響子のおかげだろう。男は常に、女によって変わる。男同士の関係で変化することなど、微々たるものなのだ。

7

月曜日、沖田は西川よりも早く出勤してきていた。元気そうなその顔を見て、こんなに早く風邪が治るものだろうかと、西川は訝った。

「ほら」西川はコンビニのビニール袋を掲げてみせた。「合同庁舎のコンビニで仕入れてきたぞ」

「このクソ寒いのにアイスなんか食えるかよ。しかも朝だぞ」

アイスと言ったのはお前じゃないか。むっとしたが、気の利いた返しを考えるのも面倒臭く、西川は係の人数分のアイスを冷凍庫にしまった。何なんだ……まったく、面倒臭い奴だ。

だが、そういう面倒な奴を上手く乗せて動かすのも、やりがいのある仕事だ。

さて、再起動だ。沖田が元気になった今日から、追跡捜査係の本格的な仕事が始まる。

「で？」沖田がいきなり切り出す。「状況は？」

「山岡の周辺捜査を進めている。大竹は特捜で金の流れを調査中だ。山岡の交友関係について は、お前の方がよく知ってるんじゃないか」

「何人かに会った」沖田がうなずく。「そこからもう少し伝手《つて》を辿れる」

「車の仲間とか？」

「ああ」

「そっちの方、庄田と一緒に当たってくれないか？　俺はもう少し、交友関係を広げて調べてみる」

「だったら、まずは会社だな」沖田が言った。「車の仲間はともかく、基本的には家と会社の往復だけだった人だ。人間関係はほぼ会社内に絞られると言っていい」

「それは、特捜も調べている」

「特捜に頭を下げてもいいし、無視して勝手にやってもいい。別に特捜を出し抜く必要はないけど、山岡はうちの獲物だぜ」

「そういうことだ」西川もうなずいた。「じゃあ、ツーリング仲間の方を当たってくれ」

「分かった。庄田、行くぞ」

沖田の勢いに引っ張られるように、庄田が素早く立ち上がった。この辺が沖田の理解できない部分である。普段は、西川が言うことにいちいち反発するのだが、捜査が軌道に乗り始めると、こちらの指示に素直に従う。本気モードと、そうでない時の違いなのだろうか。

「何か、突っこむところはありますか？」追跡捜査係に残ったさやかが訊ねた。

「まず、先週俺が会った、ＬＧフーズの江村という社員にもう一度話を聴きたい。できれば今度は、警察署に呼びたいな。圧力をかけるんだ」

「沖田さんみたいなやり方ですね」さやかが顔をしかめる。

「必要とあらば、少しは厳しい手に出るさ。新宿中央署に電話して、取調室を一つ貸してもらうように頼んでくれないか？　会社の近くの所轄を選んで、手間を省いてやろう」

言って、西川はすぐに受話器を取り上げた。ＬＧフーズの、江村のデスクの直通番号をプッシュする。江村は、週末を挟んだだけでまた事情聴取されるのを露骨に嫌がっていたが、こちらとしては押すしかない。今やっているのは「殺人事件の被害者の身上調査」なのだ。先日までとは重みが違う。

電話で話している最中に、さやかが人差し指と親指を丸めて「ＯＫ」のサインを作った。西川は「近場なので時間は取らせない」と言い、結局十時半に新宿中央署に呼び出すことに成功した。昼過ぎから用事があるというので、実質的に使える時間は一時間半ほどだが、それだけあればかなりの情報を引き出せるだろう。

「よし」電話を切って、西川は自分に気合いを入れた。「十時半にアポを取った」

「聞こえてました」さやかがうなずく。

「先に署に着くようにしようか」西川は立ち上がりかけたが、さすがにまだ早いと気づいた。そういえば、朝のコーヒーがまだ……ポットから注ぎ、ブラックでゆっくりと味わう。

逸る気持ちが鎮まってきて、少しだけ冷静になれた。

どうもこの件には、不正の臭いがする。

山岡は十年前、他人名義の携帯を手に入れた。彼が言っていた通りに、芸能人に頼まれたとは思えない。沖田が宣伝部長と話をして、山岡と進藤輝という俳優との間に接点はなかった、と聞き出していた。

その携帯電話が、特捜本部への情報提供者の連絡先だが、どうにもきな臭い感じがする。目的は依然として分からないが、山岡が何らかの犯罪に手を染めていたのでは、という疑念を否定できない。

九百万円のアウディ——その購入資金がどこから出たか、今のところはまったく分からない。銀行口座に動きがなかったとしたら、現金で手渡しか……記録に残らない金となると、やはり背後の犯罪を感じてしまう。

その辺の事情を、大学の後輩でもある江村は知っているだろうか。

西川が新宿中央署の前の歩道に立っていると、江村が緊張した面持ちでやって来た。寒いので顔が強張っているのかと思ったが、歩き方までギクシャクしている。西川は一歩前に進み出て江村を出迎えた。

「お忙しいところ、何度もすみません」

「いえ……」寒風が吹きつけ、江村が首をすくめた。

「取り敢えず、どうぞ。こういうところで申し訳ないんですが」

警察署は、西川が予想していた以上の効果を江村に与えた。取調室は狭く、高い位置に窓があるだけで外光はほとんど射しこまない。そのせいか、江村の顔は蒼白《あおじろ》かった。ワイシャツの首元に指を突っこみ、ネクタイを少し緩める。さやかがすかさず、ミネラルウォーターのペットボトルを彼の前に置いた。

「山岡さんは、進藤さんとは面識がないようです」

「そうらしいですね」

「この件、社内でも話したんですね？」

「ええ」

「どうですか？　何か新しい事実は分かりましたか？」

「十年前のことについては何も……ただ最近、微妙に様子がおかしかったらしいです」

「というと？」

「ちょっと苛ついていた感じですかね」

「なるほど」西川は両手を組み合わせてテーブルに置いた。「はっきり申し上げます。我々は、山岡さんは垂れ込みマニアだったのではないかと思っています」

「垂れ込みマニア？」江村が目を細める。

「何か事件があると、警察に情報を提供したがる人がいるんです。ただしそれが、思いこみや勘違い、あるいは故意の嘘である場合もある」

「山岡さんがそんなことを？　信じられないな」

「十年前にあなたが山岡さんのために入手した電話……それが、ある事件の情報を垂れ込んできた人の連絡先になっていました。住所も、別人のものを使っていました」

「私、利用されていたんですかね」江村が眉《まゆ》をひそめる。

「正直、怪しいと思っています」西川は明かした。「警察に情報提供するだけなら、自分の電話を使えばいい。番号を知られるのが嫌だったら、公衆電話を使えば済みますしね。この携帯電話は、何か別のことに使われた可能性が高いと思います」

「それは……」

「犯罪とか」

「まさか」江村の喉仏《のどぼとけ》が上下した。「山岡さんが犯罪なんて……あり得ません」

「あり得ないと言える理由は何ですか」西川は突っこんだ。

「山岡さんはそういう人じゃないですよ」

「だったらどういう人ですか」

「真面目で家族思いな……正直、宣伝部にはチャラい人もいるんですよ。派手な仕事だし、テレビや雑誌、芸能事務所ともつき合いがあって、そういうことを自慢げに話す人は少なくないんです。でも山岡さんが、芸能人のことを話したのなんて、十年前のあの時だけです」

それも嘘だったわけだが……山岡がもう一つの顔を持っていたのは間違いない。あるいは多数の顔があったのか。

「山岡さんの懐具合はどうでしたか?」

「懐具合というと?」

「金は持ってましたか?」

「答えにくい質問ですね……」江村が一瞬ためらった後、続けた。「うちの会社の課長クラスだったら、年収八百万から九百万円ぐらい——俺が言うのも何だけど、余裕はありますよね。四十代のサラリーマンの平均年収が、五百万円ぐらいって言うじゃないですか。それに比べれば……」

「しかし、山岡さんは住宅ローンを抱えていた」西川は指摘した。

「それぐらい誰でも……家族持ちで家を買った人は、皆同じような事情でしょう」

「新百合ヶ丘の山岡さんの家に行ったことはありますか?」

「ええ」

「どんな家でした?」

「普通の家ですよ。そんなに広いわけじゃないし」

「車は見ました?」

「車? 見ましたけど……ホンダのシビックです」

「シビックねえ」ごく普通の小型車だ。

「タイプR。結構車好きなんだなって、その時初めて分かりました」

「Rは高性能バージョン？」

「ホンダでタイプRと言えば、そうですよ」

「今はアウディになったようですね」

「アウディ？」江村が目を見開く。「結構ステップアップしたんですね。A3あたりですか？」

「S5、だそうです」西川は記憶を引っ張り出した。

「マジですか」江村が驚いたように声を張り上げた。「あれ、八百万ぐらいしますよね」

「約九百万円ですね」

「それは……変だな」江村が首を傾げる。

「何がですか」

「山岡さん、住宅ローンの他にも結構出費があったはずですよ。娘さんにも習い事をいくつかさせていて……娘さん大好きなんで、やりたいことは全部やらせていたみたいです」

「なるほど……」

「S5なんて、かつかつのローンを組んで買うような車じゃないですよ。余裕のある人が、即金でポンと買うものじゃないですか」

「そんなものですか？」

「イメージですけどね。だけど、やっぱり変だな。山岡さん、そんなに余裕があるはずはなかったのに」

「宝くじに当たったとか？」

「聞いてませんけど、山岡さんは宝くじを買うような人じゃないですよ。奥さんに聞いてみた方が、分かるんじゃないですか」

「車の件は、奥さんも知らないそうです」

「じゃあ、俺なんかには分かりませんよ」江村が肩をすくめる。

「でも、最近様子がおかしいことには気づいていた？」西川は訊ねた。

「ええ……」

「具体的にどんな感じだったんですか」

「どこか苛ついたような……普通は、穏やかな人なんですよ。それが、話していてもつっけんどんな感じになって」

「十五年前の上野事件を知ってますか？」

「いえ……何ですか？」

「上野駅の近くで、通行人がいきなり襲われて殺された事件です」

江村の顔からすっと血の気が引いた。しかしやはり首を横に振ると、「覚えてないですね」と答えた。

こんなものかもしれない。よほどの事件――テレビのワイドショーなどで繰り返しセンセーショナルに伝えられる事件ならともかく、新聞の社会面トップを一度飾っただけの事件だったら、簡単に忘れられてしまうだろう。一般の人の感覚とはそういうものだ。

「新宿事件はどうですか？　新宿駅の構内で、十年前に起きた事件です」

「あ、それは覚えてます」江村がうなずく。「うちの会社の最寄駅なんで、会社でも『要注意』の案内が回りました」

「通り魔というのは、そういう事件なんです。いつどこで、誰が犠牲になるか分からない。歩いている人それぞれが警戒するしかないんです」

「ええ……」江村がうなずく。「とにかく、上野の件については何も知らないです」

「山岡さんは、二つの事件で情報提供を申し出てくれました。ただし、新宿事件についてはおそらく嘘の情報だったし、上野事件については会う約束をすっぽかしたんです」

「そうなんですか」

「どうも、山岡という人のことがよく分からないんです」西川は正直に認めた。「今のところ、非常に真面目で家族思いの人だった、という話しか聞きません。亡くなった人に対しては悪口が言いにくいことを差し引いても、悪い評判は聞いていません」

「いい人ですから」江村がうなずく。

「ただ、そういう人が警察の捜査を邪魔した——もしかしたら、二面性のある人だったんですか？」

「俺が知っている山岡さんは、真面目で穏やかな人です」

なおもしばらく江村から話を聞き続けたが、それ以上の情報は出てこなかった。タイムリミットの昼が近づく——西川は最後に、必ず確認しておかねばならない話題を持ち出した。社内、あるいは外で、山岡さんと親しい人はいませんか？

江村は、社内の人間の名前を何人か教えてくれた。同期、先輩――特捜本部はとうに割り出しているかもしれないが、追跡捜査係にとっては新たな情報だ。

江村を署の出入り口まで送ったさやかが、戻って来た。江村は結局ミネラルウォーターに手をつけなかったので、西川はキャップを捻《ねじ》り取って口をつけた。

「山岡に裏の顔があるかどうかは分かりませんでしたね」さやかが残念そうに言った。

「そうだな」西川はうなずき、ペットボトルのキャップを閉めた。

「取り敢えず、紹介してもらった人の追跡ですね」さやかが手帳を広げる。「特捜の捜査と被るかもしれませんけど、それは構いませんよね？」

「もちろん」

「ランダムでいいですか」さやかがスマートフォンを取り出した。

「構わない」

「ちょっと連絡してみます」

アポ取りをさやかに任せ、西川は取調室のドアを開け放した。隣は刑事課……しかし昼時なので、多くの刑事が外に出ており、人は少ない。廊下はしんと静まり返っていた。

沖田と庄田はどうしているだろう。金の流れを洗い直している大竹は……追跡捜査係がフル回転しているから、いずれはより詳細な情報が集まり、事態の真相――そして山岡殺しの犯人にもたどり着けるかもしれない。全ての歯車がしっかり嚙み合い、捜査が一気に動き出す瞬間の快感を、西川は何度も経験してきた。

しかし今回は、この時点で早くも嫌な予感がしている。山岡が単なる垂れ込みマニアだったとしたら——十年前の新宿事件、十五年前の上野事件に関する手がかりは手に入らない。追跡捜査係本来の任務は完遂できないままになってしまう。

8

牧野からの紹介で、捜査の輪はＬＧフーズの外へ広がった。山岡は、主にネット上で活動を展開するアウディのオーナーズクラブに入っていたという。牧野も同じクラブの会員で、会えそうな人間の連絡先を教えてもらい、沖田は面会のアポを入れた。

「オーナーズクラブですか……」面会場所の阿佐ヶ谷《あさがや》へ向かう途中の電車の中で、庄田が溜息を漏らした。

「車好きの人は、よくそういうクラブを作るらしいぜ」

「しかし、高級外車の世界でしょう？　そんなに景気もよくないのに、そういう高い車がよく売れてるっていうことですよね」

「それは分からないぜ……二十年も同じ車に乗り続けてる人だっているだろう」

「まあ、そうなんでしょうけど」庄田は何となく不満そうで、いつも以上に歯切れが悪い。

「何かあったのか？　山岡が気に食わないとか？」

「いや、そういう世界もあるんだなって……ちょっと羨ましい気もします。普通に結婚して、子どもが生まれて、一戸建ての家を建てて高い外車に乗って」

「どうしたんだ？　本気で羨ましいと思ってるのか？」

「最近、将来を考えて不安になることがあるんですよ。俺も三十五だし、同期もだいぶ結婚して落ち着いてますから」

「警察官は、さっさと結婚するように言われるからな」家庭を持って落ち着かないような人間はまともな仕事はできない――警察では昔からよく言われていることだ。その点では、沖田も警察官失格だ。

「ああいう話を聞いてると、自分が半人前みたいな感じがするんですよ」

「仕事はちゃんとやってるだろうが」

「そのつもりですけど、結婚した同期に遅れを取ってるような気がして」

「それを言ったら俺はどうなる？」

「いや、別に沖田さんのことを言ってるわけじゃなくて」慌てた口調で庄田が言い訳した。

「別に、結婚だけが人生の全てじゃねえよ。結婚しなくても幸せに暮らしている人、充実した人生を送っている人はたくさんいる」

「沖田さんもですか？」

「まあな」土曜日の響子とのやり取りを思い出し、沖田は思わずにやけてしまった。執行猶予判決を受けたというか、モラトリアムをもらったというか、とにかく近々焦って決断する必要はなくなった。

「沖田さん？」

「ああ？」

「どうかしました？」

「一々突っこむなよ」沖田は意識して厳しい表情を浮かべた。「あまり立て続けに言われると、また熱が上がる」

「失礼しました」

クソ真面目な庄田は、それ以降、電車を降りるまで一言も口をきかなかった。

これから会う相手、杉山麻衣美《すぎやままいみ》は、自宅でデザインの仕事をしているという。牧野によるとフリーのウエブデザイナーで、この業界では売れっ子らしい。たまたま、ＬＧフーズの公式サイトのデザインを手がけた人物という縁もあった。

これまでデザイナーという人種に会ったことがあるかどうか……沖田は少しだけ緊張して杉山のマンションを訪ねたが、インタフォンから流れる涼やかな声を聞いて少しだけほっとした。少なくとも相手は、気難しい人間ではなさそうだ。

「先ほど電話した、警視庁の沖田です」

「はい、どうぞ」オートロックがすぐに解除され、扉が開く。

マンション内に足を踏み入れてから、沖田は庄田に訊ねた。

「何歳ぐらいの人だっけ？」

「三十五歳ですね」

「結構若い声だな。高校生みたいだ」

「確かにそうでした」

二人の疑問は、マンションのドアが開いた瞬間に消散した。ドアを開けたのは、実際に二十歳《はたち》そこそこぐらいの女性だったのだ。この人は、杉山麻衣美本人ではないだろう……。

「どうぞ」

「杉山さんは……」沖田は遠慮がちに訊ねた。

「ボスは仕事中です」若い女性が真面目な声で答えた。「でも大丈夫ですから」

「ボスと呼んでいるんですか？」

「そういう約束なので。それがポリシーみたいです」若い女性——アシスタントということか——が屈託のない笑みを浮かべる。

広い——軽く二十畳はありそうだ——リビングに入ると、まず目に入ったのは巨大なテーブルだった。普通サイズの事務机二つを横に並べたほどの横長のテーブルが窓際にあり、窓に背を向けた格好で女性が座っている。大きなモニターの陰に隠れて、顔は見えなかった。マシンガンのようにキーボードを叩く音だけが聞こえてくる。

「ボス？」

「ああ、はいはい」

モニターから外を覗くように、麻衣美が顔を出す。長い髪を無造作に束ね、細く赤いフレームの眼鏡をかけた面長な女性だった。

「ちらかってますけど、どうぞ」

どうぞと言われても、どこに行っていいか分からない。結局アシスタントらしき女性が、部屋の中央にあるテーブルに案内してくれた。資料だろうか、様々なサイズの書類や本がうずたかく積まれている。固定電話と、飲み残しのお茶らしきものが入ったカップも二つ――このテーブルは、打ち合わせ用兼食事を摂る場所でもあるのだろう。

麻衣美が立ち上がり、大きく背伸びした。かなり背が高い――百七十センチぐらいありそうだ。特に緊張した様子もなく、沖田に向かってひょこりと頭を下げる。

「何か飲みますか？　コーヒーでも？」

「いや、結構です」

「私は飲みますよ」

言って、沖田の向かいに腰を下ろす。見ると目は充血しており、いかにも徹夜明けという感じだった。

アシスタントらしい女性が、すぐに大きなマグカップを持ってきた。いらないと言ったのに、沖田と庄田の分のカップも……おそらく、常に大量のコーヒーを用意していて、一日に何杯も飲むのだろう。西川も似たようなものだが、あいつの場合は朝と昼食後、それに帰る間際の三杯だけだ。それも実に美味そうに飲む。彼女の場合、単なる眠気覚ましのようだ。

「お忙しいんですね」沖田は切り出した。

「ええ」

「一人で仕事してるんですか？」

「今は、そうですね。前はウエブ制作会社に勤めてましたけど、フリーになった方が実入りがいいので」

「大胆な転身ですね」

麻衣美が声を上げて笑った。屈託のない笑顔だったが、やはり疲れは隠せない。

「まあ、一人の方が自由ですし」

「でも、スタッフの方はいらっしゃるんですよね」沖田は若い女性にちらりと視線を投げた。

「妹です。今大学生なんですけど、勉強ついでに手伝ってもらっています」

こういう仕事は、これからは絶対に食いっぱぐれることはないだろう。デザインの才能と実績がある人だったら、あちこちから引っ張りだこだろうし。

「それで……車がどうしたんですか？」

「あなた、アウディのオーナーズクラブに入っていますよね」

「ええ」麻衣美がさらりと答える。

「そこに、山岡さんという方もいますね？　山岡卓也さん」

「はい」麻衣美の表情がにわかに暗くなった。「山岡さん、亡くなったんですよね」

「ご存じでしたか」

「ニュースで見ました。びっくりしました……どういうことなんですか？」麻衣美の声が不安げに揺れる。

「それを今、調べています」

「まさか、私が容疑者っていうわけじゃないですよね？」

「そうなんですか？」

麻衣美が苦笑したが、すぐに真顔に戻った。

「アリバイのこととか言われたら困りますよ。夜はここで一人なので、証明できませんから」

「私は、山岡さんを殺した犯人を直接探しているわけじゃないんです」

「どういうことですか？」麻衣美が目を細める。

沖田は事情を説明した。とはいっても、その狙いが彼女に理解できたかどうか。沖田が話し終えた瞬間、麻衣美が首を傾げる。

「うーん……私は、彼が車を買ってから知り合ったので、どういう経緯で購入したかは分かりませんよ」

「そうですか……」

「とにかく、ずいぶん大事にしてました。掲示板に、洗車した後の写真をよく上げてましたから」

「実際に会ったことは？」

「二回……三回かな。オフ会です」

「皆で走りに行ったりしなかったんですか？」

「車で行ったら、お酒が呑めないじゃないですか」麻衣美が声を上げて笑う。

「なるほど……そういう会合だったんですね」

「ええ。そもそも山岡さんは、ほとんど呑まない人でしたけど」

「そうなんですか？」

「家のローンもあるし、娘さんの習い事なんかでお金がかかって大変だから酒を控えていたら、いつの間にか呑めなくなっちゃったって。そう言えば、車以外の話題は家族のことばかりでした。家族思いの人だったんですね」

「そういう話は聞いています」

「あ、でも……」麻衣美が一瞬目を閉じる。

「何ですか？」

「考えてみれば、車以外にも結構お金はかけてましたね」

「例えば？」

「時計……腕時計です。アルファのスピードスター。ご存じですか？」

「もちろん」

おっと、時計好きの俺が、肝心な情報を見逃していたのか？　所持品をもう少し詳しくチェックしておくべきだった。財布以外の持ち物――腕時計なども見つかっていたかもしれない。

「でも、あれはそんなに高くないでしょう。量販モデルですから、三十万円……せいぜい四十万円ぐらいじゃないですか？」

「限定モデルがあるんですよ」

「ああ、確かに」沖田は反射的にうなずいた。何年か前の事件で、スピードスターのホワイトゴールドの限定モデルを調べたことがある。素材が高価な限定モデルだと、この手の定番モデルでも急に価格は跳ね上がる。アルファ社は、毎年のように限定モデルを出して、マニアにコレクションさせようとしているのだろう。

「二年ぐらい前かなあ。一部ローズゴールドの限定モデルが出て、結構話題になったんです。実は私も、そのレディースバージョンを買いました」

「見せてもらえますか？」

　うなずいた麻衣美が立ち上がり、先ほどまで作業をしていたデスクに向かう。すぐに、金属ベルトのスピードスターを持って戻って来る。沖田もよく知っているデザインの小型版。金属製のブレスレットを形作るコマの二番目と四番目の列、それにベゼルに上品なローズゴールドがあしらわれている。沖田は光り物が目立つ時計は好きではない――自分の時計は、蘊蓄《うんちく》は語れるもののデザインは地味なヴァルカンだ――のだが、限定のスピードスターはそれほど金ピカな感じではなく上品だった。沖田は、念のために写真を撮影するよう、庄田に命じた。庄田がスマートフォンで、角度を変えて何枚か写真を撮る。

「山岡さんのはこれのメンズバージョンなんですね？」

「そうです。スピードスターって、モータースポーツファンや車好きの間で人気がありますよね」

「確かに、このクロノグラフ機能はレースのイメージですよね。いくらでしたか？」

「いくらだったかなあ」麻衣美が首を傾げる。「ちょっと臨時収入があった時に買ったんですけど、六十万とか七十万とか、それぐらいだったと思います」

「メンズの場合は、もう少し高いですよね」当然サイズが大きく、使われる貴金属の量も多いので値段は釣り上がるはずだ。

「そうですね。値段は分かりませんけど」

仮に百万だとすると――アウディと合わせて、山岡は二年前に一千万円もの金を使っていたことになる。まず、遺体で発見された時に、山岡が腕時計をしていたかどうか、確認しないといけない。

「ああ、思い出した……私、その時計のことを山岡さんに聞いたんですよ。同じ時計だったので――酔っ払ってたんで、給料がいいんですかって、失礼なことを聞いちゃいました」

「彼は何と？」

「特別に収入がある時もあるって、悪戯っぽく言ってましたけど、それ以上のことは分かりません」

サラリーマンに「特別に収入」？　それこそ宝くじが当たったか、何か副業をしているか……家と会社の往復で、自分の時間は車と子どものためにだけ使っている山岡に、副業をしている時間があっただろうか？　あるいは、不正な金——例えば会社の金を引き出していたとか。宣伝の仕事は金の流れが曖昧そうだし、その気になれば、どこかで金を浮かして自分の懐に入れるのも不可能ではあるまい。

にわかに、山岡が黒い存在に思えてきた。

次のチェックポイントはここ——山岡と金の関係だ。

9

大竹は、山岡の銀行口座に不審な点はないと、改めて断言した。通常の給与振り込み口座とは別の口座も、やはりないようだ。金を動かし、隠すための手段は銀行だけではないが……西川は沖田と話して、LGフーズに突っこむことにした。山岡が会社から不正に金を引き出していたのではないか——沖田の疑いはもっともに思えた。

こういう時は、本当はじっくり時間をかけて、信頼できるネタ元を作るに限る。金の問題は、どんな会社にとっても最もシビアな秘密で、警察が聴いても、簡単に教えてもらえるものではない。何年もかけて人間関係を熟成し、会社に都合の悪い事実でも教えてくれるスパイを育てる——もちろん今は、そんな時間はない。

この場合、ポイントになるのは山岡に関する金の流れだけだ。西川は思い切って、沖田が何度か話したことのある宣伝部長の水原に面会することにした。

水原は、最初から迷惑そうな表情を隠そうともしなかった。何度も事情聴取を受けて、いい加減うんざりしているだろう。しかし西川は、一切同情せずに話を進めることにした。こういう時は、勢いが大事なのだ。

「不正流用？」水原が目を見開き、声を張り上げる。すぐに慌てた様子で口を閉ざし、周囲を見回した。宣伝部の応接スペースはパーティションで区切られているのだが、大きな声を上げれば部員に丸聞こえだろう。

「不正流用かどうかは分かりません」西川は低い声で否定した。「例えば横領……山岡さんが会社から金を引き出していた可能性はありませんか？」

「まさか」

「まさか、というのは否定ですか？」西川は質問を重ねた。

「それはすぐには答えられない——いや、そういうことはないですよ。普段から金の出入りはしっかり管理していますし、監査もあります。そう簡単に、会社の金を懐に入れることはできないんですよ」

「宣伝部だったら、曖昧な金もあるんじゃないですか？　接待とかつき合いとか、臨時支出に使える特別費のようなものが」

「いや……それは最近の話なんですか？」

「二年ほど前、と考えています」山岡が、アウディと限定モデルのスピードスターを購入した時だ。

「二年前だと、私はもうここの部長になっていました。特別費……名前は違いますが、確かに緊急用にフローさせている予算はあります。ただし私が知らないうちに、その金を使うことはできません」

「金は、部長の専権事項なんですか？」

「もちろん」水原が二度、うなずく。

「山岡さんは、仕事に関して金遣いが荒い方ではなかったですか？　それこそ接待とかで、派手に金を使う人もいるでしょう」

「昔——私が若い頃ならともかく、今はそんなことはできませんよ」水原が苦笑する。

「そもそもそういうのは流行らないと言いますか……今は広告代理店も芸能事務所も、金を湯水のように使える時代じゃないと分かっていますから」

「派手な話もよく聞きますけどね」西川はあくまでこだわった。

「そういうのは、別の世界の話でしょう。あるいはバブルの頃の話」水原が馬鹿にしたように言った。

「では、全く別の視点ですが……山岡さんが宝くじを当てた、というような話は聞いていませんか？」

「聞いてませんが、当たったことをわざわざ周囲に言いふらす人はいないと思いますよ」

「副業はどうですか？」

「副業もＯＫなんですが、実際にやっている社員はいませんよ」

「株は？」そういう取り引きがなさそうだということは、大竹が既に摑んでいた。そもそも銀行口座に怪しい金の出入りがないわけで、山岡は何らかの方法で「現金」を受け取っていたのではと、西川は想像している。

「私は聞いていませんね」

「となると、やはり何らかの不正ですかね……」

西川は顎を撫でて黙りこんだ。水原は何も言わない。二人の間で、不穏な雰囲気が次第に濃くなっていく。

「あの」重い空気に耐えきれなくなったのか、水原が先に口を開く。

「はい」西川は背筋を伸ばした。

「いったいいくらぐらい――その、山岡が不正に金を入手していたとして、どれぐらいの額になるんですか」

「最低一千万円」西川は人差し指を立てた。「ただし、詳細は不明です」

「一千万……正直に言いますけど、会社の金を誤魔化して一千万円を作るのは大変ですよ」

「それは分かります。私も、山岡さんがそういう不正をやったと確信しているわけではありません。その辺を調べていただくことはできませんか？　もしも不正流用や横領があったら、会社としても大問題でしょう」

「それは、もちろんそうです」水原がうなずく。「しかしなあ……山岡がそんなことをしたとは思えない」

「そうですか？」

「仕事の上ではちょっと激しいところもある人間ですけど……」

「激しい？」

「厳しい、というか。金にも仕事の内容にもシビアな人間だったんです。パワハラだと言われる恐れもあったけど、そういう厳しさについていく部下がほとんどでしたからね。だいたい、不正をやりそうな人間っていうのは、普段の言動から分かるものじゃないですか」

「そうとも限りませんよ。事態が明るみに出てから、まさかあの人が……と言われることもよくありますから」

「ちょっと時間を下さい。まず私ができる範囲で調べてみますが、過去三年分ぐらいの金の流れを確認するには、それなりに時間がかかります」

「分かりました。それは待ちます」西川はうなずいた。「それにしても、山岡さんが真面目で家庭的というのは、本当だったんですか？」

「私が知る限りでは」

「そういう人が一種の垂れ込みマニアだったというのは、どうも筋が合わない感じがするんですけどね」

「それは、私に言われても困ります」水原が力なく首を横に振った。

「普段の——会社での金遣いはどうだったんですか」同行していたさやかが質問を継いだ。「例えば同僚と呑む時に、やたら奢ったりとか——金遣いが荒いようなことはなかったですか？」

「ないと思いますけどねえ」水原が首を捻る。「そもそも最近は、呑みに行くようなことは少ないですよ」

「確かにそうですね」さやかが愛想のいい笑みを浮かべる。「昔はよく呑みに行ってたんですか？」

「代理店の人や芸能事務所の人と打ち合わせを兼ねて呑むことも多かったですし、宣伝部の内輪で呑みに行く機会もよくありました。私が入社した頃は、毎日何かの理由をつけて呑みに行ってましたけどね……ここ十年ぐらいは、そういうのはめっきり減りました。今は、部全体で呑みに行くのは、大きな異動がある時ぐらいです」

「でも、仲のいい人同士で食事に行くことはありますよね」さやかが食い下がる。

彼女が何を想像しているかは、西川にも簡単に想像できた。急に金回りがよくなった山岡が、同僚や後輩を呑みに誘って奢りまくる——基本的に決まった収入しかないサラリーマンに、臨時収入があった時によくあるパターンだ。どうやって金を使っていいか分からぬまま、ハイテンションになって周りに奢ってしまう。

「そもそも山岡はほとんど酒を呑まない男だし、基本的には家と会社の往復――仕事が終わると、家族と一緒に過ごすためにすぐに帰宅する男ですから。部全体の呑み会には出てきますけど、個人的に同僚や後輩と呑みに行くことはほとんどなかったです」

「ランチはどうですか」

「ランチは……ランチは誰でも行くでしょう」

「そういう時に、部下のランチ代を全部持ったりとか」

「そういう話は聞いたことがないな。そもそも山岡は、弁当を持ってきていることが多かったですからね」

「そうなんですか？」さやかが首を捻る。

「外へ出る用事がない時は、弁当で昼飯を済ませる社員も多いですから」

「だったら、簡単に外から見える部分で、金遣いが荒かったわけではないんですね？」

「ええ」

今のはいい質問だった。しかし、ここで分かることはこんなものか……西川は、金の流れを洗うことを改めて頼んで、辞去することにした。

会社を出ると、さやかが路上で思い切り背伸びしてから振り返った。

「会社で話を聞くと、疲れますね」

「人の土俵で勝負してるみたいなものだからな」

「今度話を聴く時は、こっちに呼びましょうよ。その方が、相手に強いプレッシャーをかけられるし」

「プレッシャーをかける必要がある時は、な」

歩き出した瞬間、スマートフォンが鳴った。予想もしていなかった相手――十年前、新宿事件の特捜にいた東田だった。

「今、話せるかい？」

「ちょっと歩いているんですが……いいですよ」

西川は送話口を手で塞ぎ、さやかに「先に本部へ戻ってくれ」と言った。

「ややこしい電話ですか？」

「ややこしくはないけど、話が長い人なんだ……東田さんだよ」

「ああ」納得したようにうなずくと、さやかが微妙な表情を浮かべた。前に、さやかに山岡のことを確認してもらった時に、東田にうんざりさせられたのかもしれない。退職刑事は厄介な存在である。こちらの事情をよく知っているだけに、あれこれ突っこんできて話が止まらなくなることが多いのだ。概して刑事という人種は話し好きだし。

さやかの後ろ姿を見送ってから、西川は電話に戻った。

「失礼しました」

「ちょっと思い出したことがあるんだよ」

「何でしょう」

西川は立ち止まり、歩道の端に寄った。ビルの一階に入っているコンビニの前……客の出入りが激しいので、自動ドアの方に背を向けて話を続ける。

「山岡——だったな」

「そうです。偽名を使っていたんです」

「当時、金の話をしていたんだ」

「金？」

「報奨金的なもの、ということだよ。情報提供したら、金はもらえるのかって聞かれたんだ」東田が不機嫌な声で打ち明けた。

「それはいつですか？」

「最初に会った時——話をして、別れる直前だったな」

「報奨金ですか……」

警察庁指定事件に関しては、「捜査特別報奨金制度」もある。しかし一般の事件に関して、警察が報奨金なり礼金なりを払うことはない。捜査二課が扱う知能犯や、公安事件の関係者については別だが……警察がネタ元を作るために金を使うのは、普通のやり方だ。それが問題になることもあるのだが。

「いきなり電話して、初めて会ったネタ元に金を払えるわけがないじゃないか。その時点で俺は、ちょっと怪しいと思ったんだけどな」

「しかもその後、連絡が取れなくなった」

「そうだよ。最初——初めて会った時点で、もう少し疑っておけばよかったんだ。切り捨てても、結果的に問題はなかっただろう」

「当時は、どんな風に見えたんですか？」

「普通の青年——サラリーマン風だったな。会う時はいつもスーツ姿だった」

「ええ」

「それと、家族持ちだと思った」

「どうしてそう思ったんですか？」

「指輪だよ、指輪」東田がせかせかした口調で言った。「結婚指輪」

「なるほど」

「報奨金を寄越《よこ》せなんて言う人間は、だいたい金に困っているもんだ。最初から浅ましい雰囲気を出して迫ってくるから、自然に分かるだろう？」

「ええ」西川にも覚えがある。昔、ある殺人事件の目撃者に事情聴取した際、真っ先に聞かれたのが「いくら貰《もら》える？」だった。歳の頃五十歳ぐらいのその男は、髭も髪も伸び放題、歯もボロボロで、その日の昼飯代にも困っている感じだった。

「まあ、あの男の場合は、ずっと普通に話していて、別れ際になって急に金の件を持ち出したんだけどな。いかにも話のついでのように」

十年前の山岡は、金に困っていたのだろうか。結婚して何年か経ち、娘が生まれて、何かと物入りの時期だったのは間違いない。情報——偽情報と引き換えに警察から金を受け取ろうとしたのだろうか？　だとしたらあまりにも考えが浅い。調べればすぐに嘘だと分かってしまう情報に金を払うほど、警察はお人好しではないのだ。

「何なんでしょうね。金に困っていたとか？」

「いや、一見したところでは、そういう風には見えなかったんだよな」

「そうですか……確かにこの山岡という男には、金を巡って不審な動きもあります」

「気をつけな」東田が忠告した。「金は、全ての犯罪の動機になる。山岡という男、昔から——十年前から、金の問題を抱えていたのかもしれないぞ」


本部に戻り、西川は沖田に電話をかけた。山岡は、金のことを何か話していなかったか？

「一度も聞いてないな」沖田が即座に否定した。「そもそも会ってもいないから。向こうも、電話で金の話をする気にはならなかったんじゃないか。そんな話を持ち出せば、こっちが怪しいと思うぐらいは想像できるだろう」

「そうだな」

「金の問題を抱えていた——十年前から金に困っていたのかもしれないな」

「どうもよく分からない」西川は認めた。「とにかく、もっと詳しい周辺捜査が必要だ」

「その件だが、少し突っこめそうだ。社内で、特に山岡と親しかった人に話を聴いた。もう少し事情聴取の範囲を広げてみるよ」

「頼む。どうもまだ、山岡の人間関係がはっきりしないんだ」

電話を切り、鳩山に報告をしようとした。一々報告しても鳩山から知恵が出てくるわけではないが、話すことで自分の考えをまとめられる。立ち上がろうとした瞬間、デスクの電話が鳴った。反射的に座り直し、受話器を摑んだ。

「追跡捜査係」

「強行犯係の宮下だけど、西川、いるか？」

「西川だ」同期の係長の声が異様に強張っているのを、西川は確かに聞き取った。

「ああ……お前、うちを無視して、えらく勝手に動き回ってるじゃないか」

「そんなことはない」ここは否定するしかない。「だいたい、沖田はオブザーバーとしてそっちの特捜に入ってるじゃないか」

「最近はろくに顔も見せないんだよ。たまに顔を出すと、うちのコーヒーをただ飲みしながら、こそこそ電話している。報告は一切ない。俺が聞いても無視しやがる」

「それはどうも」いろいろ言い訳はあるのだが、ここは宮下の疑念と怒りを鎮める方がいいだろう。「追跡捜査係として謝っておくよ」

「そういうことじゃない！」宮下が小さく怒りを爆発させた。「何か分かってるなら、こっちにも情報を入れてくれ。遊びでやってるわけじゃないんだ。係は違っても、同じ事件を捜査しているなら、解決のために手を貸すのが普通じゃないか」

「――行き詰まっているのか？」西川は思わず訊ねた。返事がないので、「当たり」を確信する。「最近、何も話を聞かないぞ」

「山岡という人物の足取りが摑めないんだ。殺害現場もまだ特定できていない。これじゃ、犯人にたどり着けないよ」宮下が弱音を吐いた。

「金の件、調べてるんだろう？」西川は助け舟を出した。

「ああ。そっちの大竹にも手伝ってもらってる」

「山岡さんは、十年前にも警察に情報提供をした。その時に、報奨金のような形で金をもらえないかと質問してきたらしい」

「金に困ってたのか？」

「本当に困っていたのか、単に金が欲しいだけだったかは分からない。ただ今回、沖田はそういう話は聞いてないんだ」

「今は金に余裕ができたんじゃないか？　車と時計で一千万――余裕ができたというか、臨時収入があったというか」

「車と時計……」

「沖田が報告しなくても把握はしている。詳しい事情は摑めているのか」

「まだだ。何か分かれば、真っ先にお前に教えるよ。俺たちだって、この事件の犯人は一刻も早く捕まえたいんだから」

「お前たちは関係ない。捕まえるのは俺たちだ」

憤然とした口調で言って、宮下が電話を切ってしまった。相当焦ってるな、と西川は同情した。同期で既に警部に昇進し、本部で係長を務めている人間は何人かいるが、一課ではは宮下一人だ。殺人という重大事件の捜査を担当する責任者が、大きなプレッシャーを抱えているのは間違いない。あいつのためにも、何かいい手がかりを見つけてやりたいのだが……最終的に、こちらが追及している山岡という男の正体が分かっても、犯人逮捕につながる保証はない。とはいえ、追跡捜査係が、現在進行中の「生」の捜査を手伝うのも筋違いだ。結局警察は縦割り組織であり、追跡捜査係のように特殊なセクションでも、その原則を無視して動くことはできない。結果的に解決につながることはあるのだが。

西川は鳩山に状況を報告し、あとは打ち合わせスペースに籠《こも》ってひたすら考えた。どのパーツが見つかっていないのか……多過ぎて、何を見落としているかも分からない。山岡のように、ごく普通のサラリーマン生活を送り、目立つ特徴もない家庭で暮らしている人間の「特殊なところ」を探すのは難しいものだ。今時は、そういうのはネットの世界にあることもある。実際、山岡が所属していたアウディのオーナーズクラブの活動の場は、ネットが中心だ。他にも、何かネットでトラブルになっていた可能性もある。

追跡捜査係で、山岡と金の関係を明らかにできれば、大きな手がかりになる可能性がある。会社の金を横領しても殺人事件につながるとは思えないが、他の方法で入手した金だったらどうだろう。犯罪につながる金――それこそどこかから盗んできたとか、詐欺で手に入れたような金なら、トラブルがつきまとうことになる。例えば、山岡が「オレオレ詐欺」の一団にいたらどうだろう。オレオレ詐欺には実に多くの人間がかかわるものだ。電話をかける人間、被害者に会いに行って騙す人間、銀行から金を引き出す人間——銀行で金を引き出す「受け子」なら、短時間会社を抜け出すだけで十分やっていける。いや、受け子はないか。西川の知る限り、受け子は若い人間に任されることが多い。一番捕まる可能性が高いがために、いつでも切り捨てられる若者を使うのだ。

もしかしたら、オレオレ詐欺のグループを自ら主宰していたのか？　仲間を集め、電話をかける部屋を用意し……常にそこに顔を出す必要はなく、何かあれば報告を受けるだけ。スマートフォンの着信履歴に怪しいものはなかったというが、見つかっていない別の電話——プリペイド携帯を犯行用に使っていた可能性もある。

想像は勝手に広がっていく。自分では止める術もないが——さやかに声をかけられ、西川ははっと我に返った。

「沖田さんから電話ですよ」打ち合わせスペースに顔を出したさやかが告げる。

「ああ」返事してから腕時計を見ると、ここに入ってからいつの間にか二時間近くが経っていることに気づいて驚く。間もなく退庁時間ではないか。

「山岡さんと特に親しそうな人間を見つけたぞ」電話の向こうの沖田の声は弾んでいた。

「誰だ？」

「牧真太郎《しんたろう》。ＬＧフーズの社員だ」

「山岡さんとの関係は？」

「同僚というだけだが、よくつるんでいたらしい」

酒とか？　山岡は酒も呑まない——つき合いが悪いと、水原は言っていた。

「呑み友だちとかじゃないが……お前、これから出て来ないか？　牧という男に関して、まず情報を集めておこう」

「もう退庁時間だぜ」

「早く帰りたいのか？」

西川は言葉を失った。帰りたくない、とは言いたくない。とにかく今は、捜査を進める方が大事だ。

第三章　アマチュア

1

危険な予感は消えない。やはり、こちらの計画はまだ完了していないのだ。この先、予定を早めて処置すべきだろうか？　しかし、下手に動けばあいつらを刺激してしまう。

ここは、少し様子見だ。焦って行動に移すと、ろくなことにならない。ここまで上手《うま》くいっていたのだから、最後まで傷を受けずに走り抜かねば……積み重ねてきた全《すべ》てが無駄になってしまう。


沖田が接触できたのは、ＬＧフーズの商品開発部デザイン課に勤務する、若生《わかお》未央《みお》という女性社員だった。西川が到着する前に、新宿中央署に呼び出して初めて対面したのだが、まったく動じる様子がなかったので驚く。

見た目もかなりインパクトがある……金色のメッシュを入れ、ウェーブがかかった髪に濃紺のカラーコンタクト。大量のピアスを全部外したら耳は穴だらけになる——その様を想像すると、沖田はかすかにぞっとした。服装はとにかく派手で、ミニスカートからは足がほぼ丸見えになっている。一月――真冬の格好ではない。童顔で、まだ二十代前半ではないかと沖田は読んだが、年齢を確認すると三十五歳だという。いろいろな意味で、痛い三十五歳だ。

取調室に入ってすぐに西川がやって来たので一安心する。庄田と二人だと、扱いに困っていただろう。

「三人がかりですか？」未央が面白そうに言った。沖田と西川、それに庄田。当然のことながら取調室は広くないので、未央は圧迫感を覚えるだろう。気を利かせた庄田が立ち上がり、ドアに背中を押しつけるようにして下がった。少しでも空間を確保しようとしたつもりだろうが、それを見た未央が声を上げて笑う。圧迫感を覚えるだろうと思っていたのに、余裕たっぷりの態度だった。

「絶対出しません、みたいな感じですね」未央が皮肉に言った。

「いや、そういうつもりじゃ……」目を伏せた庄田の耳が赤くなる。

「庄田、何か飲み物を用意してくれないか？」沖田は頼んだ。

「あ、それなら……この辺、ミルクティー――タピオカとか売ってる店、ありません？」未央が訊《たず》ねる。「この時間になるとお腹が減っちゃって。少しお腹に入れておきたいんですけど」

「……タピオカを売ってる店はないと思いますよ」沖田は答えた。面倒な注文だが、彼女の言い分ももっともだ。本来なら退社している時間で、腹が減ってきても不思議ではない。

「だったら、甘いものなら何でも……ジュースとか缶コーヒーでもいいです」

沖田が目配せすると、庄田がすぐに出て行った。署の一階に自動販売機がある。

「会社、制服じゃないですよね」

「違いますよ」きょとんとした表情で、未央が沖田の問いに答える。「何か変ですか？」

「いや、仕事をするには派手な格好だな、と思って」

一瞬言葉を切った後、未央が声を上げて笑う。

「何か？」沖田はむっとして訊ねた。

「クリエイティブ部門なんて、どの会社でもこんなものでしょう。うちの部署には、ネクタイを締めている人なんか、一人もいませんから」

「ネクタイをしていると、いいアイディアが出ないんですか？」

「男の人はそうじゃないですか？」未央が自分の喉《のど》に右手を当てる。「この辺が締めつけられてると、頭に血が昇らない感じ、しません？」

「まあ……そんな感じはありますが」

夏でも冬でもネクタイを締めない刑事はいる。動きやすさ優先で背広もジャケットも身につけず、上はポケットがたくさんついたブルゾンやマウンテンパーカという格好を通すのだ。沖田は一応、真夏以外はスーツにネクタイのスタイルを崩さなかった。誰《だれ》に会うか分からないから、無難な格好が一番いい。ただし、逮捕の際に犯人と格闘になり、駄目にしてしまった背広が何着かある。

しかし、彼女をどう料理するか……複数の人間から、「若生未央は事情通」と聞いたので呼び出したのだが、どうもその情報は怪しかったようだ。クリエイターだから多少ぶっ飛んだ格好をしているのは理解できるにしても、態度が――取調室に入ってもまったく動じていないのが不気味だった。ただの無神経、ないし変な人ではないかと沖田は訝《いぶか》り始めた。

西川は何も言わなかった。未央の観察――品定めをしているのかもしれないが、沖田は取り調べを代わって欲しいと真面目《まじめ》に考え始めた。どうにも苦手なタイプというか、どう対処していいか分からない。

「山岡さんのことは知ってますね」沖田は無難なところから始めた。

「もちろん。宣伝部とは普段から連携して動きますから。向こうからの意見で商品デザインが変わっちゃうこともあって、そういう時はむかつきますけどね」

「山岡さんは、どんなタイプの人でしたか？」

「面白くない人、かな」言って、未央が面白そうに笑う。「真面目で、冗談も言わない人なので。仕事以外の話をしたことは、たぶんないですね。私が話しかけても、必要以上のことは言わないようにしていたんだと思います」

「どうしてですか？」

「変な噂《うわさ》をたてられるのが嫌だったんでしょう」

未央が巨大なトートバッグを探り、加熱式の煙草《タバコ》を取り出した。

「一応聞きますけど、ここは当然禁煙ですよね？」

「申し訳ない」沖田は頭を下げた。「私も我慢してますから」

「犯人に煙草を吸わせてやって喋《しゃべ》らせる、なんていうことはないんですか」

「それは平成の途中で終わりました」

未央がまた声を上げて笑った。そこへ庄田が戻って来る。オレンジジュースと缶コーヒーを一本ずつ持っていた。「どうぞ」と低い声で言って未央の前に置く……未央の視線が二本の缶を往復し、缶コーヒーを手に取った。

「これか……」どこか不満げな口調だった。

「何か問題でも？」沖田は訊ねた。ここまでは、内容があるかどうかはともかく、機嫌よく話していた。ここで臍《へそ》を曲げられたらたまらない。

「微糖の方がよかったんですけど……ま、これでいいです」プルタブを引き上げ、未央がコーヒーを一口飲んだ。まるで真夏にビールをぐっと呑《の》んだ後のように「ああ」と大袈裟《おおげさ》に声を漏らす。

「多少は腹の足しになりますか」沖田は皮肉をこめて言った。

「ビールの方がいいですけどね。これが終わったら、一緒にどうです？」

「いや……仕事ですから」沖田は苦笑した。まだまったくペースが摑《つか》めない。

「こういう風に言うから、私、誤解されるんですよねえ」

「誤解？」

「社内の男性を食いまくってるんじゃないかって」

あけすけな言い方に、沖田は言葉を失ってしまった。真面目な人間が多そうなＬＧフーズの社員とは思えない。

「実際にはそんなこと、ないんですよ。私、基本的にお酒が大好きで、しかも一人で呑むのは嫌いなんです。だからいろいろな人に声をかけて呑みに行くんですけど、それが『お盛ん』に見えるみたいで」

「否定すればいいじゃないですか」

「陰口を言われてるのにわざわざ否定したら、かえっておかしいでしょう。無視です、無視……山岡さんは、変に誤解されないようにしてたんじゃないですか？　社内では、マイホームパパとして有名だし」

「それで——今日の本題は、牧さんという人のことです。牧真太郎さん。あなたと同じデザイン課の人ですよね」

「ええ」

「どういう人ですか？」

「デザイン課主任、四十五歳独身、漢字Ｔａｌｋ時代からのマックユーザーで、趣味はバイク。大型自動二輪免許所持」

ペラペラと喋って、またコーヒーを一口飲む。デザイン課の人間関係はかなりあけすけではないかと沖田は想像した。あるいは彼女は、本当にとんでもない事情通なのか。

「表面上のことは分かりました。人間的にはどういう人なんですか」

「アクティブなオタク」

「それは相反する言葉みたいですが」

「自分の趣味にひたすら没頭するけど、それが特に暗いものじゃない――バイクは、どちらかと言うと明るい趣味でしょう？」

「確かにそうですね」車を趣味とする山岡との共通点と言っていいのだろうか？　いや、バイクと車はまったく別の乗り物だ。共通点はエンジンで動くことだけ、と言っていい。

「牧さんと山岡さんとの関係は？」

「よく話してましたよ。山岡さんがうちへ来た時とか……そうじゃなくても、社食で一緒にご飯を食べているところを何度も見たことがあります」

「仕事の関係で知り合って仲良くなった感じですかね」

「さあ……」未央が首を傾《かし》げる。「年齢は近いけど、何でしょうねえ」

「つるんでいた感じですか？」

「あ、そうかも」未央が人差し指を顎《あご》に当てる。「一度、夜に歌舞伎町《かぶきちょう》で一緒にいるところをたまたま見たことがあります。うーん、でも……」

「でも、何ですか？」

「遊んでいた感じでもないんですよ。一緒にいたけど、友だちという感じじゃなくて……

何て言ったらいいんだろう？　悪事の相談？」

「そうなんですか？」

「あくまで想像ですけどね」

「仲がいいわけじゃなかったんですか」沖田は、うんざりした内心が顔に出ないよう、必死になった。未央は余計な想像をし過ぎる。

「よく一緒にいたけど、絶対に友だちではないですね。何か、仕事の話をしているような感じです。でも実際には、そうじゃないと思いますけどね。仕事の話なら会社の中でできるし、うちも四六時中宣伝部と一緒に仕事をしているわけではないので」

「どういうことでしょうかね」沖田は首を傾げた。

「私には分かりません。牧さんに直接聴いてみたらどうですか？」

「もちろん、本人には聴きますよ。でもその前に、周りに確認しておきたいんです」

「牧さんが犯人なんですか？」未央が声を潜めて訊ねる。どこか嬉《うれ》しそうな表情だった。

「そういう意味じゃないです。山岡さんの交友関係を解き明かしたいだけですよ」

「社内に犯人がいたら嫌ですよね。大スキャンダルですよ」

「そういう意味じゃないんです」沖田は繰り返した。

「社内で、二人の関係について何か知っている人がいるかもしれませんよ。私、聴いてみましょうか？」未央が急に明るい表情を浮かべて身を乗り出した。

「若生さん」それまで黙っていた西川が、突然声を上げた。「今日の事情聴取については他言無用です。絶対に、第三者には喋らないで下さい」

「でも、社内の事情を知りたいなら、私が動いた方が早いし正確ですよ」

「余計なことをしたら、捜査妨害——公務執行妨害であなたを逮捕することにもなりかねません。そういうことはしたくないので」

　未央の微笑《ほほえ》みが、一瞬で凍りついた。

「参ったな」沖田は両手で顔をこすった。「ああいう変な人だとは思わなかった」

「そうか？」西川は平然としていた。「実際にあんな風に言う人間は多くないと思うけど、人の噂話が好きな人間ならいくらでもいる。それに、給湯室の噂話も馬鹿にはできないぞ」

「ここは取調室で、給湯室じゃねえよ」沖田はむっつりした表情を浮かべて言った。

「分かってる。まあ、一応釘《くぎ》を刺したから、あちこちでこの件を喋る心配はないだろう」

「……で、どう思う？」

「分からん」西川が首を横に振った。

「牧という男については、もう少し調べる必要があるな。実は俺《おれ》、一度会ってるんだ」

「何だって？」西川が目を見開く。

「以前、会社で事情聴取していた時に、妙な目つきでこっちを見ていたんだ。その時、名前だけは分かったんだけど」

「変わり者だとは聞いた」しかし、犯罪に関《かか》わるようなタイプかと言えば……まだ牧の情報はほとんどない。

「怪しかったのか？」

「今の女性——若生さんは大袈裟に言っていた可能性もあるぞ」

確かに……噂を実際以上に膨らませて、他人に伝えてしまう人間はいる。わざとやっているのか単なる癖なのかはともかく……彼女の場合、天然で増幅器の役割を果たしている感じもする。

「仕事仲間という言い方が気になる。一緒に副業でもしてたんじゃねえか？」沖田が指摘した。

「一千万円も儲《もう》かる副業って、何かね」

「薬物とか」

「ああ……」

西川が壁に目を向けた。沖田は適当に言っただけだが、西川は真面目に検討すべきかどうか考えているのだろう。

「確かにドラッグ関係は、上手くはまればいい金になる。ただしその場合、マル暴との関係が問題だぞ。どこでそういう関係ができたかが分からない」

依然として、麻薬は暴力団の重大な収入源である。逆に言えば、素人が簡単に手を出して上手くいくものではない。

「マル暴と関連ができていれば、生活はもっと乱れていたと思う。それに、山岡さん本人がそういうビジネスに手を出していたとは思えないんだ。例えば運び屋や売り子には、いつでも捨てられる若い連中を使うのが普通だろう？」西川が指摘する。

「確かにな。本人が動いていれば、家族サービスする時間もなくなるし」沖田も同調した。

「かといって、若い連中を束ねてビジネスをやっていると、どうしても目立つ。時間だって取られる。山岡さんの生活に、そういう副業が入りこむ余地はなかったはずだ」

「山岡さんはあくまで統括するだけで、牧という人物が実働部隊のトップだったかもしれない。牧がちゃんと動けば、何とかビジネスが成り立つ――それも無理があるか」西川が独り言のように言った。

「一流企業の社員二人が組んで麻薬ビジネスか……週刊誌の見出しとしては面白いけど、そこまでリスクを冒す意味があるとは思えねえな」

「どうしても、アウディとスピードスターが欲しかったとか」

「いやあ……」沖田は頭を掻《か》いた。「絵に描《か》いた餅《もち》だよ。実際にそんなことをするとは思えねえな」

「……そうだな」

今のは無駄なブレーンストーミングだった。西川が荷物をまとめて立ち上がる。

「これからどうする？」沖田はちらりと西川を見て訊ねた。

「帰るよ」

「いいのか？」

「さすがに、どこかで適当に時間を潰《つぶ》していくわけにはいかない」

「フラリーマンって知ってるか？」

「知ってるさ」西川が渋い表情を浮かべる。「残業を禁止されたけど、早い時間に家に帰る気になれなくて、あちこちをぶらつきながら時間を潰してるサラリーマン、だろう？」

「ああ。お前も家に帰りたくないなんて言ってると、そんな風になっちまうぞ」

「帰りたくないわけじゃない」西川は否定した。「帰りにくいだけだ」

「同じじゃねえかよ」呆《あき》れて、沖田は両手を大きく広げた。「問題があった時に先送りしたり、逃げ腰になったりするのは、お前らしくねえぞ」

「逃げ腰になってるのは、お前も同じじゃないか」

「俺？」沖田は自分の鼻を指差した。「俺は——一応解決したよ。解決したような状況になった」

「何だい、それ」

「お前にプライベートな事情を話す気はないね」沖田はニヤリと笑った。「とにかくよく話すことだ。話さないで適当に想像してるから、疑心暗鬼になるんだよ」

「そんなこと、お前に言われなくても分かってるさ」西川がむっとした表情で言い返す。

「だったら実践してみろよ。話せば必ずいいことがある。俺が言うんだから間違いない」

してやったり——渋い表情を浮かべる西川を見て、沖田は密《ひそ》かに胸を張った。結婚生活が長い西川にアドバイスを与えたことで、何となく優位に立てた感じがする。

2

週明け、捜査一課に出て来た瞬間、珍しく険しい表情の大友鉄《おおともてつ》と出くわして、西川も緊張してしまった。

「池袋の通り魔か?」

「ええ」大友の端整な顔が歪《ゆが》む。「まったく手がかりなしです。防犯カメラが抜けてる場所なんですよ」

「防犯カメラに頼り過ぎると失敗するぞ」西川は警告した。

「分かってますよ」大友がうなずく。「しかし、繁華街に近い場所でも、公園は空白地帯になることも多いですね」

「そういう場所で、夜中に遊んでいる若い連中もいるけど……」

「今回の現場は、そういう場所じゃなかったですね」大友が首を横に振った。

「まあ……まだお前の能力を発揮できる感じじゃないな。それより、息子さん、元気か?」

「元気みたいですよ」大友の表情が綻ぶ。大友は妻を交通事故で亡くして以来、男手一つで一人息子を育ててきた。その間、時間も融通が利く刑事総務課に勤務していたのだが、息子が全寮制の高校に入ったのをきっかけに、捜査一課に復帰していた。

「寮に入るなんて、なかなかタフじゃないか」

「そんな感じでもないんですけどね……まあ、いつの間にか強くなったっていうことでしょう」

「まごまごしてると、子どもに追い越されるな」

「まったくです」大友がうなずく。一瞬ニヤリと笑ったが、すぐに真顔に変わる。「すみません、またそのうち、ゆっくり」

「ああ」

バタバタと大友が出て行く。あいつも自分の居場所に戻って来たんだな、と考えると妙に嬉しくなった。しかし自分たちの仕事は……まだ出口が見えてこない。

「何だよ、月曜からしけた顔しやがって」沖田が、いきなり肩をどやしつける。

「いや……」

「まだちゃんと話してないのか？」

「物事にはタイミングがあるんだよ」

「週末なんて、いいチャンスじゃねえか」

「そう簡単に言うなよ」

「で、週末は何してたんだ？」

西川は口をつぐんだ。エレベーターはほぼ満員――誰が乗っているか分からないから、余計なことは言わないのが肝心だ。警視庁には三つの記者クラブがあり、数十人――いや、百人以上の記者が常駐している。そういう連中に、ただで情報を与えてやる必要はない。もっとも、週末の西川の動きを聞いて、記事にしようとする記者はいないだろう。単に資料整理をしていただけなのだから。

結局西川は、追跡捜査係に入るまで何も言わなかった。バッグをデスクに置いてから、ようやく「資料整理してたよ」と告げる。

「資料整理って、土日ともここにいたのか」沖田が目を見開く。

「先週は外に出ていることが多かったから、仕事が滞ってたんだ」

「ああ、そうかい」つまらなそうに言って、沖田がようやく自席に腰を下ろす。「俺は、ちょいと牧の周辺を調べてきた」

「おい、勝手なこと、するなよ」西川は表情を強張《こわば》らせた。

「別に、本人には接触してないぜ」沖田は涼しい顔だった。

「家を確認して、ちょっと尾行してみただけだ……まあ、土日なのによく動き回る男だよ」

「そうなのか?」

「ああ」

沖田の説明によると、土曜の朝九時、沖田が自宅マンションに行った時には、牧は不在だったという。不在と分かったのは、予《あらかじ》め調べておいたナンバーのバイクがなかったから——牧名義のバイクは二台あるのだが。

しばらく待っていると、牧がバイクで帰って来た。空気を揺るがすような野太いエンジン音と排気音。ドゥカティのスーパースポーツ――ロングツーリングなどにも対応できる大型バイクだ。土曜の早朝から東京近郊へ走りに出かけていたのだろうと沖田は想像した。あるいは、金曜の夜から一泊していたのかもしれない。

「まったく、山岡さんもそうだが、こういう人たちの考えや行動パターンは理解できないね」沖田が呆れたように言った。「ツーリングって言えば聞こえはいいけど、ガソリンを無駄に撒《ま》き散らしてるだけだろう?」

「まあ、そうだけど……」西川は適当に話を合わせた。

「特にバイクなんてさ……クソ寒い一月にバイクに乗って、何が楽しいのかね。知ってるか? 体感温度って、風速が一メートル増すごとに一度下がるらしいぜ? 五十キロで走ったら、体感温度はいったい何度になるのかね。高速なんか走ってたら、あっという間に凍りついちまう」

「しっかりした防寒服もあるんだろう」

「だからって、ただ寒いのを我慢してるだけじゃないか。体の動きも鈍くなって危険だし、何が楽しいのかね」

「無理に理解しなくてもいいだろう。そういう人がいるっていうことが分かれば十分だ」

「まだ分かってないけどな」沖田が鼻を鳴らす。

「というと?」

土曜の昼前に戻って来た牧は、午後になってまたドゥカティに乗って出かけた。ツーリングの第二部かと思ったら、三十分ほどして別のバイクで戻って来る。今度はカワサキの逆輸入モデル。牧はバイクを二台持っているのだが、自宅マンションには一台分の駐車スペースしかないようだ。それで、近くに別の駐車場を確保しているのだろう。調べてみると、隣駅の近くに、屋内でバイクを保管してくれる駐車場があった。

何となく事情を察した沖田は、日曜日の午前六時に、また牧のマンションを訪れた。その直後、ライムグリーンと黒に塗られた、筋肉質なデザインのカワサキが出てきた。

「つまり、土日は二台のバイクで交互にツーリングに出かけているわけか」西川は呆れて言った。

「そういうことだ」沖田が腕を組んでうなずく。

「暇というか、金を無駄にしているというか、理解不能だな」西川は力なく首を横に振った。

「理解できるように努力しろよ」沖田がにやつきながら言った。「これで少しは、牧のことが分かってきただろう。余った時間と金を、全てバイクに費やしてるみたいだな。車に比べたら安いといっても、バイクは二台とも相当高額だぜ？　カワサキは逆輸入車で二百万円近く、ドゥカティも百五十万円超だ」

西川はつい口笛を吹きそうになった。ＬＧフーズ社員の年収なら買えない額ではあるまいが、維持費も相当なものになるはずだ。

「また一人、LGフーズの中に金遣いの荒い奴《やつ》がいたわけだ」

「会社と関連づけて考えるのは危険だぞ。それに、車とバイクじゃ、必要な金額が全然違うだろう」

「分かってるよ」沖田が真顔に戻る。「ただ、金の使い方に共通点がある。趣味に全力投球だ」

「それでも二人の接点にはならない。車とバイクは、全然別の趣味だろう」

「そうだな」沖田がうなずいて認めた。「いずれにせよ、もう少し突っこんで調べてみないと何とも言えない。これから集中的に捜査を始めよう」

「特捜はどうする？」

「向こうが知らないなら――教える必要はないさ」

「おいおい」西川は沖田をたしなめた。「もうちょっと譲ってやったらどうだ？　捜査がダブったら非効率的だ」

「早いもの勝ちさ――じゃあな」

沖田がさっさと出て行った。また一人で動くつもりか――このままでは、追跡捜査係の中で捜査のダブりが生じてしまう。追いかけようかと思った瞬間、沖田が戻って来て、一枚のメモを手渡す。名前と電話番号がずらりと書いてあった。

「俺が会うつもりの人たちだ。邪魔するなよ」

「おいおい――」

「邪魔するなよ」

繰り返し言って、沖田が西川に人差し指を向ける。どうにも気に食わないジェスチャー……まるでこちらを銃口で狙《ねら》っているようではないか。

西川はリストをざっと検討した。名前以外に所属も書いてある。全てＬＧフーズの社員だった。だったらこちらは、別の筋だ——まず、趣味のバイクの話からいってみるか。ドゥカティは正規のディーラー、逆輸入車の方はそういうマシンを扱う専門店から買ったに違いない。いずれにせよ、それほど大量に流通しているものではないはずだから、購入先を突き止めるのは難しくはないだろう。幸いさやかも庄田もいるので、一気に電話をかけていけばすぐに見つけられる。もちろん個人売買の可能性もあるが、それでも突き止めるのは不可能ではない。

三十分後、カワサキの逆輸入車を牧に売った販売店が見つかった。逆輸入車や、日本に専門のディーラーを持たないメーカー専門の販売店で、牧は自宅に近い練馬《ねりま》の店で去年購入していたことが分かった。すぐにアポを取りつけ、さやかと一緒に出動する。

店はマンションの一階に入っており、所狭しとバイクが並んでいる光景は、一種異様な迫力を感じさせる。対応してくれたのは、店長の沢井《さわい》。四十歳ぐらいの感じのいい男だったが、大量のバイクに囲まれてテーブルについていると、落ち着かない気分になる。ハンドルに体が触れたら、倒してしまいそうなのだ。一台倒れたら、全てのバイクが将棋倒しになるのではないか？

「牧さんは、間違いなく去年、うちでカワサキを購入されています」

「ええと……ＺＸ－14Ｒで間違いないですね？」モデル名に加えてナンバーも告げ、入念に確認する。

「はい、間違いないです」

「こちらを利用されるのは初めてですか？」

「いや、もう七、八年のつき合いになりますね。うちで購入されたのは二台目です」

「前もカワサキですか？」

「そうですね。国内メーカーではカワサキファンだとか」

「ところで、どうしてわざわざ逆輸入車なんでしょうか。国内でも、大型の高性能モデルはありますよね」

「まあ、その辺は好みの問題としか言いようがないんですが……」沢井が顎を掻いた。「カワサキは今、国内ではリッターモデルまでしか販売していません。輸出専用モデルには、もっと排気量の大きいやつがあるんですよ」

「やっぱり違いはあるんですか？　輸出車の方がパワーがあるとか？」

「そういうわけでもないんです。国内モデルでも、スーパーチャージャー搭載で二百馬力超えのモデルもありますからね。ただ、排気量の大きいエンジンの方が余裕があるのは確かです――まあ、乗る人の好みですけど」

「それだけ馬力のあるモデルで、車格も大きいとなると、乗りこなすだけで大変じゃないですか？」

「牧さんは長身ですから、その辺の問題はないと思いますけどね。バイクに乗るために相当鍛えてますし」

「鍛える？」

「腹筋を中心として、かなりの筋力が必要なんですよ。だからレーサーなんかは、完璧《かんぺき》にアスリート体型です」

「なるほど。ちなみに、彼の体格は？」

「聞いたことはないですけど、長身ですよ。百八十以上……百八十五センチぐらいあるかもしれません」

「それなら、どんなに大きなバイクでも乗りこなせそうですね」

前置き、終了。ここからが本題だ。西川は椅子《いす》に座り直した。

「それで、牧さんはどんな人ですか？」

「どんなって――」沢井が戸惑ったように言った。「静かな人ですよ」

「そうですか？　バイクに乗るような人は、アクティブな感じがしますけど」

「そういう人は多いですけどど、牧さんは違います。うちのお客さんはツーリングクラブを作っているんですけど、そこにも入っていませんし」

「ということは、ツーリングもいつも一人、ですか」

「そうだと思います」沢井がうなずく。「たまにここに寄るんですが、誰かと一緒だったことは一度もないですね。他のお客さんと話すこともないですし」

「ここへ来るのは、整備のためとかですか？」

「いやいや」沢井が苦笑する。「今のバイクは、昔と違って、結構乗りっぱなしでも大丈夫ですから。関越《かんえつ》道で群馬方面へ行った帰りとかに、時間調整で寄られることが多いですね。ちょうど、家への途中にこの店があるので」

「何かトラブルを起こしたことはありますか？」

「トラブル？」沢井が首を捻《ひね》る。

「金銭問題とか……」

「それはないですよ」沢井が即座に否定した。

「ちなみにカワサキは、即金で買われたんですか？」

「いや、ローンです」

「結構な負担なんでしょうか？」

「車ほどじゃないと思いますよ。百八十万円ぐらいのモデルですから……どうですかね？　そんなに大変な負担にはならないと思いますけど」

「もう一台持っているんです」

「ああ、ドゥカですね」沢井がうなずく。「いいチョイスですね」

「そうなんですか？」

「バイクの世界において、ドゥカは伝説のブランドですから……でも、そういう話をお聞きになりたいわけじゃないですよね？」

「ええ」西川はつい苦笑してしまった。沢井は明らかに、「そういう話」を語りたがっている。「知りたいのは、牧さんがどういう人なのか、普段どういうことをしているのか――そういうことです」

「金持ちですよね」沢井が即座に言った。

「金持ち……ですか」

「カワサキ一台だったら、ローンの払いもそんなに面倒じゃないと思いますけど、ドゥカもローンだったとすると……トータルで三百万円分ぐらいのローンを抱えていた計算になりますから」

「輸入車はやはり高いんですね」

「ええ」沢井がうなずく。「実際、『今月は苦しい』って言ってたこともありました。でも、それもちょっと変かなと」

「どんな風に変なんですか」西川は身を乗り出した。

「牧さん、ＬＧフーズにお勤めですよね？　あそこ、結構給料はいいんでしょう？」

「業界トップですからね」

「それに、趣味といってもバイクだけでしょう？　金をかけようと思えばいくらでもかけられる――高いパーツに交換したり、頻繁にサーキット走行なんかをしていれば、金は出て行く一方です。でも、牧さんの場合はツーリングだけですから、そんなに金がかかるわけがない。独身ですし、金に困るというのはちょっと……余計な詮索《せんさく》ですかね？」沢井が、探るように西川の顔を見た。

「いや、そういう風に考えるのは分かりますよ。私もすぐに、そういうことを考えますから」西川はうなずいた。「酒じゃないですか？」

「牧さんは、基本的にお酒は呑みませんよ。呑んだり食べたりに金をかけているわけじゃないと思います」

「実家へ仕送りとか？」

「いや、牧さんは確かもう、ご両親を亡くされているはずです。弟さんがいるはずですけど……援助しているという話は聞いたことがないですね」

「とすると、バイクの他には何に金を使っていたんでしょうね？」

「そこまで詳しい話をしたことはないです。話してる限り、バイク以外には金をかけている様子はなかったですけどね」

牧の自宅は築十年の賃貸マンションで、家賃は十一万円だと分かっている。極端に大きな負担ではあるまい。となると、何か余分な金——例えば何らかの理由で借金があったことぐらいしか考えつかない。あとで架空の家計簿を作ってみようと思った。月収やボーナスが分かれば、彼の暮らしぶりを明らかにできる。

よし、こちらはその辺から調査を進めてみよう。もしかしたら山岡とは、「金」でつながっていたのかもしれない。

3

ＬＧフーズ近くのカフェ――ガラス面積が広く、冬とはいえ陽光が降り注ぐ明るい雰囲気を、沖田は声を張り上げてぶち壊した。

「金を貸した？」

目の前の相手、栗橋《くりはし》がすっと身を引く。

「何か変ですか？」探りを入れるように栗橋が訊ねる。

「貸したって、いくらですか？」

「十万」

「いつですか？」

「去年の夏……九月ですね」

デザイン課で牧の同僚である栗橋は、二十五歳の青年で、気の弱そうな顔をしていた。体の線も細く、少し強く押されたら、謝りながら何でも要求を受け入れてしまいそうな感じだった。

「去年の九月に十万円を貸した、と。理由は何だったんですか？」

「ちょっと金に困っていると……借りる時、ちゃんと理由を言う人なんかいるんですか？」

おいおい――沖田は呆れて忠告した。

「相手は嘘《うそ》を言うかもしれないけど、そういう時はちゃんと理由を確かめた方がいい。都合がいい人間――頼めばいつでも金を貸してくれる人間だと思われたら、ずっとつきまとわれますよ」

「そんな……牧さんはそんな人じゃないですよ」

「じゃあ、どんな人なんですか」

「仕事ができる人です」

それは、人の一面だけを見たに過ぎない。仕事でどれだけ優秀でも、本性はクソみたいな人間もいるのだ。

「いい先輩なのかな」

「そうですね……仕事はよく教えてもらいました」

「デザイン課の人は、癖が強そうだけど」

「ああ……牧さんは、そうですね。天才的という意味で。うちのヒット商品で、『栗ジョイ』って知ってます?」

「いや……甘いものですよね?」

「一昨年《おととし》発売されて、バカ売れしたんですよ」そんなことも知らないのかと言いたげに、栗橋が呆れた表情を浮かべる。

「申し訳ないけど、甘いものはほとんど食べないんだ」

「『芋ジョイ』も知りませんか?」

「『栗ジョイ』の姉妹商品ですか？」

うなずき、栗橋が自分のスマートフォンをいじって、沖田に画面を見せた。会社のホームページのようで、商品が画面一杯に映っている。まあ……パッケージを見れば、栗を原料にしたお菓子だということは分かる。

「普通のパッケージだね」

「いや、ここを見て下さい」栗橋がむきになって言って、パッケージの右下の部分を指差した。イガグリ頭の栗……というか、栗を擬人化したキャラクターだった。「これが『栗ジョイ』君――商品キャラクターです。最初はパッケージデザインに入れるつもりはなかったみたいですけど、締め切りギリギリになって牧さんが押しこんだんです。勘、ですかね」

「勘？」

「このキャラクターは絶対に受けるっていう勘ですよ。実際、商品が売れ出すよりも先に、キャラがネットでバズって、それに引っ張られるように商品自体も売れ出したんです。栗ジョイ君は、去年からキャラクターグッズとしても商品化されたんですよ」

「御社が作ってるんですか？」

「いやいや」栗橋が苦笑した。「そういうのは、専門の会社があるんです」

「牧さんは、こういう、売れるキャラを作る人なんですね」沖田は納得してうなずいた。

「牧さんは天才です。栗ジョイ君なんて、五分でさっと原画を描いたんですよ。『降りてくる』って、ああいう感じなんでしょうね」

沖田にはさっぱり分からない感覚だ。多くの人に話を聴き、証拠を眺めているうちに事件の道筋がパッとつながることがあるが、それと似たようなものだろうか。ただ、デザイナーの「降りてくる」は、材料なしでパッと出てくるような気がする。

「相当のベテランだよね。デザイン課では最古参ですか？」

「いや、二十年……二十年にはならないですね。十五年ぐらいかな」

「中途入社？」

「というより、大学を出てしばらく、ぶらぶらしていたと聞いてます」

「ずいぶん余裕のある話だね」沖田は呆れた。牧は、自分や西川と同世代……公務員を選んだ沖田は、就職活動で苦労した記憶はないが、同世代の人間は多くが、長引く就職氷河期の中で苦しんでいた。そういう状況で、大学卒業後に何年もぶらぶらしていたのは、どういうことだろう。

「牧さん、バイクが趣味なんですよ」

「なるほど」沖田はうなずいた。分かっていることだが、ここは栗橋に自由に喋らせておく方がいい。

「大学を卒業してから、スーパーカブで日本中を旅してたそうです。あちこちでバイトしたり、たまには同じ街に何か月か住んだり……」

「昔のヒッピーみたいだね」

栗橋が苦笑したので、沖田も釣られてしまった。「ヒッピー」の実態は、沖田の年齢ではまったく分からない。これまでの人生で、「ヒッピーらしい」人に出会ったことも一度もなかった。若い栗橋なら、なおさら正体不明の存在だろう。

「日本のことを全然知らなかったからって……まあ、そういうことは誰でも考えるでしょうけど、実行に移す行動力はすごいですよね」

「確かに、普通の人には簡単にできないことだね。その放浪の生活を終えて、LGフーズに入ったわけですか」

「僕は詳しい事情は知りませんけど、そういうことじゃないでしょうか」

今のところ、牧は単なる「変わり者」「浮世離れした人物」である。今も二台のバイクを所有して、週末はツーリング三昧《ざんまい》の生活を送っているのは、若い頃《ころ》の放浪癖の名残かもしれない。逆に言えば、放浪の生活を捨てて、食品大手のLGフーズに入社したのは何故《なぜ》だろう。単に金が続かなくなったのか、根無し草の生活が辛《つら》くなったのか、それともデザインの才能を金儲けに活《い》かしたくなったのか。

その謎《なぞ》は、次に会った人物がある程度解いてくれた。デザイン課課長の花村《はなむら》。芸術家タイプというより普通のサラリーマンという感じで、地味なグレーのスーツに紺色のネクタイという自然にオフィス街に溶けこみそうな格好で、新宿中央署に現れた。聞けば、元々デザイナーとしてLGフーズに入社したものの、途中で広報部員に転身し、管理職になってデザイン課に戻ってきたのだという。デザインのことも分かるし、他の仕事の経験も積んで管理職としての素地もできた、ということだろう。四十四歳という年齢の割には童顔で、三十代前半といっても十分通用しそうだった。

彼を案内したのは小さな会議室だった。三階の角にあり、窓が二つ。陽光がよく入って明るい雰囲気である。什器《じゅうき》が素っ気ないのは警察の常で仕方ないが、圧迫感は低いはずだ。しかし花村は、「落ち着きませんね」と言ってもじもじと身をよじらせる。

「ここは取調室じゃないですから、あまり緊張しないで下さい」

「取調室でなくても、警察にいると思うだけで緊張しますよ」

「分かりますが、警察だって普通の役所ですから。市役所に住民票を取りに来た、ぐらいの感覚でいてもらえば大丈夫です」

「いやいや……」花村が苦笑する。

「牧が何かやったんですか？」花村が低い声で切り出した。「うちのスタッフが何人も話を聴かれてますよね？」

「この件は内密でお願いします」事情聴取する度に、「誰にも話さないように」と釘を刺してきた。ただしデザイン課の人間は、基本的に開けっぴろげのようだ。聞いた話は必ず情報共有せねばならない、とでも思っているのかもしれない。牧本人も、警察が自分のことを調べているという情報は知っていると考えた方がいい。それでも沖田としては、「他言無用」を強調するしかなかった。

「そんなに大変なことなんですか？」

「警察の仕事は何でも大変なんです。だからとにかく、牧さんの耳には絶対に情報が入らないよう、お願いします。漏れたら……まあ、ちょっと面倒なことになるでしょうね」

沖田は脅《おど》しにかかった。花村の頰《ほお》がぴくぴくと痙攣《けいれん》する。貴重な証人を萎縮《いしゅく》させてはいけないのだが、機密保持も大事だ。

「牧さんは、新卒ではないんですね？」

「ええ」軽い質問だが、花村はまだ緊張している。

「御社では珍しくないんですか？」

「何パーセントかは。今は、新卒ばかりだと会社が上手く動かないですから」

「デザイン課でも事情は同じですか？」

「他の部署より多いぐらいですかね」花村がうなずく。ようやく緊張が解《ほぐ》れてきたようだった。「転職が多い仕事なんです。フリーでやっていて、それから会社に入ってくる人もいますし」

「牧さんも、何か所かで働いてから、ＬＧフーズに落ち着いたんですか？」

「牧さんは転職組ではないです。完全な新卒ではないという意味で、中途入社ということですね」

「大学を出てから、日本中放浪の旅をしていたとか？」

「そうみたいですよ。そういう生活が三年間続いて、うちへ入ってきたのは、確か二十六……二十七歳の時でした」

「それから約二十年、ですか。腕は確かだったようですね」

「そうですね」花村が認めた。「内輪では、『締め切りの牧』って呼ばれてます。ギリギリになると、必ずいいアイディアが出てくる人なので」

「管理職としては、やきもきするんじゃないですか」

「まあ……でも、一度も締め切りに遅れたことはないんですよ。こっちは、胃が痛くなることもあるけど」花村が苦笑する。「最近、ようやく慣れてきました」

「どういう人なんですか？ 趣味人でもあるようですけど」

「趣味って、バイクのことですか？ そうですね。確かに仕事以外の時間は、ほとんどバイクに使っていたみたいです」

「放浪癖は？」

「それは昔の話でしょう？ 今は普通に働いてますよ。特に問題を起こしたこともありません」花村が苦笑する。

「金を貸したことはありませんか？」

花村は一瞬黙りこんだものの、すぐに無言でうなずいた。

「いくらですか？」

「十万」

また十万円か。この額は、何かの意味を持っているのだろうか。

「いつですか」

「去年の——春ですね」

「その一回だけですか？」

「ええ……何か問題でも？」

「金は返ってきましたか？」

「はい、次の月に」

沖田は顎を撫《な》でた。やはり牧は金に困っていたのだろうか。花村が、心配そうに体を揺らす。

「他の人にも借りていたようですけど、知ってますか？」

「いいえ」花村が目を見開く。

「別に問題とは言いません。ただ、同僚に金を借りるというのは、いい話ではないですね」沖田は指摘した。「その件で、トラブルになっていませんでしたか？　金の問題は、いつでもトラブルの原因になります」

「私は把握していません」花村が硬い口調で否定した。

把握していないだけで、実際にはあちこちで金銭トラブルを起こしていた可能性もある。十万円は、貸し借りでトラブルになるぎりぎりの金額ではないだろうか。

「それが何か、問題になっているんですか？」花村が逆に訊ねた。

「今のところ、そういうことはありません」

「そうですか……」花村が顎を撫でた。「それならいいんですけど」

「何か問題でも？」

「いや」花村が一瞬目を閉じる。「私に金を借りに来た時、すごく切羽詰まった感じだったんです。普段とはまったく違う様子で……もしかしたら、消費者金融なんかに大きな借金があるんじゃないかと思いました」

「調べなかったんですか？」

「貸した金が返ってこなかったら、ちゃんと話をしようと思いましたけど、返してもらいましたからね。この話はそれきりで……」

「なるほど。他の課員から、そういう話を聞いたことはないんですね？」

「ないですね。でも、そんなにあちこちから借りているんだったら、調べないといけないな」暗い声で花村が言った。

「それは、ちょっと待ってもらえますか？」極秘で動いていても、こういう話は漏れてしまうものだ。

それにしても、牧はいかにも怪しい……これが山岡とつながるかどうかは分からないが、沖田は暗い影の存在を感じていた。

「ちなみに牧さんは、亡くなった山岡さん──宣伝部の山岡さんと親しかったそうですね」

「山岡さんと話をしているのは見たことがあります。ただ、仕事の話でしたよ？　宣伝部とうちは、よく組んで仕事をしているので」

「プライベートなつき合いはなかったんですか？」

「私は知りません」

沖田はなおも質問を続けたが、花村の答えは尽きた。別れ際、また話を聴くことがあるかもしれないと念押しすると、花村は心底嫌そうな表情を浮かべた。


追跡捜査係に戻ると、西川がパソコンを睨《にら》んで腕組みをしていた。いかにも深刻そうな表情だったので、つい「どうした」と訊ねてしまう。

「牧は、金に困ってたのかな」西川がぽつりとつぶやく。

「どういう意味だ？」

「いや……牧の収入を教えてもらったんだ」

「LGフーズで？　そんなこと、よく聞き出せたな」年収は、極めてプライベートな情報である。サラリーマンなら、人には話したくないものだ。

「そこは必死に……まあ、俺のやり方をお前に話すつもりはないけど、牧の平均月収は、手取りで四十万円を少し切るぐらいだった。それプラスボーナス……ボーナスはその時々によって違うけど、全体では税込みで年収七百万円近い」

「このご時世に、相当な高収入だな」沖田はうなずいた。

「月の手取りが四十万円。毎月必要な経費は家賃が十一万円と光熱費……バイクのローンは、概算だが二台で十万円ぐらいになる」

沖田は思わず口笛を吹いた。固定費として毎月二十万円以上が出ていくのは、かなりの負担になっているはずだ。西川が淡々とした口調で続ける。

「残り二十万円ほどが自由に使える金だ。牧は酒も呑まないし、バイク以外には趣味もないから、楽に生活できたんじゃないかな」

「毎週末にツーリングに出かけてる。その金も馬鹿にならないぞ」

「それ、いくらぐらいかかるのかな」

「高速料金やガソリン代……泊まりがけなら、宿代も必要だ。あ、それと、二台目のバイクの駐車料金もいるな」

「それでも十万円はいかないんじゃないかな。それぐらいなら赤字にはならないはずだ」

「ところが牧は、社内で借金している」

「そうなのか？」西川がはっと顔を上げる。

「そういう話を、立て続けに二回聴いた」沖田は事情を説明した。「おそらく、それだけじゃないな。結構金には困っていたと思う」

「分からないなあ」西川がまた腕を組んだ。「我々が知らない支出がある……あるんだろうな」

「それはこれから調べよう。俺は今夜、奴を張ってみるよ」

「そうか。車を使うか？」

「そうだな。一晩中立ってたら、凍え死んじまう」今年の冬は寒さが厳しく、張り込みには辛い日々が続いている。

張り込みは一人でいいだろうが、徹夜でやった方がいいのかどうか……考えているうちに、目の前の電話が鳴った。

「牧って男を知ってるか」

「宮下……」沖田は内心の動揺を抑えて、呆れたような声で答えた。「お前、電話では最初はきちんと挨拶《あいさつ》して名乗るって教わらなかったか？」

「そんなことはどうでもいいんだよ！」宮下が怒鳴った。「お前ら、ＬＧフーズの牧という人間を調べてるそうじゃないか！　うちの仕事を盗むつもりか？」

「特捜も牧に注目してるのか？」

「お前らに言う必要はない」宮下の鼻息は依然として荒かった。

「確かに、山岡さんと親しい社内の人間として、牧という人について調べている。何か分かったら、熨斗《のし》をつけて特捜に進呈しようと思ってたんだよ」

「ふざけるな！」宮下が爆発する。「お前ら、手柄が欲しいだけだろうが！」

「まさか。特捜に出る予定の警視総監賞を横取りなんて、恐れ多い」

「とにかく、お前らは手を出すな！　これは特捜の仕事だ」

「――うちの情報が欲しくないか？」沖田は声を潜めて言った。

「ああ？」

「お前ら、牧については調べ始めたばかりじゃないか？　俺たちが摑んだことを知っておけば、二度手間にならないんじゃないか？」

「そこまで先に進んでるっていうのか？」

「それは、話してみないと分からない。ただ、捜査のダブりは無駄だからな。どうだ？ うちの方が先に進んでいると分かったら、また協力し合って捜査するっていうのは？ 実は、今夜から牧の張り込みをしてみようと思ってたんだ」

「お前……勝手なことを……」宮下の歯ぎしりが聞こえてきそうだった。

「これからそっちへ参上するよ。同期のよしみで、たっぷり情報を教えてやるからさ」

電話を切って、ふっと息を吐く。宮下がこれほど怒っているのは、牧の線がかなり有望だと判断しているからかもしれない。ただの参考人だったら、追跡捜査係が追いこんでも、ここまで極端な反応は示さなかっただろう。

西川が心配そうに声をかけてきた。

「宮下か？」

「口から火を吐きそうな勢いだったぜ」

「お前があまりにも勝手に動き回ってるから、激怒してたんだよ。俺も散々怒られた」

「あいつもプレッシャーに弱いな」沖田は苦笑した。「捜査が進まないから焦ってるんだろう」

「係長として初めての大仕事だから、しょうがないよ」西川がうなずく。

「で？ どうするつもりだ？」

「特捜を上手く利用しよう。どうせ張り込みはやるんだから——特捜の連中と一緒なら、効率的にやれる」

「こっちの手伝いをさせる、みたいなことを言うんじゃないよ」

「俺も大人なんでね」沖田は胸を張った。「相手を乗せて利用するようなやり方だってできるんだぜ」

「お前が大人ねえ」西川が呆れたように言った。「だったらどうして、今までトラブルばかり起こしてきたんだ?」

4

練馬区の住宅街。西川は、覆面パトカーの中で身じろぎ一つせず座っていた。何で俺が……結局、特捜と追跡捜査係共同の張り込みは、沖田ではなく西川が担当することになったのだ。パトカーからぎりぎり見える位置で、牧のマンションが闇に沈んでいる。西川は、特捜の若い刑事・上杉《うえすぎ》と組んで夜中の張り込みをしていたのだが、その若い刑事は今、外——マンションのすぐ近くで立っている。真面目というか、先輩に教えられたことを忠実に守っているのだろう。「車の中で座りっ放しは駄目だ、と言われました」と西川に打ち明けていた。

上杉が戻って来た。三十分に一度は、車の外に出てはマンションの様子を観察してくる。

既に午前一時半、これから何かが起きる可能性は低いのに……この男は、「臨機応変」という言葉を知らないようだ。

「異常ありません」

「君、寝ていいぞ。交代で寝ても問題なさそうだ」

「いや、自分は起きてます」上杉が、クソ真面目な口調で答える。「西川さんこそ、休んで下さい」

「俺は別に、眠くない」

「でも……」

「まあ、いいよ」西川はハンドルを抱えこんで背中を丸めた。夜中の張り込みは久しぶり……しかし、こういう感覚――緊迫と弛緩《しかん》の間でたゆたうような感覚は忘れていない。

「気楽にやろう。これから牧が動き出す可能性は低いから」

「はい」そう言ったものの、上杉の背中はぴしりと伸びて、表情は硬いままだった。

「君は、捜査一課は何年めだ?」特に話題がない――牧のことを話しても仕方がないので、西川は無難な話題を持ち出した。

「二年めです」

「仕事も覚えて、これからっていう時だな」

「ええ……でも、最初から特捜にかかわるのは初めてなんですよ」

「どんな感じだ?」西川は二十年ほど前、自分が初めて参加した特捜のことを思い出した。

あれは楽な事件……定年間近の会社員が自宅で殺された事件で、行方をくらましていた長男の犯行が最初から疑われていた。犯人と決まったわけではなかったので特捜本部にはなったが、捜査としては長男を捜すだけ——横浜市内に潜伏していた長男を任意同行すると、すぐに犯行を自供した。仕事をやめて引きこもりがちだった長男を父親がひどく叱責《しっせき》し、それにキレての犯行だった。動機は単純、逮捕してしまえば取り調べにも素直に応じた。あれは……特捜本部の解決率を上げるために、特に必要ないのに特捜にしたのだと、今では西川にも分かっている。警察は成績の世界なのだ。刑事個人だけではなく、組織としても数字を重視する——それ故、こういう「調整」は頻繁に行われている。

「こんなに動きがないとは思いませんでしたよ」上杉が零《こぼ》した。

「こういう事件もあるよ。とにかく、焦らないことだ」

「動きがないと、どうしても焦りますよ」上杉が正直に打ち明けた。「何だか、自分が間抜けになったみたいで」

「捜査は一人でやるものじゃない……ちょっと待て」

西川はハンドルから手を放して、首をぐっと突き出した。視界の片隅に小さな動きが映る。

「牧です——たぶん」上杉が小声でつぶやく。

マンションの玄関脇——駐車場の出入り口のシャッターが上がり始めていた。窓を開けると冷気が車内に入りこみ、同時に機械のかすかな作動音が聞こえてくる。シャッターが開ききらないうちに、一台のオートバイが外へ出て停《と》まった。グリーンと黒の馬鹿でかいマシン。ヘルメットを被《かぶ》っているので顔は見えなかったが、このマンションの住人で、大きなバイクを所有しているのは牧一人だと分かっていた。

シャッターは途中で止まり、すぐに下がり始めた。牧がリモコンで操作しているのだろう。牧はシャッターが完全に閉まるのを確認もせず、道路を大きく使ってUターンした。あのサイズだと重量も相当なものだろうが、牧はまったく危なげなくバイクを操っている。長年乗り続けて、もう自分の体の一部のようになっているのかもしれない。

「ナンバー、一致しました」

上杉が報告するのを聞いて、西川は車のエンジンをかけた。

「どうするんですか？」

「尾行する」

本当は、こういう形での尾行は避けたかった。車対車ならまだしも、相手がバイクだと危険だ。尾行に気づいた瞬間、相手が無茶をする可能性もある。一気に逃げようとして無謀な運転をし、事故でも起こされたらたまらない。いや、そもそもあのバイクを追いきれるかどうか。西川はバイクのことはよく知らないが、あのマシンが「化け物」だということは、見ただけでも簡単に想像できる。普通の乗用車並みの馬力を発揮するエンジンを搭載し、しかも車重は二百キロを超える程度と軽い。欧州仕様だから、エンジンに容赦なく鞭《むち》を入れれば、最高速度は三百キロを突破するのではないだろうか。西川は、運転にはそれほど自信がない……これだったら、上杉にハンドルを握らせておけばよかった。

牧は、慎重にバイクを走らせた。夜中とはいえ付近は住宅街で道路も狭いから、無茶なスピードは出せないのだ。きちんと一時停止し、信号を守り、運転マナーは上々——しかし、山手通りに出るとそれなりにスピードを上げた。それでも、エンジンパワーの一割も出していないだろう。

午前二時近い時間でも、山手通りはさすがに交通量が多いので、尾行には苦労しない。ガラガラだったら、高速バトルになって冷や汗を流すところだ。

「首都高に入ります」

上杉が素早く報告する。牧は、西池袋の入り口に近づいたところで、右にウィンカーを出していた。間に一台も車がいないので、こちらの追跡がバレていないかとヒヤヒヤものだったが、後ろを確認するのにサイドミラーに頼るしかないライダーの視界は、車のドライバーよりもよほど狭いだろうと自分を安心させる。

すぐに、首都高環状線の山手トンネルに入った。西川はここを走ると、いつも不安になる。何しろ長い。全長十八キロ超、日本一長いトンネルなので、いつまでも抜けられないような錯覚に襲われるのだ。一人で車を運転している時は特にそうだ。今は、あまりよく知らないとは言え、同僚がいるだけましだろう。

スピードメーターを見ると、七十キロ。制限速度を十キロオーバーしているが、他の車は追越車線をあっという間に走り去っていく。牧は慎重なライダーのようだ。あるいは慎重になる理由があるのか。

間に、一台の小型車が割りこんできた。牧からはこちらが見にくくなって尾行には好都合だが、こちらからも確認し辛くなるのが難点だ。

「牧は見えているか？」西川は訊ねた。

「何とか見えます」上杉が小声で答える。

「見逃さないでくれ」

「了解です」

当面の選択肢は多くはない。中央道か東名に入るか、逆に首都高で都心方面に向かうか。中央道へ向かうポイントをパスしたところで、西川は嫌な予感に見舞われた。

「新百合ヶ丘駅方面へ行くのには、中央道と東名とどっちが速いだろう」

「それはですね……」上杉がスマートフォンをいじった。「どちらを使っても距離は同じぐらいですが、中央道から行くと、降りてからでかいゴルフ場を迂回《うかい》しないといけない──下道が長いから、東名経由の方が近いかもしれません」

牧はその辺の事情を知っていて走っているのだろうか。今はスマートフォンをナビ代わりに使えるから、バイクでも道に迷わず走れるはずだ。

予想通り、牧は東名に入った。行き先は新百合ヶ丘駅か……しかし何のために？　知り合いの山岡はもう死んでいる。今までの調査では、牧が山岡の家族と交流があるという事実はなかった。もしかしたらあの街に、山岡以外の知り合いがいるかもしれないが。

東名を川崎で降り、急に田舎じみて暗くなった道路を西へ向かう。覆面パトカーのカーナビを見た限り、このまま進めば新百合ヶ丘駅近くに出るはずだ。

牧はしばらく真《ま》っ直《す》ぐ走っていたが、やがて右折した。信号で引っかかりそうになったが、何とか後をついて行く。住宅街の中の細い道路に入ると、他に走っている車がいないので、気づかれてしまうのではないかと西川は恐れた。しかし牧の走るペースは変わらない。極端に飛ばすこともなく、赤信号と一時停止をしっかり守り、何度も走った道であるかのように迷いがない。

「正面、新百合ヶ丘駅です」上杉が告げたので、顔を上げて遠くを見たが、それらしい建物は確認できない。というより、周囲の建物は全て闇《やみ》に沈んでしまっている。この時間になるとさすがに、どの窓からも灯《あか》りは消えているのだ。

牧は右左折を繰り返し、やがて駅舎のすぐ東側で小田急線の高架を超えた。

「君は、山岡さんの家に行ったことはあるか？」西川はカワサキのテールランプを見ながら訊ねた。

「あります」

「奴はそこへ向かってるんじゃないか？」

「自分はこの道は通りませんでしたが——方向は合ってます」

「そうか」

嫌な予感は完全に当たった。西川は山岡の家に行ったことはないのだが、牧は間違いなく山岡の家に向かっている。助手席に座る上杉もそれを察したのか、異常に緊張し始めた。顔を見ずとも、気配だけでそれが伝わってくる。

地形が、まるで山の斜面のようになる。かなり急坂が続くものの、カワサキはまったく苦にすることなく、ペースを落とさず走り続けた。あれでもまだ、まったく無理していないだろう。細く窓を開けると、バイクのエンジン音が聞こえてきたが、アクセルを全開にしているような音ではなかった。

「次を左なんですが……」上杉が小声で告げた。

覆面パトカーの処置が難しい。牧が山岡の家の前でバイクを停めたら、追い越しても手前で停まっても不自然な感じになるだろう。西川は一瞬で決断して、交差点の手前で車を停めた。エンジンを切ると、すぐに車から飛び出す。

坂は、ふくらはぎに強い緊張感が走るほど急だった。後から出て来た上杉が、西川が何も言わないのに意を察して、先に交差点に入る。西川は、角を曲がった途端、立ち止まっていた上杉の背中にぶつかりそうになった。

「家の前にいます」

「少し下がろう」

二人は、交差点に面した家の塀を盾にして姿を隠した。牧は、バイクを道端に停めて歩き出したところだった。街灯の弱い光の下で、彼の全身が浮き上がる。極端に背が高い――身長百八十五センチぐらい。ほっそりしてはいるが、それぐらいの身長があると、歩いているだけで周囲を圧するような迫力が生じるものだ。しかもヘルメットはかぶったまま……牧は素顔を晒《さら》さないだろう。顔を見られるのを嫌うはずだ、と西川は読んだ。ヘルメットは、顔を隠すために一番簡単な道具である。

「どれが山岡の家だ？」西川は小声で訊ねた。

「今まさに、牧がいるところです」

ごく普通の建売住宅——玄関のところに小さな灯りが灯《とも》っているが、見えている全ての窓は暗い。牧は玄関に近づき、しばらく立ち尽くしていた。まさか、インタフォンを鳴らすつもりか？

牧は、踵《きびす》を返して玄関から離れた。しかしバイクに戻るわけではなく、玄関脇で身を屈《かが》めてドアを覗《のぞ》きこむようにしている。何かを確認しているようだった。

「玄関脇はカーポートか？」

「そうです」

問題のアウディを停めてある場所か……山岡の車が気になる理由は何だ？　西川は軽い混乱を覚えた。

牧は数秒間、体を屈めていたが、やがてまた歩き出した。今度は少し離れた路地を右折する。追いかけるべきか迷ったが、西川はその場にい続けることにした。おそらく牧は、家の裏がどうなっているかを確認しにいったのだろう。あまりにも長い間戻って来なければ、こちらも確かめねばならない。裏口から家に侵入しようとしていたら、何としても止めなければ。

しかし牧は、三十秒と経《た》たないうちに、先ほど曲がった角から戻って来た。単に、裏口があるかどうか確認しにいったのだろう。犯行準備？　何の？　いずれにせよ、これだけで牧を引っ張るわけにはいかない。

牧はカワサキに跨《また》がった。その時初めて、彼がバイクのエンジンをかけっぱなしだったことに気づく。ずっと空気を震わせていた低周波の音は、アイドリングしていたバイクのエンジン音だったのだ。ここは静かな夜の住宅街。セルモーターでエンジンを起動させる時の爆発するような音よりは、エンジンをかけっ放しにしておく方がましだ、と判断したのだろう。

やけに用心深い。

牧は、慎重にUターンして、今来た道を引き返し始めた。こちらと正面からぶつかる格好になる……西川はうつむき、自分を照らし出すヘッドライトの光をやり過ごした。すぐに覆面パトカーに駆け戻り、助手席のドアを開ける。戸惑う上杉に「君が運転してくれ」と命じた。今の状況を然《しか》るべき人間に報告し、今後の展開を相談したい。

上杉が細い道路で何度か切り返して車をUターンさせ、牧のカワサキを追い始めた。テールランプはもうずいぶん小さな赤い光になってしまっていたが、他に車もいないので見逃すことはない。少しだけテールランプの光が大きくなったところで、西川はスマートフォンを取り出した。沖田……いや、ここは宮下に連絡を入れるのが筋だろう。一応、今は特捜と共同で捜査しているのだ。

　こんな時間にもかかわらず、宮下は電話の呼び出し音が二回鳴っただけで反応した。もしかしたら、今夜は特捜本部に泊まりこんでいたのか？

「牧を追跡中だ」

「追跡？　家を出たのか？」宮下の声は少しだけ混乱していた。

「ああ。行き先は山岡さんの家だ」

「何だと？」宮下が声を張り上げる。「何で早く連絡を入れなかったんだ？」

「追跡に精一杯でね」

「それで、どういうことだ？　奴は何かしたのか？」

「いや、家の場所を確認しただけのようだ」

「クソ、何かの下見か？」

「分からない。五分ぐらいしかいなかった」

「了解。奴が家に帰るか、何か別の動きをしたら報告してくれ」

　牧は、来た時のルートをそのまま引き返した。家に戻るのだろうか……明日も平日、仕事はあるはずで、このまま一晩中、どこかを走り回っているとは思えない。東名に乗る時がポイントだ――このまま西へ向かう可能性もないとはいえない。しかし西川の懸念は外れた。都心部方面へ走り出したので、少しだけほっとする。もしも牧がずっと西へ走り続けたら、尾行しているうちに夜が明けてしまうだろう。

牧は、動画を逆再生するように走り続けた。

「どうやら家へ帰るようですね」東名に入った瞬間、上杉がほっとしたように言った。

「よかったよ。徹夜につき合わされたらたまらないからな」

三号線から環状線へ。来た時と同じ西池袋出入り口から出て、自宅へ向かう。

「少し距離を開けろ」一般道へ出たので、西川はそう指示した。ここまで来てしまえば、さらにどこかへ行くとは思えない。上杉がアクセルを緩《ゆる》め、カワサキのテールランプは少しだけ小さくなった。

やがてカワサキは、牧のマンションの前で停まった。建物は道路の反対側——ほどなく、駐車場出入り口のシャッターがゆっくり上がり始める。バイクが入れるだけの隙間《すきま》が空くと、牧はすぐに右へ折れて駐車場に入っていった。その時点で、西川たちが乗った覆面パトはマンションの前に着いたのだが、すぐにバイクのエンジン音が消えたのに気づいた。おそらく、マンションの住人に強烈なエンジン音、排気音を聞かせないために、敷地に入った瞬間にエンジンを切ったのだろう。バイク置き場までは押していけばいい。

先ほどの新百合ヶ丘での気遣いといい、妙に礼儀正しいというか、常識的な男なのだろうか。しかし彼の動きは、西川に不信感を植えつけただけだった。今更、山岡の家に何の用があるのだろう？

気づかれた。

確信して、急いで家を離れる。裏口をもう少しきちんと確認しておきたかったのだが、そんな余裕はない。まあ、いい。家に入る手段はあるのだから。

バイクへ戻る途中、予想もしない寒さに震えた。今は、気温は零度近くではないだろうか。バイクに乗るような陽気ではないのだが、ライディングしている最中はあまり寒さは感じなかった。バイクを操っている時はいつもそうだ。バイクは、車よりもはるかに「入出力」が多い。自分の思うように運転するためには、周囲の状況を把握し、余計なことを考えないようにしなくてはいけない。あまりにも集中し過ぎて、寒さや暑さを感じなくなることもしばしばだった。

今は特にそうだ。この下見は極めて重要である。

あまり時間は残されていない。おそらくチャンスは一度きり。その後、無事に生き延びるためには、絶対に失敗は許されない。

ここへ来るまでは、大丈夫だろうと思っていた。警察が周辺を捜査し始めたのは分かっていたが、そんなに急には手を出せないだろう。いち早く動けば、絶対に逃げられる。

しかし警察は、予想していたよりも捜査を進めていたようだ。覆面パトカーに追跡され、監視されていたと気づいた瞬間、計画を早めることにした。

明日だ。チャンスは一度、絶対に失敗してはいけない。

多くのものを失うことになるだろうが、それを嘆くのは無駄だ。本当に大事なもの——自分の身を守るためには、どんなものでも捨てられる。

5

沖田が出勤してしばらくしてから、西川がふらふらの状態で本部へやって来た。徹夜だったのだから、そのまま家に帰って休めばいいのに……。

「コーヒーとか、ないよな？」すがるように西川が訊ねる。

「うちは、飲み物は自分で用意するのが決まりじゃねえか」

「今日ぐらいは用意してくれてもいいのに」西川が恨めしそうに言った。

「お前がここへ来るとは思わなかったからさ」

「まあ、いいよ」

西川が両手で顔を擦《こす》った。顔色はどす黒く、目は充血している。徹夜の張り込みといっても、実際は二人組なら交代で仮眠が取れるのだが……何かあったな、と沖田は察した。

「牧がどうかしたか？」

「昨夜、山岡さんの家に行ったんだ」

「何だと！」沖田は一瞬で頭に血が昇るのを感じた。「初耳だぞ」

「宮下には報告したよ。奴がお前に言わなかっただけだろう」

「お前が電話してくれればよかったじゃねえか」

「電話したら、何かできたか？」

「それは……」沖田は一瞬、黙らざるを得なかった。「クソ――とにかく状況を話してくれ」

西川の説明を聞くうちに、沖田は眉間《みけん》に皺《しわ》が寄ってくるのを感じた。怪しい……しかし、牧と山岡の関係がまだはっきりしないので、牧が何をやろうとしていたかは分からない。

「特捜が監視を続けている。動きがあるとしたら夜だと思うが」

「そうだな。何かあったら、特捜はこっちへ連絡してくれるんだろうな？」沖田は、宮下を今ひとつ信用していなかった。こちらが勝手に動き回ったことを、今も恨みに思っているのではないだろうか。

「心配だったら、定期的に連絡を入れればいいじゃないか。宮下には鬱陶《うっとう》しがられるだろうが」

「奴のことなんか気にしてたら、やってられねえよ。それよりお前、少しは休んだらどうだ？」

「そうだな……ちょっとそこを借りるよ」

西川がスマートフォンを摑み、打ち合わせスペースに向かったのを見届け、沖田は北多摩署の特捜本部に電話を入れて宮下と少しやり合った。剣呑《けんのん》な雰囲気になったが、何とかこちらの要求――何かあったら必ず自分に連絡すること――を吞ませる。もちろん、完全に信じたわけではないが。

さて、自分の出番は今夜だ。西川が言う通り、牧が動き出すとしたら夜だろう。どうせなら、自分が張り込んでいる時に何かあればいい。いったいどういうことなのか、この目で直《じか》に見届けたかった。

十時過ぎ——また牧の周辺捜査に出かけようと思った瞬間、打ち合わせスペースの方からスマートフォンが鳴る音がした。西川の奴、ろくに眠りもしないうちに叩《たた》き起こされたか……かすかに同情していると、西川がスマートフォンを持って打ち合わせスペースから出て来た。ネクタイを外し、ワイシャツの裾《すそ》はズボンから出て乱れているが、それほど寝ぼけた感じではない。

「はい……はい、西川です。え？　何ですって？」

西川の顔色が変わる。自席につくと、右耳を掌《てのひら》で覆って雑音を塞《ふさ》ぎ、スマートフォンでの会話に集中し始めた。

「ええ。今ですか？　それで、どういう返事を……そうですか。結構です。それが正解です。それで、いつ？　これから？」西川がスマートフォンを右手に持ち替え、左手を上げて腕時計で時刻を確認した。「分かりました。うちの刑事がそちらに向かうかもしれませんが、ご迷惑はおかけしませんから。はい、わざわざありがとうございます。ご協力感謝します」

「誰だ？」西川が電話を切った瞬間、ただならぬ雰囲気に気づいて沖田は迫った。

「練馬のバイク屋だ。牧がカワサキを買った店」

「それが？」

「牧が、バイクを売りたいと言ってきた」

「はあ？　何だ、それ」沖田は声を張り上げた。

「つい先ほど、牧から電話があったそうだ。近々バイクを持って行くから、査定と買い取りをお願いしたいと」

「意味が分からん」沖田は首を横に振った。「あんなに大事にしてたのに？　それとも、もう飽きて、新しいバイクを買うために下取りに出すのか？」

「いや、買い取りだけだ……庄田」

西川が声をかけると、庄田が顔を上げる。事態を察したようで、「ドゥカティの方ですね？」と確認してから受話器を取り上げる。

「ああ。牧から同じような電話がなかったか、販売店に確認してくれ」

五分後、牧が同じようにドゥカティも売ろうとしていることが分かった。

「おいおい……」沖田は眉《まゆ》をひそめた。「二台とも売っ払う？　まるで夜逃げじゃねえか」

「本当に夜逃げかもしれない」西川がうなずいた。「問題は、何から逃げようとしているか、だ」

「まさか、あいつが山岡を殺した――」

「現段階では、否定する材料も肯定する材料もない。それより、宮下に確認した方がいいんじゃないか？　向こうはこの情報を知らないかもしれないし、知ってて隠していたなら――」

「これから殴りこんでやる」

沖田はスマートフォンを乱暴に操作し、北多摩署特捜本部の直通電話を呼び出した。宮下が出ると、つい喧嘩《けんか》腰になりそうなのを我慢して確認する。

「沖田だが――牧のバイクの件、知ってるか？」

「何の話だ？」

知っていてとぼけている様子ではなかったので、沖田は大きく息を呑んだ。一つ深呼吸してから事情を説明する。

「奴は今日、普通に会社へ行ったぞ」宮下が怪訝《けげん》そうな口調で言った。

「バイク屋へは電話で連絡したんだ」

「分かった。監視を強化する」

「お前はどう思う？」沖田は問いかけた。

「ああ？」

「奴は、夜逃げしようとしているみたいじゃないか。何から逃げようとしてるんだと思う？」

「俺は推測はしないんだ――また連絡する」

お前の連絡を期待していていいのか、と皮肉をぶつけようとした時には、電話は切れていた。

「どうする？」西川に目を向ける。

「俺はもう少し寝るよ」西川が欠伸《あくび》を嚙《か》み殺した。

「ふざけるな。これから動きがあるかもしれないんだぞ」

「そこにいるから」西川が打ち合わせスペースを指差した。「この状態だと、まともに仕事なんかできない」

「ああ、そうかい。だったら勝手にしろ──俺は動くからな」沖田は腰を浮かしかけた。

「何をするつもりだ？」

「だから──」

「牧には十分な監視がついてるはずだ。お前が勝手に動くと、状況をかき回してしまう。混乱させるなよ」

「クソ！」沖田は吐き捨てた。悔しいが、西川の言う通りだ。牧は既に尾行・監視されているのを察して、高飛びの準備をしているかもしれない。周りに警察官が増えれば、さらに事態が悪化していると焦って、ことを急ぐ恐れもある。

　西川が、欠伸しながら打ち合わせスペースに向かった。焦ってもしょうがないのは分かるが、こいつはどうしてこんなに落ち着いているんだ？　俺が知らないうちに、何か手を打ったのか？

　不安に駆られながら、沖田は今日の仕事の手順をもう一度考えた。牧について話を聞ける人は、いくらでもいる。そう、例えば、西川が事情聴取したバイク屋に今度は俺が行って、話を聴いてもいい。

よし、留守番は若い連中に任せた――と思って立ち上がったところで、目の前の電話が鳴る。無視して出かけてもよかったのだが、習慣で反射的に手を伸ばしてしまった。特捜本部に詰めっ放しになっている大竹だった。

「ご報告です」大竹が切り出した。

「何だ」

「牧は、山岡さんが殺される前日に会っています」

「何だって？」沖田は声を張り上げた。「お前、そんな情報、どこで仕入れてきた！」

「特捜が摑みました。先ほど報告が入ったので、念のため」

「先ほど？　いつだ？」

「五分前です」

沖田は深呼吸して腕時計を見た。電話で宮下と話した直後か……だったら、あいつはわざと隠したのではないだろう。

「特捜では、この事実をどう見てるんだ？」

「判断しかねています」

「分かった。それよりお前、いつまでそっちにいるんだ？」山岡の銀行口座の調査は、とうに終わっているはずである。

「特捜にスパイを潜入させておく必要はないですか？」大竹が低い声で言った。

「……そうだな。しばらく頼む」

了解、も言わずに大竹が電話を切った。何を考えているか分からない男だが、今回ばかりは心境を読み取れた。

大竹も、特捜が追跡捜査係を無視して勝手にやるのでは、と懸念している。


沖田は、練馬のバイク販売店に向かう途中で電話を受けた。かけてきたのは西川。

「寝てたんじゃないのか」

「起こされたんだよ――牧が動き始めた」

「今日は会社じゃないのか？」

沖田は思わず歩みを止めた。最寄駅の西武池袋線富士見台《ふじみだい》駅から、バイクの販売店に向かって歩き始めたところ。

「早退したらしい」

腕時計を見ると、十一時。出勤したと思ったら、数時間も経たないうちに会社を出たことになる。

「どこへ向かってる？」

「まだ尾行中だ。お前、どうする？」

「練馬のバイク屋で話を聴く。特捜の連中はこっちで張ってるのかね」

「そこまで人を配置する余裕はないと思う」

「だったら、俺がここで待機していてもいいな。奴は、バイクを処分するためにここに来るかもしれない」

「そうだな。俺は本部に残ってる」

「まだ寝足りないのかよ、オッサン」

西川は何も言わずに電話を切ってしまったが、その瞬間、怒りのエネルギーが伝わってきたように感じた。話しぶりは、珍しく慌てた感じだった。西川も、牧の急な動きは予想していなかったのかもしれない。

バイク販売店に着き、店長の沢井に会って、西川の名前を出して礼を言う。

「わざわざ連絡いただいて、ありがとうございます。助かりました」

「いえ」沢井の表情は暗かった。「警察の方が来られてからすぐに、牧さんがバイクを売るって言ってきたもんですから……何かあったんですかね？」

「それは分かりません。その後、電話はありましたか？」

「その時だけですね」

「牧さんは会社を出たそうです。ここまで自分でバイクに乗ってくるかもしれません」

「そうですね……取り敢《あ》えず、どうぞ」

勧められるままに、ずらりとバイクが並んだ店内の一角にある小さなテーブルにつく。その途端に、沖田は妙な圧迫感を覚えた。ここは大型の輸入車や逆輸入車を多く扱っている店のようで、店内に展示されているバイクはどれもこれも圧倒されるほど大きい。エンジンなどがむき出しの分、車に比べていかにもメカニカルな感じがする。バイクファンは、こういうワイルドな雰囲気が好きなのだろうなと、思った。化け物のようなマシンを自在に操る快感もあるだろう。

「こちらで買ったカワサキには、まだローンが残っているんですよね」

「ええ」

「ローンが残った状態で買い取るんですか？」

「残額と相殺になります。そういうこともよくありますよ」

「牧さんの手に渡る金はどれぐらいになりますかね」

「それは、マシンの状態を見てみないと……綺麗《きれい》に乗っていますけど、結構距離は出ているはずですから」

となると、高飛び用の費用としては物足りないのではないか。ドゥカティはどれぐらいの額になるだろう？　あるいは他に、隠し資産があるのか？　そういうのは銀行の口座を調べれば分かるはずだ――思いついて、沢井に詫《わ》びを入れて店外に出る。冷たい空気に混じったオイルの臭《にお》いが、鼻を刺激した。

北多摩署の特捜本部に電話を入れ、大竹を呼び出す。

「牧の銀行口座なんだが――」

「残額は五十万円を切るぐらいです」

「もう調べたのか？」沖田は目を見開いた。牧は現段階では何かの容疑者ではなく、口座をチェックするにはかなり高い壁があったはずだ。

「給料の振り込みがある普通預金口座だけで、定期預金はないようです」

「それが有り金全部か」

「正確には――」

「いや、それはいい。助かったよ」

電話を切り、しばし目を閉じて、マンションの壁に背中を預ける。自分とさほど年齢の変わらない牧の預金残高が五十万円……金のかかる趣味があるから仕方ないかもしれないが、これでは逃亡資金など、あっという間に尽きてしまうだろう。

手帳を取り出し、牧の個人データを改めて確認する。実家は愛知県。しかし両親はとうに亡くなっているし、残った唯一の身内、弟も家を出て大阪で暮らしている。実家そのものは、まだ残っているのだろうか……高飛びして潜伏生活を送るためにまず必要になるのは、安全な隠れ家だ。誰も住んでいない実家があれば、取り敢えずそこに身を隠せばいい。この辺、特捜はもう調べ挙げているのだろうか。宮下に何度も確認するのも気が引けて、沖田は西川に電話を入れた。

「家の件は未確認だな」西川がすぐに答える。「調べるには、少し時間がかかると思う」

「そうか？」

「登記を確認しないと……より正確には、現地に行かないと分からない」

「そうか――牧の逃亡先として想定しているんだが」

「ありうるな。ちょっと手を回してみる」

電話を切って、店内に戻る。寒さから逃れられてほっとしたが、今度はさらに濃いオイルの臭いに悩まされる。ずっとここにいたら、頭痛に襲われそうだ。

店長の沢井は、先ほどのテーブルでスマートフォンをいじりながら待っていた。沖田が近づいて行くと顔を上げたが、そこへ若い店員が緊張した表情でやってきたので、視線がそちらに向く。

「お電話です」若い店員は、電話の子機を持っていた。

「ああ」

沢井が子機を受け取り、相手の声を聞いた途端に背筋を伸ばす。ただならぬ雰囲気を感じて、沖田は音を立てないように椅子に腰を下ろした。

「はい、はい。毎度ありがとうございます」愛想よく言ってから、沢井が送話口を掌で押さえ、口の動きで「牧さん」と告げた。沖田は腰を浮かして身を乗り出した。電話を奪って、直接あの男と話したい――しかし、そんなことをすれば、向こうはすぐに電話を切ってしまうだろう。のろのろと腰を下ろしながら、牧に対応する沢井の様子を見守った。

「はい……え？　いや、こちらは大丈夫ですが、敷地に入るのに鍵《かぎ》が必要じゃないんですか？　ああ、はい――話は通しておく、と。分かりました。それじゃ、取り敢えずお待ちしてます。私がいなくても、分かるようにしておきますから。一時間後ぐらいですね？　分かりました」

電話を切り、沢井がほっと息を吐いた。緊張で額《ひたい》に汗が浮かんでいる――緊張させているのは自分だ、と沖田は申し訳なく思った。

「牧さんでした」

「どういうことですか？」

「バイクのキーだけ持ってくるので、うちの方でマンションから移動させて処理して欲しい、と」

「そういうの、ありなんですか？」

「ないことはないですね」沢井が認める。「バッテリー上がりなんかで動かなくなったバイクを取りに行く時には、こちらから出向きます」

「今回はどうするんですか？　乗って帰ってくるんですか？」

「運搬用の車を出しますよ。ここへ持ってくる途中で、コケて傷でもつけたらまずいですから。安いものじゃないですからね」

「ここで待たせてもらっていいですか」

「構いませんけど……」沢井の顔に不安が過《よ》ぎる。「本当に、牧さん、どうかしたんですか？」

「それはまだ分かりません」動きが怪しいことは間違いないが、今のところ、これといった容疑はないのだ。

「ちょっと心配なんですが……」

「こちらにご迷惑をかけるようなことはないですよ」沖田は請け合った。「どこか目立たない場所にいますから、私がいることは、牧さんには悟られないようにして下さい」

「そんなこと言われても……」沢井の目が泳ぐ。

「それです、それ」沖田は沢井の顔に指を突きつけた。「目が泳がないように、気をつけないと。神経質になっている人間は、相手が少しでも落ち着かない態度を見せたら、気づきますから」

「はあ……」

沢井は納得していない様子だったが、これ以上はどうしようもない。沖田はもう少しだけ彼と話してから、外へ出た。再度西川に電話をかけ、今の状況を説明する。西川は、追跡捜査係からも応援を出すか、と確認したが、沖田は断った。

「特捜の連中が尾行してるんだろう？　俺も含めて三人いるんじゃないか？　尾行には十分だろう」

「お前が余計な動きをしたら、危ないな」西川が指摘した。

「馬鹿野郎、俺はプロだぜ？」沖田は憤然と言い放った。「尾行で失敗したことは一度もない」

「そうか？　二年ぐらい前に――」

「切るぞ」短く言って、沖田は通話を終えた。確かに、尾行に失敗して相手に逃げられてしまったことはあるが、あんなのは例外中の例外だ……まったく、余計なことを思い出させやがって。

寒風が吹きすさぶ中、販売店の入ったマンションの隣にあるコンビニエンスストアの前に移動する。販売店の前で張っていると目立つが、コンビニの前でぼんやり立っていても、不審に思う人はいない。幸い、店先に吸い殻《がら》入れがあったので、久々に煙草に火を点《つ》けてじっくりと味わう。それにしても冷える――コートのボタンを全てとめ、ポケットに両手を突っこんだ状態で、煙草をふかして時間を潰した。本当は、店に入って何か温かい飲み物を胃に入れたいところだが、今は余計な水分は摂るべきではない。肝心なところでトイレに駆けこんで牧を見逃したら、大失態だ。

煙草を三本灰にする。ただジリジリ待つだけの時間は苦手だったが、この場を動くわけにもいかない。こうしている間にも、西川たちは何か新しい事実を割り出しているかもしれない。どこからも電話がかかってこないのが不安だった。自分だけが取り残されているのではないか？

沢井が電話を切ってから五十三分後――沖田はスマートフォンのストップウォッチを起動して、正確に時間を計っていた――に牧が姿を現す。丈の短いダウンジャケットに細身の黒いジーンズ、足元は濃い緑色のスニーカーという格好だった。首元にはボリュームのあるマフラー。少し長く伸ばした髪が、歩く度にふわふわと揺れた。

改めて牧を観察すると、背の高さに目を惹《ひ》かれる。身長百八十センチ――いや、百八十五センチはありそうだ。贅肉《ぜいにく》は一切ついていない感じで、ほっそりしている。四十代半ばにしてこういう体形をキープしているのは、よほど節制しているか、そもそもろくに食事を摂っていないのか。いずれにせよ、どこか不健康な感じがする。

牧がコンビニエンスストアの前を通り過ぎる。沖田に気づいた様子はない。その後ろから、特捜本部詰めの捜査一課の刑事がやって来た。沖田の顔を見ると、「何であんたがここにいるんだ？」とでも言いたげに表情を歪めたが、沖田は顔の前で軽く手を振って合図するだけにした。こんなところで会話していたら、牧に気づかれかねない。

この尾行は二人で担当しているはずだが、もう一人が見当たらない――ふと、道路の反対側を見ると、若手の刑事が一人で歩いていた。なるほど、こうやって距離を開けて尾行しているわけか……狭い道路で相手を追うにはいい手だ。

沖田はコンビニエンスストアの前に立ったまま、四本目の煙草に火を点けた。それを吸い終えないうちに、牧が引き返して来る。本当にキーだけ渡し、一言二言会話を交わしただけだろう。それだけ急いでいるのか、重大な用件は既に電話で話したのか。

刑事が入れ替わり、今度は若手の刑事が真後ろについてきた。それを見送り、さらに十分な距離を置いて尾行を開始しながら、沖田は西川に電話をかけた。

「牧がバイク屋に来て、すぐに出た。俺も尾行に加わる」

「了解」

「他に新しい動きは？」

「今のところはない」西川が淡々と言った。「特捜の連中が、会社の方に話を聴きに行ってる。今日はどういう事情で早退したのか、分かるかもしれない」

「阿呆《あほ》か？」沖田は呆れて言った。「高飛びするから早退します、なんてわざわざ言う奴がいるか？」

「だからと言って、確認しないと何も分からないだろうが」西川がむっとした口調で言い返した。

「分かってるよ。そう言えば、もう一台のバイク——ドゥカティの方はどうなるんだろう？　こっちにはキーを預けたけど、向こうはどうなるか」

「今、三井と庄田が確認に行ってる。もしかしたら、向こうにも現れるかもしれない」

「そうなっても、その後の行動は慎重にいかないと……あいつらまで尾行に参加したら、五人態勢だぞ？　徒歩で、そんなに大人数で尾行したら、バレる危険性が大きくなる」徒歩での尾行は三人が限界だ。どんなに鈍い人間でも、五人もの人間が周りにいると、気づくものである。

「二人には念押ししておくよ」

「そうしてくれ。この状態で気づかれたくない。奴がヘマするのを待ちたいんだ」

「ヘマね……」西川が疑問の声を発した。「牧のことがまだよく分かっていない状態で、ただ待つのは危険なんだけどな。これで何もなかったら、完全に無駄になる」

「無駄を心配してたら、刑事の仕事なんかできねえよ」

電話を切り、沖田は前を行く若い刑事——その背中を追い越して、牧を捉えた。あいつ、いったい何を考えている？　さっぱり分からないのだが、嫌な予感だけは消えない。

しかし、取り敢えず自分が尾行の最前線にいるのは間違いない。俺が見張っている限り、奴に変な動きはさせない――沖田は自分に気合いを入れた。

6

今のところ、誰にも後をつけられていないようだ。気づかれないうちに、この計画を済ませなければ……そのためには、何よりスピードが肝心だ。

頭の中で何度も計画を練り直す。どうしても、三十分ぐらいは時間が必要だろう。比較的余裕がある時間帯とはいえ、不安ではある。

思えば、こんな風に計画的にやろうとしたことは一度もない。今までは欲望の赴くままに、ただ動いてきた。それで一度も失敗はなく、確実に欲望を満たすことができた。

欲望は巨大な穴のようなもので、必ず埋めなければならない。そのためには、危険な行為も必要だ。いつかは失敗するかもしれない――この綱渡り状態がまた、興奮を呼び起こすのだ。

興奮のない人生などつまらない。俺はそのために生きている。

クソ、さすがに落ち着かないな……「書斎派」を自認する西川も、この状況にはうずうずさせられていた。複数の刑事が牧を尾行中。追跡捜査係に残っているのは自分と鳩山だけだ。鳩山は落ち着いたもので、自席で淡々と報告書に目を通し、判子を押している。この状況に、何か一言感想ぐらい言うべきだろうが……近くにいるだけで、これほど苛々《いらいら》させられる人間はいない。

「お前、何でそんなに苛ついてるんだ？」鳩山が突然声を上げた。うつむき、視線は書類に向けたままだったが。

「いや……動きようがないからですよ」

「だったら動かなければいい。誰かが司令塔をやらなくちゃいけないんだし」

「普通、そういうのは係長の仕事だと思いますが」西川は思わず言った。

「お前が出る分には全然構わない。俺はいつまででも留守番してるよ。ただ、どこへ行くつもりだ？　移動中の相手を捕捉するために追いかけるか？」

正論をぶつけられ、西川は黙りこむしかなかった。いつもいい加減でやる気のないこの男に言われるとむっとするが、今は言い合いをしている場合でもない。

目の前の電話が鳴った。すぐに手を伸ばして受話器を摑む。

「追跡捜査係」

「庄田です。牧が現れました」

「バイク屋にキーを返しに来たんだな？」

「それは分かりませんけど……牧が出たら店に確認します。その後、尾行に入りますか？」

「いや、通常の尾行は避けろ」西川は指示した。「お前と三井まで一緒になったら、牧は金魚の糞《ふん》みたいに刑事たちを引き連れて歩くことになるぞ。それは危険だ」

「じゃあ、どうしますか？」

「牧が出てきたら、しばらくその辺で待機してくれ。奴の行き先については常時連絡が入るはずだから、少し時間を置いて追うようにするんだ」

「分かりました……あ、牧が出て来ました」

「滞在時間は？」

「三分です」

事前の予告通り、キーだけ渡したわけか。そこまで急ぐ理由は何だろう……海外逃亡かもしれない、と西川は想像した。フライトの時刻が迫っているので、とにかく処分しなければならないものを処分して——そんな風に考えていてもおかしくはない。

「奴の荷物は？」

「普通のバックパック一つです。黒い、仕事でも使えるような」

「お前が持っているのと同じようなものか」庄田は毎朝、バックパックを背負って登庁する。背負う、手で持つ、肩にかける——3ウェイのビジネス用だと庄田は言っていたが、西川の感覚では単なる「リュック」である。

「そのバッグで旅行できるか？」

「一泊が限界でしょうね」

「そうか……次の指示を待ってくれ」

「了解です」

二十五分後、沖田から連絡が入った。電話の向こうの声は、駅のホームらしい雑音に紛れている。

「奴は、新百合ヶ丘に行くつもりかもしれない」

「何だって？」

「今、新宿で小田急線に乗った」

「分かった。動きがあったら連絡してくれ」

昨夜の牧の動きが思い出される。人目につかない夜中に山岡の自宅に向かったのは、何かの「下見」だったのではないか？　すぐにまた受話器を取り上げ、特捜に詰めている宮下に連絡を入れる。

「牧が小田急に乗ったそうだな。行き先は新百合ヶ丘じゃないか？」

「尾行してるのか？　いい加減にしろ！　余計なことをするなって言っただろう」呆れたように宮下が言った。

「そっちの仕事をサポートしてるだけだよ。山岡さんの家には、今誰がいる？　奥さんか？」

「いや、奥さんは事情聴取のためにこっちに来ている」

「だったら、家は無人か」平日の昼間——娘の智花は学校に行っているはずだ。誰もいなければ、それほど危ないことはないだろう。

しばらく宮下が電話から離れる。戻ってくると、「娘さんが家にいるそうだ」と言った。

「確認する」

「熱を出して休んでいるらしい」

「まずいな……」にわかに心配になる。

「お前、何を考えてる？　まさか、牧が山岡さんの家に侵入しようとしているとか？　どうやって中に入るんだよ。真昼間だぞ？」

「山岡さんの遺体から、家の鍵は見つかってなかったよな？」

指摘すると、宮下が黙りこむ。西川はしばらくその沈黙を受け止めていたが、「牧が山岡さんを殺したんじゃないか？」とついに言ってしまった。これまでずっと疑念に抱いていたことだが、何の証拠もないので口には出せなかったのだ。

「警戒する」

「間に合うか？」

「神奈川県警の所轄にも連絡は入れておくよ。あの家のすぐ近くなんだ」

「所轄の連中には、下手な動きはしないように釘を刺せよ」

指示して電話を切ってから、西川は立ち上がった。コートに腕を通し、覆面パトカーのキーを取り上げる。

「山岡さんの家か？」鳩山が普段と変わらぬ声で訊ねる。

「念のためです」

「分かった。引き継いでおくことは？」

「庄田たちに連絡を入れて、すぐに新百合ヶ丘へ向かうように伝えて下さい」

鳩山が無言でうなずく。いつもは頼りない鳩山が、今日に限っては何故か頼もしく見える――この係長に頼っているようでは自分も危ないなと苦笑しながら、西川は追跡捜査係から飛び出した。


平日の昼間なので首都高も東名も空《す》いている――早く現着できそうだと一安心したが、西川はすぐに焦りに背中を押されることになった。鳩山が、切羽詰まった声で電話をかけてきたせいだ。ハンズフリーで受けたが、その状態にありがちな割れた声――高速を走っているので路肩に停めてきちんと話すこともできず、西川は必死で彼の声を聞き取った。

「――家に入った」

「山岡の家ですか？」

「そうだ」

「鍵は……」

「分からん。自分で鍵を開けて入ったと沖田は言ってる」

「分かりました」

西川はサイレンを鳴らした。最寄りの川崎インターはもう少し先――いくらサイレンを鳴らしても、時速二百キロで走れるわけではない。車よりも電車を使った方がよかったかもしれない、と西川は後悔した。しかし現場では、この車が役に立つかもしれない。

沖田たちは間違いなく家の前にいるはずだが、特捜の連中は間に合っただろうか。地元の所轄なら確実だが、彼らは事情をよく知らないだろう。下手に動かれてトラブルになったら、目も当てられない。

沖田のスマートフォンに電話を入れた。応答する声は、低く切迫している。

「何だ！」

「鳩山さんから聞いた。どういうことなんだ？」

「分からん！」沖田の声は、鳩山以上にひび割れている。

「奴が家に入ってどれぐらいになる？」

「今、五分経過した。出て来る様子はない」

「押し入ったんじゃなくて、普通に鍵を開けたんだな？」

「そうだ」

「娘さん――智花さんが家にいる」

「何だって？」沖田がまた声を張り上げた。「やばいぞ。まさか、奴の狙いは娘さんじゃないだろうな？」

「家にいることは知らないと思う。今日は熱を出して、たまたま学校を休んでるんだ」

「すぐに突入する！」沖田が叫ぶ。

「待て！」西川は叫び返した。「危険だ。お前らが押し入ったら、奴が娘さんに何をするか分からない」

「ちょっと――」沖田の声が一瞬遠ざかる。「悲鳴だ！　娘さんだ」

沖田はいきなり電話を切ってしまった。

まずい――非常にまずい状況だ。牧の狙いは分からないが、山岡の娘を危険な目に遭わせるわけにはいかない。この状況では、沖田の言うように突入もありだ。

どうする？　まだ山岡の家までかなり遠いのが恨めしい。牧の動きが読めなかったから仕方がないのだが――西川はこの状況全体を呪《のろ》った。

クソ……どこかにパソコンがあるはずだ。奴は「全部書き残して、何かあったら分かるようにしてある」と俺を脅していた。「自分が死んだら、パソコンを確認してほしい」と誰かに頼んでいたかもしれない――いや、あれはブラフだ。実際自分はこうやって、まだ自由の身なのだから。

そもそも、そんな証拠はないのかもしれない。しかし、もしも単なる脅しでなければ、俺にとっては致命傷になる可能性もある。それだけは避けたい。奴のスマートフォンは始末したから、心配なのはパソコンだけだ。それを処分して東京から姿を消せば、何とか逃げ切れるだろう。

リビングルームの脇に、四畳半の小さな部屋がある。大きな本棚に小さなデスク。ここが奴の書斎のようなものかもしれない。パソコンがあればデスクに載っていると思ったが、見当たらなかった。

引き出しか——あった。ノートパソコン。起動用のパスワードが設定されていると面倒だが、取り敢えず持っていってしまえばいい。ただし、パソコンは一台とは限らないから、もう少し入念に調べないと。

小さな書斎の中を確認し終えたが、他にパソコンはない。後は二階の部屋を確認か……リビングルームに戻った瞬間、足が止まった。時間が凍りつく。

だぼっとしたグレーのジャージの上下を着た少女——奴の娘か。向こうもその場で立ちすくんだ。平日なのにどうしてここにいる？　頭の中を疑問符がうずまいたが、その全ては次の瞬間に吹っ飛んでしまった。

少女が、永遠に終わらないような悲鳴を上げ始めた。

7

クソ、今の悲鳴は何だ？　沖田は家に向かって駆け出した。誰かが「沖田さん！」と叫んだが、無視する。山岡の娘が、今まさに危険な目に遭おうとしている。やはり、もっと早く突入すべきだったのだ。

沖田は、山岡の家と隣の家の間にあるコンクリートの塀に目をつけた。わずかな——一メートルほどの隙間に身を滑りこませる。ちょうど一階のリビングの前に出た瞬間、凍りついてしまった。

牧が、右手に包丁を持って立っていた。その視線は、ソファに座った——座らされた少女に向けられている。少女は大きく喘《あえ》ぎながら肩を上下させていた。パニック寸前。沖田はまたも失敗を嚙み締めた。牧が自分に気づけば、極端な行動に出る恐れがある。

牧が視線を上げた。沖田と目が合う。ヤバい——リビングルームのガラスを割ってすぐにでも突入しようかと思ったが、牧は沖田が予想もしていなかった行動に出た。包丁を持った右手を下ろし、沖田を凝視したのだ。何をするつもりだ？　何もしない。ただ、沖田と目を合わせ続ける。

沖田は次第に、居心地の悪さを感じ始めた。恐怖も怒りもあるが、それよりもこの男が不気味で仕方がない。殺された男の家に不法侵入し、娘を脅し、刑事と相対しているのに、まるで何事も起きていないような——ただ沖田が珍しい動物であるかのように見ているだけ。

特捜本部の若い刑事が、沖田の横に駆けこんで来て片膝《かたひざ》をついた。何か言おうと口を開きかけたが、リビングルームの状況を見た瞬間、唇を閉ざしてしまう。

「牧の携帯の番号は分かるか？」

「はい」

沖田は自分のスマートフォンを渡して、「番号を打ちこんでくれ」と指示した。スマートフォンを受け取り、通話ボタンを押そうとして躊躇《ためら》う。今ここで話しても、牧を説得できるかどうか分からない。

「君は戻って、他の連中に状況を説明しろ」若い刑事に指示する。

「はい、でも、現場の仕切りは誰が――」

「そんなことはどうでもいい！」沖田は少しだけ声を張り上げた。「ここでテントを張って、奴が出てくるのを待つわけにはいかないんだ。一刻も早く何とかしないといけない。時間との勝負だ」

「しかし……」

「いいから、行け！」沖田は若い刑事の肩を軽く殴りつけた。「できるだけ人を集めろ。ただし、ここには誰も寄越《よこ》すな。奴をこれ以上刺激したくない」

「……分かりました」若い刑事が、中腰のまま塀と家の隙間から出て行った。

一人になった沖田は、すぐにリビングルームに視線を戻した。牧は、先ほどよりもソファに近づいている。もう一歩踏み出せば、智花に包丁が届いてしまうだろう。クソ、何としても最悪の事態だけは回避しなくては。沖田は、番号が浮かんだままのスマートフォンに視線を落とした。通話……耳に押し当て、呼び出し音を聞く。リビングルームの中で鳴っている携帯の呼び出し音が、ガラス越しに重なってステレオ状態になった。

牧が、驚いたように周囲を見回す。すぐに、床に置いたバックパックの前でしゃがみこみ、中からスマートフォンを引っ張り出した。画面と沖田の顔を交互に見ながら、ゆっくりと耳元に持っていく。

「警視庁捜査一課の沖田だ」沖田はできるだけ声を抑え、ゆっくりと喋った。今や牧は、立て籠り犯である。こういう時は、一課の特殊犯が出動して事態の収拾に当たるべき――しかしその到着を待っていたら、事態は悪化する一方だろう。気の短い自分が上手くできるかどうか自信はなかったが、とにかくやるしかない。

「あんた、牧さんだな？　牧真太郎さん」

「俺を追いかけてたのか？」意外そうな答えだったが、牧の声が冷静なのが救いだった。

「ちょいと聴きたいことがあってね。出て来てくれると助かるんだが」

「どうして俺をつけ回す？」

「あんたはどうしてここに入ったんだ？　何か用事があったのか？」

「探し物だ」

「見つかったのか？」

「ああ」

「だったら、出て来いよ。この家にはもう用事はないんだろう？」

「出られる状況だと思ってるのか？」呆れたように牧が言った。「無理だ」

「どうしたら出て来る？　何か要求があるのか？」沖田は冷静な声で話すよう努めた。

「要求はない」

「だったら、ずっとそこにいるつもりか？」

「こいつは、デッドロックってやつだな」

「ああ？」

「岩に乗り上げた。どちらも動けない」

ガラスの向こうで、牧がにやりと笑う。沖田はぞっとして、スマートフォンをきつく握り締めた。どうもこの男は、感覚が人と微妙にずれている。

「要求があるなら聞く」沖田は繰り返した。

「今すぐは言えない」

「どういうことだ？」

「想定外の事態になった時に、人はどうすると思う？　考え直すのさ。想定内なんて言ってる奴は、それほどのピンチに陥っていない」

「今、ピンチなのか？」

牧が短く声を上げて笑った。しかし表情は真顔のまま……演技なのか本気なのか、沖田にはまったく読めなかった。

「取り敢えず、その娘さんを解放しないか？」

「勝手に出て行けばいいじゃないか」

「出してくれるのか？」

「出られるものなら、出ればいい」

早くも交渉が行き詰まるのを沖田は感じた。いや、これは交渉などというものではない。

牧の口調は、なかなか止《や》まない雨を嘆くライダーのようだった。大したことはない——た想像した。そういう研修も行われているのだが、受けたことはない。たまには、自分と関係ない仕事についても学んでおくべきだと後悔する。

牧がいきなり電話を切った。ソファから一歩だけ離れると、沖田の顔を凝視する。どうだ、お前に何ができるんだと挑みかかるような目つき。何がしたい？　たぶん、牧本人も分かっていないのだろう。

何らかの目的で山岡の家に侵入したら、警察に見つかってしまった。想定外の事態に、本来ここでやるべきことも果たせず、動きも思考も凍りついた——まさか、娘を殺しに来たんじゃないだろうな？　ただ、俺の目の前で包丁を振り下ろすほどの度胸がないのでは？　このままでは牧も行き詰まりだ。智花を刺せば、最悪の事態になる。かといって簡単に投降するとも思えない。

沖田は、もう一度牧のスマートフォンに電話をかけた。ガラス越しに聞こえる呼び出し音。牧が、左手に持ったスマートフォンを見おろして、そのままジーンズの尻ポケットに滑りこませる。会話拒否……表情はまったく変わらない。

クソ、どうする？　沖田はその場で身を沈め、中腰の姿勢を取った。こうすると、牧は完全に自分を見下ろす格好になり、不安感は消えるはずだ。奴が落ち着けば、何か打開策が見つかるはず——しかし牧は、沖田を見てもいなかった。

山岡の娘が腰を浮かしかける。当然沖田には気づいているし、今の電話のやりとりも半分――牧が話していたところは聞いていたはずだが、それで不安が解消されたわけではあるまい。今にも泣き出しそうな表情……ガラス一枚隔てているだけなのに、どうしても外へ出られない。その焦りが行動に現れたのかもしれない。

牧が敏感に気づいて、智花の腕を摑んだ。そのまま体格差を利用して、押し出すようにソファに倒してしまう。娘がまた泣き出した。沖田は慌てて立ち上がり、拳でガラスを叩いた。びくともしない――普通にガラスを叩いた時とはまったく違う手応えだったので、ペアガラスだと気づいた。素手で叩き割るのは相当難しいだろう。

智花の泣き声と悲鳴が、はっきり聞こえた。何とか突入して救出したい――しかし今のところ、有効な方法は一つも思いつかなかった。

じりじりと時間が過ぎる。娘はソファに突っ伏したまま、ずっと肩を震わせている。危険な状態だ。このまま泣き続けていると、過呼吸になって気を失ってしまうかもしれない。本人がまったく抵抗できない状態になったら、牧が何をするか、予想もできなかった。

スマートフォンが鳴る。クソ、誰だ……西川だった。沖田は牧に視線を据えたまま、電話に出た。

「今、来た。どうなってる？」

「どうなってるもクソもねえよ」

「お前が一番確実に状況を見てるんだぞ」

「牧は包丁を持っている」沖田は呼吸を整えて言った。「山岡の娘さんは、リビングのソファに座らされている」

「牧が危害を与える恐れは？」

「今のところはない。ただ、動かないように脅しをかけているだけだ」

沖田は、先ほどの会話の内容を簡単に説明した。西川は何度も繰り返し確認した。西川自身、牧の心が読めないようだ。

「呼びかけることはできるか？」

「ガラス越しだから限界がある」沖田は低い声で答えた。こんな薄いガラスなのに、絶対に手が出せない感じがする。

「電話には？」

「二度目は出ない。何か作戦があるか？」

「今考えてる」

西川はいきなり電話を切ってしまった。クソ、だらしないぞ。作戦立案はお前の方が得意じゃないか……しかし彼も、到着したばかりで何も状況が分かっていないのだと気づく。遠くでサイレンの音がした。特捜の連中か、神奈川県警の応援か、あるいは捜査一課の特殊班が到着したのか。しかしサイレンは、かなり遠くで途絶えた。牧を刺激しないためにサイレンを切ったのだろうが、奴にはとうに聞こえていたのではないだろうか。迂闊《うかつ》な奴らだ……もっと慎重にいかないと。

左手の方に人の気配を感じる。見ると、先ほどここから出て行った若い刑事が、匍匐《ほふく》前進で近づいて来るのだった。いいぞ——こんな厳しい状況なのに、沖田の頰は緩んでしまった。匍匐前進なら、牧に気づかれないだろう。

「突入が決定しました」

若い刑事が小声で告げた。あまりにも小さな声だったので、沖田は聞き逃しそうになり、慌てて彼に視線をやった。若い刑事が「突入です」と小声で繰り返す。誰の判断だ？　西川か？　あるいは特捜から来た誰かか？　この状況を見ていないから、危険な手を取ることになるのではないか？　自分の目で見てみろ——しかし既に計画は決まってしまったようで、沖田は覚悟を決めた。

若い刑事が手帳を取り出し、何か書きつけてページを破った。中腰になった沖田は、牧から目を離さないように気をつけながら、左手を伸ばしてメモを受け取った。幸い牧は反対側を向いており、こちらの動きに気づく様子はない。


母親が到着。パニック状態。救助を急ぐ。

クソ、どうして母親をここへ連れて来た？　パニックになるのは当たり前じゃないか。ご丁寧に状況を説明した馬鹿がいたのだろう。まさか西川じゃないだろうな……いや、あいつがそんな軽率な真似《まね》をするわけがない。

二方面作戦。玄関ドアを開けて牽制《けんせい》、その間に二階から突入して制圧する。

それで上手くいくのか？　高い梯子《はしご》があれば、道路に面した二階のベランダには入れるだろう。しかし中に入るには、窓を破らねばならない。神経質になっている牧は、かすかな音にも気づくのではないだろうか。一気に二方面から突入できても、牧にはまだ智花を殺す時間的余裕がある。人を殺すには、一秒あれば十分だ。

沖田は、這《は》いつくばったままの若い刑事に視線をやった。二方面からではまだ危ない……しかし自分も突入したらどうだ？

「ハンマーを用意してくれ」低い声で若い刑事に命じる。

若い刑事が困惑の表情を浮かべた。沖田は、窓ガラスに向かって拳《こぶし》を振ってみせた。それで了解したようだが、まだ迷っている。

「突入は何分後だ？」

若い刑事が、右手の人差し指を立て、直後、親指と人差し指でOKサインを送った。十分後か……大丈夫なのか？　自分は正確に、十分後に窓ガラスを叩き割れるだろうか。

「黙って聞け」沖田は、風に流されそうになるぐらいの小声で続けた。「俺は、十分後にここのガラスを破る。玄関と二階からの突入に合わせて、牧を混乱させるんだ。そのために、でかいハンマーか何かが必要だ」

若い刑事がうなずく。そのまま後退しようとしたが、沖田は「待て」と制した。刑事の動きがぴたりと止まる。

「ハンマーを持って戻って来たら、君はここにとどまって、俺のタイマー代わりになってくれ。君も一緒に突入するんだ」

若い刑事が小さくうなずき、腹這いのまま下がって行った。警察ではこういう訓練は受けないのだが、まったく無駄がないスムーズな動き……そう言えば彼は、いつの間にかコートを脱いでウィンドブレーカーに着替えていた。どこに用意してあったか分からないが、もちろんこの方が動きやすい。

牧は時々体の向きを変え、状態に変化がないか、確認しているようだった。突入は予期しているだろうか。表情は一切変わらない。また、時々こちらを向くのに、沖田と目を合わせようとしなかった。もう一度電話をかけたら出るかもしれない――話したら諦《あきら》め、包丁を捨てて出て来るのではないだろうか。

若い刑事が、また匍匐前進で戻って来た。あまりにもスムーズな動き――最初は音さえせずに気づかなかった――なので、後でこの刑事に略歴を聞いてみようと思った。もしかしたら、自衛官から警察官に転身したのかもしれない。若い刑事が腕を伸ばし、沖田の足元にハンマーを置いた。消防隊員が窓などを叩き割る際に使う、大きなハンマー……見ると握り手に白い字で「麻生消防署」と書かれている。万が一に備えて、消防も待機しているのかもしれない。彼らからすかさず借りてきたとしたら、この若い刑事はなかなか優秀だ。

ハンマーを置くと、若い刑事は何も言わずに下がってしまった。おいおい、タイマー代わりも頼んだんだぞ……しかし、彼と入れ替わりに、庄田が匍匐前進でやってきた。こちらはコート姿で、お世辞にもスムーズに動けているとは言い難い。

「二分前です」動きを止めると、突っ伏したままの姿勢で腕時計を見て、庄田が告げた。

「俺の後に続け」

「了解です」

沖田は腕時計を見下ろした。ヴァルカンの秒針は四十秒付近を指している……二分後と言われても、やはり正確には分からない。その時、上の方でかすかな音がした。ベランダに上がった連中が、二階の窓を割ったのだろう。沖田はそちらに顔を向けないように気をつけた。こちらのわずかな動きが、牧に状況を悟らせてしまうかもしれない。

「一分前」庄田がささやくように告げた。手に持ったスマートフォンを睨んでいる。ストップウォッチが作動中なのだろう。

「三十秒前」

沖田はさらに身を沈めた。一瞬でハンマーを握れる——しかし、ハンマーが自分の左側にあるのが気がかりだった。沖田は右利きだから、ハンマーを右手に持ち替えないと自由に使えない。沖田は左足をそっと伸ばし、ハンマーを引き寄せようとした。気づいた庄田が、右手をぐっと伸ばしてハンマーを沖田の足元に押しやる。よし。これで、屈めば両手でハンマーを握れる。このサイズからすると相当な重量だろうから、両手でないと自由に操れそうにない。

「十秒前」

庄田の声を聞き、沖田は頭の中でカウントダウンを始めた。実時間と、頭の中で数える時間はだいたい一致している。

「五、四、三、二、一」

庄田が「ゼロ」と言う前に、沖田は一気にしゃがみこみ、ハンマーの柄を握った。予想していたよりも重い。しかも、自由に振り回すスペースがなかった。仕方なく、横に振り上げるようにしてから頭上に掲げ、重さを利用して振り下ろす。その瞬間、牧が動き出した。二階、あるいは玄関から突入して来た刑事たちに追い詰められたのだろう。

ガラスが一気に崩れ落ちる。沖田はハンマーを持ったまま、リビングに突入した。庄田がすぐ後に続く。

三方から囲まれる格好になった牧が、一瞬立ち尽くす。しかしすぐに我を取り戻したようで、唯一動ける方向――ソファに飛びついた。

「危ない！」

沖田は叫んだが、一瞬動きが遅れた。牧が包丁を振りかざし、少女に襲いかかろうとする。沖田の背後にいた庄田が素早く動いて飛び出した。ソファの上にいる少女に覆い被さって庇《かば》う。その勢いでソファが少しずれ、牧が振り下ろした包丁は急所を外れた――しかし、庄田の太腿《ふともも》を裏から切り裂く。庄田が短い悲鳴を上げた。

沖田は叫び、襲いかかった。牧が包丁を滅茶苦茶《めちゃくちゃ》に振り回したが、今は怒りが恐怖を上回った。姿勢を低くしてタックルに入り、リビングルームの端まで一気に吹っ飛ばす。そこに他の刑事たちも覆い被さって、牧を押さえつけた。

「確保!」「確保!」複数の声が響く。沖田はほとんど一番下に押さえつけられた格好で、身動きが取れなかった。もちろん、牧も……少しずつ重圧が取れていき、沖田も立ち上がろうとしたが足に力が入らない。誰かが腕を掴んで引っ張りあげてくれた——西川。

手錠をかけられた牧が、玄関から引っ立てられていく。沖田は慌てて庄田に視線をやった。ソファから床にずり落ちた庄田は、だらしなく両足を投げ出している。右足の下に細く血が流れていた。

「庄田!」

「大丈夫です!」

庄田が気丈に叫ぶ。そこへさやかがやって来て、一瞬凍りついた。口を開きかけたが、庄田が「早く外へ」と告げたので、自分の任務を思い出したのか、智花を助け起こす。見たところ怪我《けが》はないようだが、きちんと診察してみないと分からない。

「大丈夫か?」庄田の脇で片膝立ちになる。顔色は悪くない。ショック症状に陥っているわけではないようだった。流れ出した血の量を見た限り、傷は浅いだろう。

「何とか……」庄田が、さやかに抱えられて外へ出て行く娘の姿を追った。痛みに耐えているというより、ほっとしている。「娘さんは大丈夫ですか？」

「大丈夫だ。お前が庇ったからだ」

「よかった」庄田が肩を上下させる。

「よくやった」

沖田はネクタイを外し、庄田の太腿を上の方できつく縛った。心配するほどの出血ではなさそうだが、止血はしておかねばならない。

西川も手を貸して庄田を立たせ、両側から支えた。右足を踏み出した途端に、庄田がバランスを崩して倒れそうになり、そちら側にいた沖田は思い切り踏ん張った。

「担架を用意するか？」西川が心配そうに訊ねた。

「大丈夫です」庄田が気丈に断った。

庄田は右足を引きずりながら歩き始めた。彼の体の重さを全身に感じながら、沖田は暗い気分を味わっていた。牧は確保できたが、本格的な捜査はこれからなのだ。山岡殺しと何か関係があるかどうか——謎はまったく解けていない。

「牧の顔、見ました？」庄田が暗い声で言った。

「いや、俺は見てない」

「笑ってたよ」西川が低い声で言った。

「笑った？」沖田は思わず聞き返した。

「笑ってました」庄田が西川に同調する。「あんな人間を見たのは初めてです」

庄田の声は震えていた。俺たちはいったい、どんな人間を相手にしているんだ？　沖田は、胸元に恐怖がそろりと入りこんでくるのを感じていた。

8

牧の確保後、西川たち追跡捜査係の面々も北多摩署へ移動した。庄田の怪我は心配だったが、本人が「絶対に特捜へ行く」と言い張ったので、仕方なく同行させる。庄田は覆面パトカーの後部座席に座ったが、シートを汚さないようにと、腿の裏にハンカチを敷くのを忘れなかった。これだけ冷静なら大丈夫だろう……ただし、一段落したら病院へ強制送致だ。

特捜本部で待ち構えていた宮下は、西川たちの顔を見た瞬間に渋い表情を浮かべた。勢いよく立ち上がり「いい加減にしてくれないか」と懇願するように言った。

西川は一歩前に出て、まくし立てた。

「我々は、十五年前の上野事件の証言者として接触してきた山岡氏を失った。当然、彼が何を証言しようとしていたか、調べる必要がある。そのためにずっと動き回ってきた。そのうち、牧という会社の同僚が山岡氏と頻繁に接触していたことが分かったから、尾行と監視を開始した——ここまでは、お前も了承してくれていたよな」

「ああ」渋い表情で宮下がうなずく。

「その牧が、山岡さんの自宅へ侵入した。当然、二人の間には何か特殊な関係があったと想定される。俺たちが状況を知りたいと考えるのは自然だろう。追跡捜査係の職務としても、事実を知る必要がある」

「まったく……勝手にしろ。取り調べはこれからなんだぞ」

「分かってる。待つのには慣れてるよ」西川は肩をすくめた。「何しろ、捜査が止まった事件を捜査するのが仕事なんだから」

「嫌なこと、言うな」宮下が顔をしかめた。「だいたい、お前らは――」

宮下の言葉は途中で止まった。すぐに「がたり」という大きな音が響き、西川の目はそちらに向いた。庄田が椅子から崩れ落ち、床に倒れている。

「庄田！」

沖田が声を張り上げ、駆け寄った。西川もすぐ後に続く。庄田は傷ついた右足を放り出し、額に汗を浮かべて厳しい表情を見せている。

「大丈夫……です」

「大丈夫じゃねえだろうが、この馬鹿野郎！」沖田が庄田の頭を叩く真似をした。「何で無理したんだ」

「どうしても知りたかったんです」

「後でうんざりするほど詳しく教えてやるよ。三井、救急車だ！」

さやかが近くの電話に飛びつき、救急車を要請した。西川は、庄田を立たせてから椅子に座らせようとしたが、無理しない方がいいと判断して、そのままにしておいた。傷口が床に触れないようにするためか、庄田が体を斜めにし、腕を床に突っ張った。

十分後、救急隊員二人が、担架を持って特捜本部に入って来た。西川は庄田が怪我した経緯と怪我の具合を説明し、さやかに病院へ同行するように命じた。普段なら「何で私が」と文句の一つも零すさやかだが、さすがに今日は一言も言わず、救急隊員と一緒に部屋を出て行く。

「あの馬鹿が、無理しやがって」沖田が渋い表情で憎まれ口を叩いた。

「奴にも意地があるんだろう。というか、お前に似てきたんじゃないか?」西川は指摘した。

「俺に? 何言ってるんだ」

「無茶するところがさ」

「全然似てない。俺だったら、そもそも怪我しない」

「よく言うよ」呆れたように言って、西川は胃を拳で押さえた。緊張が解けたのか、急に激しい空腹を覚える。壁の時計を見ると、もう午後三時だった。「飯にしないか?」

「ああ?」沖田が目を見開く。「こんな時に何言ってるんだ」

「昼飯がまだだろう? どうせ取り調べには時間がかかる——少し外しても大丈夫だよ」

「俺は、特捜の弁当でもいいぞ」沖田の視線が、特捜本部の一角にあるテーブルに積み重ねられた弁当に向く。昼の分の弁当がそのまま残っているのだろう。

「俺たちには、食べる権利はないよ」

西川はさっさと特捜本部を出て行った。何も、お仕着せの弁当を食べなくてもいい、という気分だった。これからシビアな戦いが始まりそうな予感がする――それを乗り切るためには、美味《うま》いものを食べて気持ちを落ち着かせるのもいいだろう。

甲州街道を渡ると、すぐに府中の駅前に出る。八王子《はちおうじ》、立川《たちかわ》と並んで多摩地区の中心都市であり、駅前の繁華街は賑《にぎ》やかだ。ところが、ランチタイムと夜の営業の間なので、休んでいる店が多い。ラーメン屋などは開いているが、そういう気分でもなく……結局、武《む》蔵野《さしの》うどんの専門店を見つけて入った。ひなびた雰囲気を狙っているようで、内装は木が主体。大きなテーブル席の椅子も、切り株を模したものだった。

「武蔵野うどんってさ」沖田が切り出した。「名前は聞いたことがあるけど、食ったことはないな」

「俺もだ」西川は言った。

「何だ、分かっててこの店に連れて来たのかと思ったよ」

「うどんなら早いと思っただけだよ。それに、名前だけしか知らない武蔵野うどんの正体を、この機会に知っておくのもいいんじゃないか？」

「お前……」沖田が不審げに言った。「何でそんなに落ち着いてるんだ？　これから大変になるんだぞ」

「嵐《あらし》の前の静けさだ。とにかく、次はいつ食えるか分からないから、ここで食べておかないと」

店員に、何が一番武蔵野うどんらしいかと訊ねると、「肉うどん」という答えが返ってきたので、二人は揃《そろ》ってそれを頼んだ。

「お前、どう思う？」沖田が訊ねた。

「どうかな」西川が口を濁《にご》した。牧が山岡を殺した可能性は高くなったが、その動機が分からない。もしも殺したとしたら、それからしばらく経ってから、山岡の自宅へ忍びこもうとしたのはどうしてだろう。自分が警察にマークされているのが分かって、高飛びしようとした……バイクを二台とも処理しようとしたのが、何よりの証拠だろう。しかしそれなら、わざわざ見つかる危険を冒してまで山岡の家に忍びこんだのは何故なのか。何か、あの家から取ってくる――危険を冒してまで盗んでこざるを得ないものがあったのか？

あれこれ考えを巡らせているうちに、うどんができあがった。皿盛りの冷たいうどんに、かなり大きな丼《どんぶり》に入った、湯気の立つつけ汁。汁の色はかなり濃く、脂身の多い豚肉が泳いでいる。うどんは、普通のものよりかなり太い。汁にどっぷり浸して口に入れると、その硬さに驚いた。讃岐《さぬき》うどんのように「硬いがしなやか」な感じではなく、ゴツゴツした硬さが非常に田舎っぽい。腹が膨れるよりも先に顎が疲れてしまうタイプのうどんだ。

汁は見た目から想像される通りに濃く、塩気が強い味だが、このうどんの太さと硬さを受け止めるには、これぐらいが必要だろう。

「美味《うめ》えな、これ」沖田が感嘆の言葉を漏らして、うどんを一気にすすりこんだ。

西川は、何故か食べ始めた途端に食欲を失ってしまったが、それでも何とか全部食べきった。そう、今食べておかないと、次はいつ食べられるか分からないのだ。

「さっさと戻るか?」先に食べ終えた沖田が、焦ったように訊ねる。

「いや、コーヒーが欲しいところだな」

「今から喫茶店を探すのも面倒だぜ」

「……そうだな」

二人は店を出て、署へ戻る途中でコンビニエンスストアに立ち寄った。最近はコンビニのコーヒーもレベルが高く、うどんの濃厚な味を洗い流すには十分過ぎるほどだ。店先に吸い殻入れがあったので、沖田は煙草を吸えて上機嫌だった。

西川は、店の前を通り過ぎる人の流れをぼんやりと眺めた。この事件の行く末がどうにも読めない。糸がもつれて、どこを引っ張ってもさらにこんがらがってしまいそうだった。

「山岡は、結局何がしたかったのかな」沖田がぽつりとつぶやいた。

「さあ……」

「やっぱり、あの男も怪しいんだよ。あの態度、そして金の流れ——そこに牧が絡んできて、話が複雑になっている」

「複雑になってきている、ということだけは分かったわけだ」西川は小さな声で応じた。

「まあ、こういうのは何とかなるんじゃないか?　一番重要な容疑者《タマ》はこっちの手中にあるんだから。牧にきちんと喋らせることができたら、事件は自然に解決するさ」

「牧がきちんと喋れば、な」

途端に沖田が黙りこんだ。居心地悪そうに体を揺すると、急にむきになったように煙草をふかし始める。西川にも彼の不安が伝染した。

「あいつ、笑ってたんだろう？」沖田が訊ねる。

「ああ」

「あの状況で笑う人間っていうのは……全て諦めて、どうしようもなくなって笑うしかなくなる奴もいるけど、そういう感じだったのか？」

西川は、牧の顔に浮かんだ笑みを思い出して、急に寒気を感じた。あの笑いは、普通の犯罪者にはないもの……何と言うか、自分たちとは違う世界に生きて、違う人生を送ってきた人間が、突然目の前に出現したような感じである。

理解できないものに、人は恐怖を感じる。

西川のスマートフォンが鳴った。ゆっくり取り出す——特捜本部の番号が浮かんでいた。

「ああ、俺だ」宮下だった。声は暗い——いや、戸惑いが感じられた。

「どうした」

「牧なんだが……ちょっと、お前の方で話を聞いてくれないか」

「俺は特捜に入ってないぞ」どうして方針が変わったのかと訝りながら西川は言った。

「いや、それが……」宮下が躊躇う。

「どうかしたのか？」

「急に昔の話をしだしたんだ。十五年前の上野事件」

9

沖田は嫌な予感を抱いて取調室に入った。西川が、「話を聴くのはお前に任せる」と言い出したのだ。理由は……「ああいう奴の相手は、お前の方が合っている」。冗談じゃないと沖田は憤り、また、戸惑った。取り調べに自信がないわけではないが、牧のような人間は苦手なのだ。西川はどうして、自分の方が上手くやれると思ったのだろう。

理由を確かめる間もなく、沖田はテーブルについた。しばらく無言で牧を観察する。座っていても、背の高さを意識させられた。危ない人間ではないか——行動パターンを考えて、そういう印象を抱いていたのだが、目つきは穏やかで、犯罪に手を染めそうな感じには見えない。左頰に新しい小さな擦り傷……取り押さえられた時に負った傷かもしれない。

「沖田です」

「ああ」牧が顔を上げる。目は澄んでいた——それがむしろ不気味である。

「先ほど、山岡さんの家で会いましたね」

「そうだな」

「怪我は？」沖田は自分の頰を指差してみせた。

「ああ、いや……別に」

「私がここへ来た理由は分かりますか？　私とこの西川は」沖田は記録者席についた西川の方を振り返った。「捜査一課追跡捜査係の人間《もの》です。過去の事件を再捜査するのが仕事です。十五年前の、上野事件の話をしたいそうですね？」

「あんたらは、そういう話をするのが仕事なんだろう？」

「古い事件については、いつでも捜査しています」

「だったら、あの事件についてもよく知っているわけだ」

「ある程度は」

「ある程度ね……」牧が馬鹿にしたように言った。長い髪をかきあげ、両手をテーブルに置く。「じゃあ、一から話した方がいいかな？」

「どういう意味だ？」沖田は、頭の中で一本につながっていた糸がぶちぶちと切れていくような不快感を味わった。

「ああ、だから」牧が面倒臭そうに言った。「俺がやったんだよ」

「何だと？」沖田は思わず身を乗り出した。

「捕まったのに黙っていても何だから、喋ってやるよ。俺は、そんなに意地の悪い人間じゃないからな。サービスだ」

「自供するのか？」

「どうせ喋るなら、事情が分かっている人間を相手にした方がいい。さっきの刑事たち

——あいつらは、十五年前の話をしても、全然ピンときていなかった。そんな連中に話しても、時間がかかるだけだ」

「分かった」沖田はピンと背筋を伸ばした。時々、警察をからかってやろうと偽の「自供」をする人間もいるが、牧の場合はどうやらそういう様子ではない。「話を聴こう」

「十五年前……上野駅近くのデッキだ」

「ああ」

「俺はそこで、ある男を刺した——知らない男だがな。刺すつもりで襲った」

「凶器は？」

「包丁——普通に、その辺のスーパーで買った包丁だ」

「購入場所は？」

「それは忘れた」牧が耳をいじった。「十五年も前だぜ？　あんた、一週間前にどこで夕飯の買い物をしたか、覚えてるか？」

「そういう問題じゃない」からかうような言い方に、沖田は早くも苛立ちを覚え始めた。

「スーパーで買った包丁だな？　どの店で買ったか思い出せ」

「それで裏を取るつもりか？　無理、無理」

牧がニヤリと笑い、沖田はぞくりとした。底が見えない不気味な笑い——奥に何かが潜んでいる感じだが、それが読み取れない。西川たちが山岡の自宅で見た笑顔も、こういう不気味なものだったのだろうか。

「十五年前というと、同じスーパーだって、店員は全員変わっているだろう。帳簿も残っていないはずだ。どう考えても調べられるとは思えないな」

「実際、どうなんだ？　本当に覚えてないのか？」

「スーパーか？　俺が当時住んでたのは、田端《たばた》だ。あの辺、スーパーはそんなに多くないんだよな……だけど、忘れたよ。引っ越したら、昔住んでた街のことなんか、さっさと忘れるだろう」

本当に覚えていないのか、あるいは俺たちをからかっているのか……沖田は牧の顔を真っ直ぐに見たが、その表情からは何も読み取れなかった。目も鼻も消えた暗い穴を覗きこんでいるような気分になる。

「分かった。そのスーパーで包丁を買った——正確な日付は覚えているか？」

「まさか」

「買って、どうした？」

「もちろん、犯行に及んだってやつだよ」牧がにやりと笑う。「上野駅に行って、適当な獲物を探した」

「獲物？」こういうことを言う犯人に会ったことはない。

「獲物だよ、獲物」牧が繰り返した。

「相手は人だぞ？　獲物なんていう言い草はないだろう」

「あんた、狩をやったことはあるか？」牧がわずかに姿勢を崩した。

「狩？　冗談じゃない。ここは東京だぞ。お前は狩をやったことがあるのか？」

「この中で、な」牧が耳の上を人差し指で突《つつ》いた。「俺も生まれは名古屋《なごや》だからね。狩をする場所なんか、あるはずがない」

「つまり、想像上の狩か」

「当たり前だ——ただ、頭の中でやることには限界がある」

「それで、実際に狩を——人を襲うことにしたのか？」

「どういう感じだと思う？」牧が挑みかかるように言った。

「どういう感じなんだ？」沖田は聞き返した。

「俺が頭の中で想像していたのは、ひたすら銃をぶっ放して、自分の周りにいる人間を一人残らず殺すことだったけど、日本でそれは無理だ」

「それで凶器に刃物を選んだのか？」

「刃物なら、いつでもどこでも手に入る。簡単な凶器だよ——あんなものが売ってるなんて、日本も恐ろしい国だよな。ただし、一度に一人殺すのが限界だけど」牧が声を上げて笑う。

　沖田は振り返り、西川の顔を見た。一瞬目が合ったが、西川は平然としている。今まで、沖田も西川も、常識では対処できない容疑者と何度も対峙《たいじ》してきた。しかし牧は、そういう容疑者たちとはまた違う。非常に危険——理解不能という意味で危険な相手だ。

「狩か……人を包丁で刺すことが狩なのか？」

「ああ」

「どういうつもりなんだ？」

「人間は強いもんだよな」牧が唐突に言った。

「ああ？」

「俺は、力の弱い者、自分より劣る者を狩るような、卑怯《ひきよう》な人間じゃない。人間を倒すためには、全身全霊を賭《か》けてやらないと駄目なんだ」

「自分の力を試すためか？」

「そう言ってもいい」牧がうなずく。「大変なことなんだ。自分がそれを成し遂げた——その達成感は、簡単には理解してもらえないだろうな」

「達成感なら、他のことでも得られるだろう」

「人が人を殺すのは、究極の達成感だよ」

「相手は誰でもよかったのか？」

「女や子ども、年寄りじゃなければな。弱い人間には興味はない」

牧が椅子に背中を押しつけた。右手だけを伸ばしてテーブルに置き、人差し指で天板をリズミカルに叩き始める。その小さな音が、沖田をさらに苛立たせた。

「その達成感は、どういう感じなんだ？」

「自分の力だけで人を一人殺した——泣きたくなるほどだね。あるいは体が震えるほど」

やはり理解できない。人を刺して無事に逃げ、一人自宅に戻ってテレビでニュースを確認し、ニヤニヤしながら祝杯を上げる――あり得ない。

「人を殺したことを何とも思わないのか？　殺人は究極の犯罪だぞ」

「沖田」西川が忠告を飛ばした。

沖田はすっと息を呑んで、何とか気持ちを落ち着かせた。今は、容疑者に反省を促している場合ではない。とにかく全て話させることだ。そもそも牧が、人間らしく反省するとは思えなかったが。

「犯行に使った包丁はどうした？　捨てたのか？」

「いや、使ってたよ」

「使ってた？」

「俺は自炊派でね。せっかく新しい包丁を買ったんだから、使わないともったいないだろう」

沖田は軽い吐き気を覚えた。人を刺したその包丁で、肉や野菜を切っていたのか？　肉を切る時に、包丁の刃が人の体に食い込んだ時の感触を思い出さなかったのだろうか？　あるいはその感触を思い出すために、同じ包丁を使っていたのか？

「今も持ってるのか？」

「引っ越した時に捨てたかな」

「よし、分かった」沖田はうなずいた。「じゃあ、じっくりやろうか。十五年前の事件について、詳しく話してくれ。一体何があったのか、犯行の前後でどう動いたのか、しっかり思い出してもらうからな」

「覚えてないなあ」牧が耳を擦った。

「覚えてなくても思い出してもらう」

「そりゃ無理だよ」牧が両手を広げた。「一年前のことだって、人間は簡単に忘れてしまう。十五年前のことなんか、覚えてるわけがない」

「しかし、刺したことは覚えてる。包丁を買ったことも」

「それはな」牧がうなずく。「大事なことだし」

「じゃあ、じっくりやろうか」沖田は座り直した。

「期待しないでくれよ」牧が肩をすくめた。「十五年前のことなんか、確実には思い出せない……まあ、十年前のことなら、もう少しよく覚えてるかな？」

「十年前？」沖田は、急に鼓動が跳ね上がるのを感じた。

「あんたら、昔の事件を調べてるんだよな？」牧が念押しした。

「ああ」

「十年前って言ったら、どういうことか、分かるだろう」

何故か自慢するような表情を浮かべ、牧が黙りこんだ。胸の前で腕を組み、馬鹿にしたように沖田を見やる。こいつは——沖田は急に事情を悟り、立ち上がった。その勢いで椅子が倒れ、激しい音を立てる。

「お前……」

牧が唇を歪め——ほとんど笑いながら沖田を見上げた。

「分かったか?」

「新宿事件も、お前の犯行なのか?」

牧が笑い始めた。低い笑い声が、部屋の空気をゆっくりと震わせ始める。

「お前がやったのか!」

沖田が言葉を叩きつけると、牧の笑い声がさらに大きくなった。哄笑《こうしょう》——人生の大きな目標を達成して、この世の全てを手に入れたような、満足げな笑いだった。

沖田はさらに嫌な予感に襲われ、追撃の質問を口にした。

「池袋で、数日前に通り魔事件があった。あれについてはどうなんだ?」

牧がふと黙りこむ。しかし表情は緩んでいた——また、大きな笑い声を上げそうだった。

こいつは……山岡を殺した後に、さらに通り魔事件を起こしたのか?


沖田と西川は、牧の監視を特捜本部の刑事に任せ、一度取調室から出た。

「今の自供、マジだと思うか?」沖田は煙草を取り出した。廊下だから吸うわけにはいかないが、唇に挟んでぶらぶらさせているだけで、少しは気持ちが落ち着く。

「おそらくな」新宿事件について牧が自供したことがきっかけになったように、西川の表情は真剣だった。「もう少し気をつけて推理しておくべきだった。上野事件と新宿事件には、いくつかの共通点がある」

「犯人は背の高い男だった」沖田はうなずいた。

「凶器はいずれも包丁――違う包丁のはずだけど、手口は似ている」

「ただな……」西川が急に言い訳するような口調になった。「二つの事件の間に、五年の間隔が空いている。俺の知ってる限り、連続殺人犯というのは、犯行を繰り返す場合、そこまで間隔を空けない」

「確かに……じゃあ、新宿事件の方はどうなんだ？　俺たちをからかってるのか？」

「その可能性も考えておいた方がいい。池袋事件については微妙だな。認めてはいなかったし」西川がうなずいた。「慎重に行けよ。奴は人を舐《な》めてる。相手が警察官だろうが何だろうが、からかって、困るのを見て喜ぶタイプかもしれない」

「冗談じゃねえ。喜んでいられるのは今のうちだけだぜ」沖田は自分に気合いを入れた。「奴は、山岡の家に侵入して、娘さんを人質に取ったことで現行犯逮捕されてるんだ。庄田に怪我も負わせている。実刑は免れない。そういう事実に目を背けてるだけじゃねえのか？　どんなに神経の太い人間でも、刑務所暮らしを経験すれば、打ちのめされて性格は変わる。奴は、そういうことを理解してない――想像するのも怖いんだろう」

「そうかもしれない」西川はどこか不安げだった。「しかし、もしも本当に奴が二件の通り魔事件の犯人だったらどうする？　俺たちの常識では計り知れない犯人、ということになるぞ」

「そんなことは分かってる」沖田は右手を拳に握って、左の掌に叩きつけた。「どんな常識破りの人間だろうが、きちんと吐かせてみせるぜ。そうじゃないと、二件の事件で犠牲になった二人が浮かばれねえよ」

「そうだな」西川はうなずいたものの、まだ不安げな表情だった。

「何だよ、何を心配してるんだ？」

「いや……」西川が言葉を濁した。

元々慎重な男だが、ここで足踏みする意味があるとは思えない。牧は既に、二件の犯行を自供している。それが本当か嘘かは、これから裏づけ捜査を進めて証明すればいいのだ。嘘だったら——これまでの苦労も、今の緊張状態も、全てが無駄になってしまうが、元々警察の仕事とは、九十パーセントが無駄になるものだ。

「行くぞ。しっかり落とそう」

「そうだな」

元気のない西川の声を聞いて気持ちがくじけそうになったが、ここでやめるわけにはいかない。しかしそこに宮下がやって来て、沖田は一気に気が萎《な》えた。いざこれからと走り出した瞬間、後ろから背広の襟を摑まれたような気分になる。

「奴はマジで、昔の通り魔事件について吐いたのか？」宮下が、苛立った口調で訊ねる。

「ああ」沖田はうなずいた。

「真偽のほどは？」

「今のところ、供述に矛盾はない」

「そうか……となると、奴の今後の調べは追跡捜査係が担当するわけだな？」

「そりゃそうだ。うちと、上野事件、新宿事件の特捜が協力してやっていくことになる」

もしかしたら池袋事件の特捜も。「今日の一件の取り調べは、そっちに任せることになるけどな。きっちりやって、早く俺たちに引き渡してくれよ」

「そもそもうちは、今日のような事態を想定していなかった」宮下が暗い声で言った。

「うちは、山岡さん殺しを捜査していたんだ。その件はまだ、解決の糸口が見えていない」

「そうかな」西川が異を唱えた。「過去の通り魔事件が、今回の一件にもつながっている──お前はそう考えているんじゃないか」

宮下が素早くうなずく。それを見て沖田は、西川がどうして落ち着かないのかを悟った。想像力──刑事には、想像力が絶対に必要だ。そして西川は、理論派に見えて、人よりずっと想像力が豊かである。

牧はまったくペースを崩さなかった。ふてぶてしいという感じではなく、むしろ自然体。警察の取調室に押しこめられているという極めて異常な状況にも、全く動じていないように見える。

「新宿事件の話を聴こうか」沖田は切り出した。

「それも古い話だ。覚えてるかね」牧がうそぶく。

「十五年前の事件よりは十年前の事件の方が記憶は確かだ──そう言ったのはお前だぞ」

「聞きたいなら、何なりと」牧が肩をすくめる。「それがあんたらの仕事だろう」

「凶器は？」

「包丁」

「前に使ったやつとは違うんだな」

「違う。前の包丁は散々料理に使って、なまくらになってたし、引っ越しの時に捨てたはずだ」

またもこの話か……沖田は軽い恐怖を覚えながら話を続けた。

「どこで買った？」

「それも近所のスーパーだ。確か、二千円ぐらいだったかな。安い包丁を買うと、肝心な時に刃が折れたりするから」

「そのスーパーは？」

「あんた、俺の家を知ってるだろう？」

沖田は無言でうなずいた。牧は、自分が警察に監視されていることには気づいていたはずである。いつ気づいた？　そんなに敏感な男なのか？

「家の近くにスーパーがある。そこだ」

「前の――田端の家から引っ越したのは、その前か」

「十二年前かな。もうずいぶん長くなるな。契約更新したばかりなのに、もったいない」

「何がもったいないんだ？」世間話をするような牧の口調が、沖田を苛つかせる。

「俺があの家に戻れる可能性はあるか？」

自分の刑期を確かめようとしているのだ、とすぐに分かったが、沖田は「さあな」ととぼけ、真顔で続けた。

「それは俺が決めることじゃない。本当にお前が人を殺したとしたら、裁判員の判断になる」

「素人の裁判員は感情的になって、すぐに死刑にしたりするだろう」

「裁判のことは、俺には何も言えない」

「あの時、俺を逮捕するんじゃなくて、殺しておけばよかったんじゃないか？」牧が挑みかかるように言った。「人を殺せる道具——包丁を持って、あの子を脅したんだから。危険だという理由で俺を殺しても、批判は受けないだろう」

「きちんと逮捕して裁判を受けさせるのが、警察の役目なんだ」

「甘いねえ」牧がゆっくりと首を横に振った。「海外で、銃乱射で大勢の人が死ぬような事件があるだろう？　ああいう時、大抵犯人は射殺される」

「射殺しないとさらに被害が多くなる——そういう判断だ。日本の警察は、なるべく犯人を傷つけずに逮捕するんだよ。たとえ相手がどんなクソ野郎でもな」

「沖田」西川が低い声で忠告する。

沖田は一つ咳払《せきばら》いして間を置いた。昔の——数十年前の先輩刑事たちは、こんな風にふざけた態度で接してくる犯人に対しては、脅しも辞さなかっただろう。「どうせ死刑になるんだから全部吐け」。そんな暴言が取調室の中を飛び交っていたことは想像に難くない。ひたすら相手の恐怖心に訴えかけて心理的に優位に立ち、屈服させようとするやり方だ。今は、そういうのは難しい……沖田は、生まれる時代を間違ったと感じることがよくあった。何十年か前に刑事をやっていれば、もっと簡単に落とせた犯人もいただろう。だいたい、理詰めで犯人を追いこみ、相手の理性に訴えて自供させるような方法は、西川が得意とするところだ。今回西川は、何故俺に取り調べを譲ったのだろう……理性的な説得が通用しない相手だと思った？　しかし、情緒的に訴えて説得するにも限界がある。俺と牧の「情緒」は、大きくずれているのだ。完全に別物と言ってもいい。

「殺されたかったのか？」自殺願望が、歪んだ形で表に出る人間もいる。

「面倒な裁判を受けるのは、時間の無駄だからな」

「その時間が必要な人もいる。殺された人について考えたことはないのか？」

「ないね」牧が断言した。「一面識もない相手だから。名前だって、ニュースで見て初めて知った」

「それでも何とも思わないのか？」

「人間は、知り合いとそうじゃない人では、感情移入の度合いが何倍も違うそうだ。戦争のニュース映像を見て、泣き叫ぶ子どもたちに同情して涙を流すのは、犬や猫が虐待される話を聞いて悲しくなるのと同じだ」

「動物と人間を一緒にするのか？」沖田は目を見開いた。

「人間も動物だ——おっと、それは話の趣旨が違うんじゃないか？」

完全に主導権を握られている。牧の余裕ある態度が煩わしくなってきた。どこかでギャフンと言わせたい……。

「お前、自殺願望でもあるのか？」

「馬鹿言うな。あんたらのために言ってるんだよ」

「何だって？」

牧が自信ありげな笑みを浮かべた。腕組みをし、沖田を見下したような態度をとり続ける。

「俺が裁判を受けると思うか？」

「当たり前じゃないか」

「俺の言い分をまともに受け取る人間がいると思うか？　責任能力はどう判断されると思う？」

沖田は黙りこんだ。確かに……これまでの牧の話を聞いた限り、責任能力を問う声が出てくることは簡単に予想できる。裁判にかけられないと判断されれば、その後は——しかし牧は一つ、勘違いしている。一生、社会から隔絶された人生を送るという意味では、刑務所に閉じこめられるのと変わらない。

「それは、俺が心配することじゃない」沖田は正論で押し切ることにした。「俺の役目は、事実関係をしっかり把握して、送検することだ。その後は検察が判断する」

「あ、そう」牧が耳をいじった。

「だから今は、新宿事件について話をしよう。新宿駅の構内で人を襲おうと考えたのはどうしてだ？」

「何となく？」

「何となく、かな」

「場所なんかどこでもよかったんだ。敢えて言えば、人が多い場所の方がいい。そういう場所の方が、捕まりにくい——違うか？」

確かにその通り。沖田はついうなずきそうになったが、すんでのところで思い止《とど》まった。

「中途半端に人がいるところだと、かえって捕まりやすいのさ。渋谷駅とか品川駅の構内でもよかった。あそこで人を刺しても、そもそも誰も気づかないんじゃないか？」

「捕まりたくはなかったわけだ」

「捕まったら、もうできないからな」

「まだやるつもりだったのか？」

「捕まらない限りはな」

「その割に、新宿事件の後、あんたは何もしていない」

「いろいろ忙しくなってね」牧が頬を掻いた。「趣味も大事だから」

「バイクか」

「あんた、バイクに乗る？」

「いや……昔、原付に乗ってたぐらいだな」

「それでも、バイクの魅力はよくご存じだと思うけど」馬鹿にしたように牧が言った。「バイクは、スピードを出してこそ価値があるんだ。どんなにでかいバイクでも、乗ってる人間は必ずむき出しだ。転べば死ぬ——たとえ三十キロでもな。そのスリルを味わうために、俺はバイクに乗ってる」

「それは自殺願望なんじゃないか？」

「さあな。でも、自分で自分のことをきちんと分析してるわけじゃないから、何とも言えない」

沖田はその後も、新宿事件の詳細について確認し続けた。牧は言い淀むこともなく、記憶が確かなことに関してはしっかり話し続ける。まったく躊躇わないことに、沖田は驚いていた。

「つまり、たまたまぼんやり歩いている人をターゲットにした、と」

「用心がない人間はすぐに分かる」牧はうなずいた。「俺は人が怖い。人間は、その気になったらとんでもない力を発揮する。抵抗されて、こっちが怪我したら馬鹿馬鹿しいからな」

「それが狩の極意か」

「狩人《かりゅうど》が怪我したら、狩はできない」

「被害者は獲物じゃないぞ」

「俺にとっては獲物だ」

ここで話が嚙み合わなくなる。沖田はまた間を置いて、彼の反応を見た。つまらなそうな表情……そろそろエネルギーが切れてきたのだろうか。

「相手が亡くなったことは、またニュースで知ったのか？」

「ああ」

「新宿駅構内で人が刺されて死ぬ——大変な事件だ。その騒ぎを見るのが楽しいのか？」

「いや、全然」牧があっさり否定して首を横に振った。「それは、俺には関係ない。俺の目的はただ一つ——狩を成功させることだけだから」

事実関係に間違いはない。そう判断して、沖田は話題を変えることにした。

「池袋の事件はどうなんだ？　あれもお前がやったのか？」

「後にしようよ」牧が気楽な口調で言った。「そんなに一気に言われても困る」

「お前……お前なんだな？」沖田は何とか怒りを抑えた。

「だから、後で」牧が苛立ちを見せる。「俺がやったんだけど、そんなに急に話を変えられても困る。物事には順番があるだろう？」

沖田は仕方なく、さらに別の話題——ある意味本筋の話を持ち出した。

「亡くなった山岡さんとは、どういう関係なんだ？」

「会社の同僚だ」牧が淡々と答える。

「単なる同僚の家に侵入したのか？　鍵はどうした？」

「さあね」牧がとぼけて耳をいじった。

「さあね、じゃないんだよ」沖田は低い声で脅しつけ、テーブルの上に身を乗り出した。

「あんたは無理やり鍵をこじ開けたわけじゃない。合鍵を持っていたじゃないか。奥さんに確認したら、その鍵は山岡さん本人のもの——彼が普段使っていたキーホルダーがついていた。つまりあんたが、山岡さんから奪ったものだ。どういうことなんだ?」

「もらったのかもしれないぞ」牧の顔に薄い笑みが浮かぶ。

「自宅の合鍵をもらう? どういう意味だ」

「あんたら、俺のことをどう思ってたんだ? どうして後をつけていた?」

「……捜査上の秘密だ」牧の質問に、沖田は一瞬怯《ひる》んだ。こいつ、俺たちに挑戦しようとしているのか?

「言えないだろうな」妙に満足げに牧がうなずく。「だったら俺が言ってやる。俺が山岡を殺したと思ったんだろう? だから監視して、尾行した」

「——それに気づいたお前は、バイク二台を売って逃走資金を作ろうとした。それは分かる。だけど、どうして家にまで忍びこんだ? そんなことをすれば、捕まる可能性が高くなるだけじゃないか」

「処分したいものがあったとしたら?」

「それは何なんだ?」

「いい加減にしてくれよ」牧が両手を広げた。どうしてこんな簡単なことが分からないのか、とでも言いたげだった。「あんたの目は節穴か？　他の刑事も知らないのか？」

「ちょっと待て」西川が割って入った。記録席から立ち上がると、ゆっくりと沖田の脇に移動して牧と正面から向き合う。

「お、選手交代か？　そっちの人の方が、少しは頭がよさそうじゃないか」

西川と比較されて頭に血が昇り、沖田は思わず立ち上がりかけた。西川が肩に手をかけ、押さえる。沖田がゆるゆると腰を下ろすと、西川はテーブルに両手をついて、牧に覆い被さるようにした。

「お前の持ち物に、一つだけ不審なものがあった」

「へえ」牧が面白そうに言った。

「ノートパソコン。バックパックにノートパソコンが入っていた。あれはお前のものじゃない。奥さんに確認したら、山岡さんのパソコンだった。家に忍びこんだ目的は、あれか？」

「正解――一ポイント獲得」牧が人差し指を立てた。

「お前が探していたのはデータだな？」沖田は確信した。「山岡さんが持っている何らかのデータを手に入れるために、彼の家に忍びこんだ」

「そのデータは何でしょう」

「ふざけるな！」沖田は拳をテーブルに叩きつけた。「お前とクイズをやってる暇はないんだ。自分の立場をわきまえろ！」

「そういう脅しで喋る人間ばかりじゃないんだぜ。どういうことなのか、自分の頭でよく考えたらどうだ」

「なあ」西川が声のトーンを低くして迫った。「ちょっとこっちの手間を省いてくれないか。あんたがずっと、俺たちの上をいっていたことは認める。十五年前の事件で、捕まらずにここまできたんだからな。だけど今、あんたは警察の手の中にある。簡単には出られない。だから、肚《はら》を決めて話してくれないか？　その方がお互い、時間が無駄にならない」

「俺にはたっぷり時間があるんだけどな」

「こっちから言うより、あんたが喋ってくれた方が心証がよくなるぞ」

「別に、そういうことは気にしてないけど……一つ、聞いていいか」

「ああ」西川がテーブルから手を離し、背中を伸ばした。

「あんたら、何で山岡『さん』って呼んでるんだ？」

「被害者なんだから、当たり前じゃねえか」沖田は憤然として言った。

「被害者ねえ……俺も被害者なんだけど」

「ああ？」沖田は目を剝《む》いた。

「犯罪者が被害者になることもある。あんたらには、そういう視点が欠けてるよ。俺と山岡が、単なる会社の同僚としてつるんでいたと思うのか？　あいつはとんでもない悪党なんだぜ」

りつかせた。

牧が一瞬、きつく唇を噛み締める。次の瞬間、彼の口から飛び出した言葉が、沖田を凍

10

宮下は困惑を隠さなかった。初日の取り調べを終えた夕方、西川が詳しく事情を説明しても、すぐには理解できない様子だった。

「つまり……牧は山岡に脅されていたと？」

「簡単にまとめるとそういうことだ」西川はうなずいた。「これで糸は一本につながったと思う。特捜は、山岡さん殺しの犯人を手に入れたんだよ」

それ自体はめでたい話だ。しかし西川は迷っていた。山岡を、いつまで「さん」づけで呼ぶべきだろう？

「今後の取り調べは、特捜が行うべきだ」西川は主張した。

「お前らは？　二件の通り魔事件の捜査はいいのか？」宮下が首を傾げる。

「近い方の事件からきちんと立件するのが筋だろう。俺たちは後回しだ」

「沖田もそれでいいのか？」

宮下が問いかけたが、沖田は何も言わず、ふっと目を逸《そ》らしてしまった。西川には彼の気持ちが手に取るように分かった。

「取り敢えず、山岡さんのパソコンを調べた方がいい」西川が指摘した。「そこに何か、重要な証拠が残っている可能性がある」

「分かった。しかし……お前ら、ずいぶん長く牧と話してただろう。ある程度、信頼関係が築けたんじゃないか？」

「あの男と信頼関係を構築するのは不可能だ。構築したくもない」

自分の言葉に、沖田がかすかにうなずくのを西川は見た。しかし何故か宮下は、明日以降も取り調べを頼む、と頭を下げた。自分たちが牧を完全に落としたところで取り調べを交代し、特捜の仕事を楽にしようとしているのか……ずるいやり方だし、捜査一課の誇りはどこへいったのかと西川は呆れたが、彼にすればこれが一番の安全策なのだろう。西川自身は……牧と正面から対峙したくない。しかし今は、仕事に没頭すべきだと自分に言い聞かせた。私生活のゴタつきを一瞬でも忘れるためには、牧との対決に全力を注いだ方がいい。

「分かった。一応、山岡さんとの一件についてきちんと話すまでは、こっちで面倒を見る」

「西川」沖田が鋭い声で忠告を飛ばした。次いで宮下に文句を言う。「お前ら、俺たちが仕事を妨害したとか、余計なことをしたとか、散々文句を言ったじゃねえか。こういう面倒な状況になった時だけ泣きつくのか？　そいつはあまりにも虫が良すぎるだろうが」

「まあまあ、そう言うなよ」宮下がなだめにかかった。「同じ捜査一課なんだし、こういう時は協力し合うべきじゃないのか？　今回は特例ということでさ」

「分かった」西川はもう一度言った。「ただし、最後までじゃない。軌道に乗ったら、後は特捜に任せる」

「ああ」宮下がほっとしたように言った。

「山岡さんのパソコンの件も含めて、周辺捜査は頼んだぞ。細かい状況が分からないと、落としようがない」

「そっちは任せろ」

「じゃあ……今夜の捜査会議で状況を報告する。明日は朝八時半から取り調べ開始。それでいいな？」

「もちろん」宮下が勢いよくうなずく。「頼んだぞ」

捜査会議では、沖田が今日の取り調べの状況を報告した。ずっしりと重い雰囲気……犯人を手に入れて、後は裏づけ捜査を進めていくだけ——目の前がぱっと明るく開ける瞬間のはずなのに、重苦しい空気が会議室を支配している。

捜査会議が終わると、西川もげっそり疲れた。考えてみれば、昨日からほとんど寝ないまま、シビアな状況に巻きこまれたのだ。体力的にも限界——とにかく今は、一秒でも長く眠りを貪《むさぼ》りたかった。

「引き受けたけど、いいのか」署から出た途端、沖田が心配そうに言った。

「九割、嫌だな」西川は認めた。「ああいう人間と対峙すると、こっちの精神もやられる」

「だったら断ればよかったんだ」沖田がむっとした口調で言った。「奴ら、面倒なことは全部こっちに押しつけやがる」

「九割、嫌だ」西川は繰り返した。「だけど一割だけ興味がある。お前はどうなんだ？　山岡さんと最初に関わりができたのは、お前なんだぞ」

「まだ何とも言えない」沖田が首を横に振った。「山岡……さんが牧を恐喝していたと言っても、それは牧の勝手な言い分だろう？　実際にそうだったかどうか、もう検証しようがないじゃないか」

「パソコンの解析が重要だ。もしもそこに、何らかのデータがあったら……」

「恐喝の材料、か」

「ああ。それぐらいは、特捜の連中に頑張って掘り起こしてもらわないとな」

「それでいいのか？」

「やると言ったんだから、やるしかない。この時点で、尻尾《しっぽ》を巻いて逃げ出したくないよ」

「分かった」沖田がうなずく。「明日も俺がサポートに入る。覚悟を決めて、奴の話を聴くよ」

翌朝――西川はまだ覚悟が固まらないまま、早朝に自宅を出た。ポットにはいつものコーヒー。一刻も早くこのコーヒーを飲んで頭をはっきりさせたかった。何しろ昨夜は、寝不足だったのに、あれこれ考えてあまり眠れなかったのだ。ベストコンディションには程遠い。

八時に北多摩署に着いた。宮下は泊まりこんだようで、昨日より多少すっきりした表情になっている。家で寝た方が疲れは取れるのだが、確か宮下の家は柏《かしわ》である。帰ってもまた早朝に家を出ることを考え、所轄の道場で雑魚寝《ざこね》したのだろう。自分よりは長く寝たはずだ、と西川は想像した。

「パソコンの方、どうなった？」

「出た」宮下がネクタイを締めながら認める。

「具体的な情報か？」

「いや、箇条書きみたいなものだな。それに、その情報の出所は分からない」

「裏が取れていない情報か」しかし、牧がその情報に苦しめられていたとしたら、真贋《しんがん》ははっきりしている。牧は、山岡が握った情報に本物の恐怖を感じたのだ。

沖田が数分遅れでやってきた。西川は今聞いた情報を彼に伝え、取り調べの打ち合わせをした。まずはパソコンから発掘された情報をぶつけ、向こうの反応を見ることになった。

「牧は完落ちしてると思うか？　一晩経って、気持ちが変わったかもしれない」

「だけど、夕べあのまま取り調べを続けるわけにはいかなかった」

「昔なら、夜中まで徹底して絞り上げたんだがな……俺は、生まれる時代を間違えたよ」

「しょうがないだろう。そんなことは自分では選べないんだから」西川は首を横に振った。

宮下たちがまとめてくれたレポート——山岡のパソコンからサルベージされたデータを

見ながら、今朝一杯目のコーヒーを飲む。それで何とか眠気を追い払い、戦闘準備を整えた。

牧は、すっきりした表情で現れた。これが怖い——犯行を自供した犯人は、翌日になると様々な表情を見せる。罪の重さに怯《おび》えてどんよりした顔になったり、心の重石《おもし》が外れて晴れ晴れした笑顔を見せたり……しかし牧は違った。単によく寝て、疲れが取れた、という感じである。

「始めます」西川は宣言して、いきなり本題に入った。「昨日も話しましたが、あなたは山岡さんに脅されていた——そういうことですね？」

「ああ」

「十年前の新宿事件に関連して」

「ああ」繰り返し言って、牧がうなずく。

「新宿駅構内であなたが事件を起こした時、山岡さんはまったく偶然にその場に居合わせた。つまり、あなたが犯行に及んだ瞬間を見てしまった。同じ会社に勤めていて、一緒に仕事をした人間だから、犯人があなただということはすぐに分かった」

「そういうことだろうな」

「彼はその後、『犯人を知っている』と特捜本部に垂れ込んだ」

「そうらしいな」

「ところがその情報は曖昧《あいまい》で、警察は裏づけ捜査に振り回された挙句、あなたにはたどり着けなかった」

「俺が今になってここにいるのが、その証拠だな」牧が、親指で自分の胸を指した。

「山岡さんは、最初は正義感から警察に情報を提供しようとしたのかもしれない——違いますね。犯人が見つからないよう、特捜本部をミスリードするような情報を流した。つまり山岡さんは、あなたに捕まって欲しくなかった」

「だろうな」牧が短く認める。

「それはつまり、あなたを警察に売るのではなく、強請《ゆす》って金を奪う方がいいと決めたからだ」

「やっと分かったか」安心したように、牧がゆっくりと息を吐いた。「遅いんだよ……警察っていうのは、もっと素早く捜査するものだと思ってた。期待外れだね」

むっとしたが、ここは我慢だ……西川は、牧は必ずしも警察に敵意を抱き、挑発しようとしているのではないと判断している。純粋に感想を述べているだけなのだ。この男には、普通の人間に備わっている常識が欠けている——恐怖の感覚がない。いや、一つだけ恐怖を感じていることがあったわけか。

山岡。

「山岡さんは、あなたに金を要求してきた。黙っている代わりに金を寄越せ——その記録が残っていました。山岡さんは、マメな性格だったようですね」

「ああ」

「定期的に金を払ってたのか？」

「そうだ……間が空いた時もあったが」

「月十万――そういう月が多かったそうだな」

牧が嫌そうに表情を歪めた。山岡のパソコンの解析をしていた刑事たちは、ほぼ一晩かかって彼の「日記」から主要部分を抜き出していたのだ。山岡は確かに律儀というか細かい男で、日々の様々な出来事の他に、「⑩　M」と何度も書き記していた。それは十年前から毎月のように続き、一時途切れた後、二年前に復活していた。合計すると一千万円――車と時計を買うのに少し足りないぐらいだった。

「最初はどういう感じで接触してきたんだ？」

「話がある、といきなり呼び出された。会社の外だ」

「それで、新宿事件の犯人があなただと名指ししてきた」

「そうだ」

「否定しなかったのか？」

「否定した。しかし、あいつは『もう警察に接触した』と言いやがった」牧の顔が初めて歪む。

それが十年前、東田たち当時の特捜本部にもたらされた情報だったわけか……何度か接触した後、突然連絡が取れなくなった。わざわざ他人名義の携帯電話まで手に入れて警察に接触したのは、本人に迷いがあったからに違いない。犯人を知っている、逮捕してもらうべきだという正義感。それと裏腹に「金づるを掴んだかもしれない」というどす暗い気持ち。迷い、用心した山岡は、警察に身元を特定されないよう、徹底して警戒したに違いない。

そして結局は牧を脅す方を選び、警察との接触を絶った――いや、他人名義の携帯を手に入れようとした時点で、正義よりも金の方に心が揺れていたのではないか？

「結局あなたは、その要求を呑んだ」

「誰が警察に捕まりたいと思う？」馬鹿にしたような口調に戻って、牧が言った。「自由に動き回るためには、何かを犠牲にしなくちゃいけない――そんなことは、俺にも分かっている」

「ほぼ毎月十万円は、かなりきつい金額だったんじゃないですか」

「いや……」

牧が曖昧に否定した。西川は一度、牧の収入と支出を簡単に計算したことがあるが、毎月十万円ずつ取られたら、赤字転落しかねない。いや、確実に金に困っていただろう。だから同僚から借金を繰り返していたのだ。

「普通にバイクに乗って――いや、二台持ってたんだから、余裕があるとは言えないはずだ」西川は指摘した。

「まあね」

「脅迫が十年も続いたら、負担もプレッシャーも相当なものになる。しかも相手は同じ会社の人間で、頻繁に会っていた」

「金を渡すためにはしょうがない」牧が耳をいじった。「奴は振り込みを拒否して、現金での受け取りを要求した。証拠が残らないようにするためだろうな」

「その関係がずっと続いた――もしかしたら永遠に。それなのに、どうして今になって殺したんだ？」

「殺したなんて、誰も言ってないだろう」

「殺したのか？」西川は微妙に言葉を変えた。

「さあな」牧がそっぽを向く。

「どうして山岡さんの家の鍵を持っていた？　あなたが殺して、奪ったんだろう？　それで家に忍びこんで、証拠を奪うつもりだった。そしてバイクを売り払って金を作り、どこかへ逃亡――どこへ行こうとしていた？」

「タイ、行ったことあるか？」牧が唐突に訊ねる。

「いや」

「物価が安いし、日本人には暮らしやすい、いい国らしいな」

「タイへ逃亡か……もう、それもできなくなった」

「そうだな」牧がまた耳をいじる。見ると、牧がよく触っている左の耳たぶの下側は赤く腫《は》れ、傷のようになっている。

「あなたが山岡さんを殺したのか？」

「そうだ――俺がやった」

牧が認めた。唐突に、そしてあっさりとした告白だったので、西川はむしろ警戒した。こういう時は裏がある。牧がなおも警察を――自分たちをからかおうとしている可能性もあるのだ。

「恐喝に耐えられなくなったから、か」

「いい加減、飽き飽きしていたんだ。それに俺は、一つ失敗した」

「失敗？」

「十五年前の件――あんたらが上野事件と呼んでいる事件のことも、最近あいつに知られた」

「どうして」

「つい言ってしまったんだよ――ただあいつは、だいぶ前から疑っていたようだな。二つの事件の共通点に気づいたんだろう。しかも新宿事件の犯人から金を強請り取っている。俺といろいろ話しているうちに、ピンときたんだろう。俺もつい、認めてしまった。そう言えば、奴もビビってやめるかもしれないと思ってね」

「ところが山岡さんは今になって、上野事件について警察に情報提供しようとした」

ここでようやく、話が最初に戻ってくる。沖田が全身の神経を集中させて聞いている様子が感じられた。そう――もしも山岡との接触に成功していれば、上野事件、新宿事件とも解決した上に、山岡も生きていたかもしれない。しかし……山岡の気持ちがどうにも理解できなかった。

山岡は正義感と欲の間で揺れ動き、結局は欲の方に振れた男だ。それが何故、十五年前の事件について、また警察に情報提供しようとしたのだろうか。

「奴は、俺からまだ金を搾り取れると考えていたんだよ。上野事件のことを警察に情報提供すると言ったのは、俺に対する脅しだった。だから俺は、たっぷり時間をかけて話し合ったのさ。奴は、警察に連絡を入れたことを白状した」

「あなたは、我慢の限界に達したわけだ」

「あいつは、本物の悪党だぜ」牧が鼻を鳴らす。「人の人生を金で縛る——それであいつが得たものは何だ？　アウディと時計だよ。悪党だけど、小さい野郎じゃないか。たかが車と時計を買うために、毎月俺から十万円、巻き上げていったんだ。十年もな」

「そうだとしても、あなたの罪は軽くはならない。山岡さんの恐喝をやめさせるために殺した——そういうことなんだな？」

「ああ」

「分かった」

西川は一瞬間を置いた。振り返り、沖田の顔をちらりと見る。沖田が厳しい表情でうなずき返してきた。落ちた——これで事件は無事に解決するはずだが、西川は心の中に暗いものを抱えこんだ。

「どうしてそこまで——」

「これが、一番現実的で確実な解決法だからだ。俺が完全に自由になるために唯一邪魔な存在が、山岡という男だった」

　牧のジレンマは、西川にも理解できる。山岡が生き続ける限り、ずっと強請られるだろう。金を渡すのを断れば、山岡は警察に駆けこむだろう。この状態が続けば、牧の将来は閉ざされてしまう。牧としては、逮捕された時に「ずっと強請られていた」と主張することもできるが、山岡が否定したら、立件は難しかったのではないだろうか。金の流れは、記録が残っていてこそ証明できる。本当に毎月手渡しだったとしたら、証拠は見つからないだろう。貯《た》めこんだ金がアウディに化けたとしても、金の出所を追及するのは難しい。

　山岡の犯行は立件できないまま、終わったかもしれない。牧としては、それに耐えられないと考えたのではないだろうか。だったら、元凶を根本から消してしまえばいい——短絡的な考えだが、一番効果的なのも間違いない。

「あんたたちは、優秀なのか？」牧が唐突に訊ねた。

「そんなことは、自分では分からない」

「事件の解決率は？」

「それは、数え方にもよる」西川は話を誤魔化した。殺人犯——連続殺人犯に教えるようなことではない。

「いずれは俺を逮捕していたと思うか？」

「殺人事件に時効はない——だから、あんたが死ぬまで追いかけただろうな」

「俺は逃げ切れたかね」牧の質問は、形を変えただけで先ほどと同じものだった。

「逃さないさ」西川は言い切った。「それが俺たちの仕事だから」

「そうか……分かった」

「何が？」

「あんたたちも全能じゃない。警察の捜査にも限界はあると思うぜ」

「何言ってるんだ？」

「まあ、いいよ」牧がふっと目を逸らす。「さ、少し楽にさせてくれよ。これから先、長いんだろう？」

「ああ」

「長い戦いねえ……」

牧が顎を上げ、天井をじっと見上げた。そこに何かの答えが書いてあるとでも言うように――何もない。三人の人間を殺した男には、何の答えもないのだ。今後は、壁を見詰めて自問するぐらいしか、やることがなくなる。人を殺すことに快感を覚えていたのは事実だろう。もしかしたら、牧の言う通り、「狩」の快感は究極のものかもしれない。しかしこの男は、二度とその快感を味わうことはない。

それこそが、彼に対する最高の罰ではないだろうか。

11

　牧の調べを特捜に引き渡して、沖田と西川は特捜本部から引き上げた。山岡殺しの捜査が一段落した後、改めて上野事件と新宿事件の捜査に取りかかることになる。さらに、池袋事件の特捜本部も絡んでくる。

　翌日、朝一番のコーヒーを飲んでいると、沖田が疲れた顔でやってきた。牧を逮捕してからの二日間、二人で徹底して取り調べをしてきて、こちらの精神まで浸食されてしまったように感じる。それほど、こちらの経験にない、規格外の犯人だった。

　牧が読んでいる通り、精神鑑定に持ちこまれ、裁判は行われないかもしれない。しかしあの男は、本当にそこまで計算しているのだろうか。絶対に捕まらない――捕まっても死刑にならないと判断して、己の欲望の赴くままに殺人を重ねてきたのだろうか。

「お疲れだな」

「寝不足だ」沖田が両手で顔を擦った。

「俺もだ」西川は同調して、コーヒーを一口飲んだ。いつもは最高の眠気覚ましになるコーヒーだが、今日は効果が薄い。「牧という男は、俺たちが出会ったことのないタイプの犯罪者だ」

「犯罪者をタイプ分けしちゃいけねえな。そういうのは、血液型分類と同じようなもので、根拠はないんだから」

「犯罪者は一人一人違う、か……」

「俺が怖かったのは、むしろ山岡だよ」

「山岡?」

「考えてみろ」沖田が真顔で西川の目を真っ直ぐ見た。「山岡っていうのは、どういう人間だ?」

「どういうって……」

「普通のサラリーマンだろうが。そして家庭を大事にする男。休みの日には娘と畑仕事。唯一の趣味がドライブ──ベストファーザー賞の表彰を受けてもおかしくない」

「そうだな」

「そういう人間が、殺人犯──しかも確信犯的に、無差別に人を殺すような男を脅していた」

「ああ……」沖田の言いたいことが、西川にも分かってきた。「俺たちの常識でも計り知れない犯罪者を脅す──しかも普通の人間が、か」

「山岡は高校生の頃、同級生を恐喝した疑いがあるとして、警察から事情聴取を受けていたそうだ」沖田が明かした。

「初耳だぞ」

「立件されなかったし、誤解だと思ってたから言わなかったんだよ」沖田がうなずく。

「もしかしたら、人を脅すことを何とも思っていない人間だったかもしれない……でも、あくまで普通の人だ。普通の人間の方が、よほど怖いと思わないか？　それとも、山岡も俺たちの常識の中にいない人間——普通じゃない人間なのか？」

「それは、俺には何とも言えないな」

「昨日、山岡の奥さんに話を聞く機会があったんで、確認してみたよ。山岡が牧を脅していたことを知らなかったのかって」

「で？」

「本人は否定した」沖田が首を横に振る。「しかし俺の感触では、何か怪しんでいたと思う。そもそも、あんな高い車をどうやって買ったか、把握していないのはおかしい。金の出所を疑うのが当然だろう。知ってて誰にも言えなかった……としたら、辛いよな」

「ああ」

西川は腕組みをした。ごく普通の人のように見えて、実際にはとんでもなく残虐な犯罪者もいる。西川も、そういう容疑者に何度も相対してきた。しかし沖田の指摘する通り、山岡という人間は種類が違う。

一つ間違えば、殺されていたかもしれない——いや、実際殺されてしまったのだが、その危険性を想定していたとは思えない。あるいは何らかの理由で、自分が殺されるはずがないという確信があったのか。

「山岡は、普通の人間のように見えて、実は牧とは別の意味で——牧よりも危険な人物だったのかもしれないぜ。やっぱり、人を脅すことを何とも思ってなかったんだろう。たぶん、昔からそういう人間だったんだ」沖田が暗い声で言った。

「そうかもしれない」

「俺は、あいつと会うはずだったんだよな」沖田が自分に言い聞かせるように言った。

「そうだな」

「会っていたら、何が起きていただろう。山岡は本当に牧を告発するつもりだったのか、それとも何か別の目的があったのか。警察を上手く利用して牧を陥れ、自分が牧を恐喝していた事実は隠せると考えていたのかね」

「牧が恐喝の事実を明かしたら、俺たちは普通に山岡を調べられていたかな」西川は両手を組み合わせた。

「どうかね」沖田が首を捻る。「二件の通り魔事件を起こした犯人が手中に入ったら、まずその取り調べに集中するだろう。その犯人が『脅されていた』と主張しても、真剣に受け取ったかどうか」

「そうだよな」西川は同意した。「はっきり言って、二件の通り魔事件の前では、恐喝なんかどうでもいい」

「こちらの仕事の進め方としては、恐喝事件も無視できないんだけどな……ただ、俺は逃げたかもしれないぜ。山岡の件はお前に押しつけて——正直、牧の方がまだ扱いやすい」

「何となく分かるよ」西川はうなずいた。

「本当に恐ろしい人間は、普通の人間として生きている」

「牧もそうだぞ」西川は指摘した。「牧だって普通の会社員だった。しかもセンス抜群のデザイナーとして評価されている。悠々自適の独身貴族で、趣味のバイクに金と時間を費やしていた――つまり、表面上は普通の人間だよ。しかし心の奥には、どす黒いものを抱えている。この社会には、一定の割合でそういう人間が潜んでいるんだ」

「俺たちが生きているのはそういう社会なんだよな……」沖田が静かに目を閉じた。

一瞬、追跡捜査係に沈黙が流れる。ふと一人足りないことに気づく――庄田の姿がなかった。そう言えばこの二日間、牧にかかりきりで、庄田のことを気にしている余裕がなかった。

「鳩山さん、庄田はどうしたですか？　怪我が悪いんですか？」

「いや、時差出勤を許可しただけだ。重傷じゃないんだが、歩く時には松葉杖《まつばづえ》が必要なんだよ。満員電車はきついだろう」

「ああ」西川はうなずいた。「大したことはないんですね」

噂をしているうちに、庄田が入って来た。松葉杖をつき、いかにも歩きにくそう……外は寒いのに額には汗が滲《にじ》んでおり、「おはようございます」の声は早くも疲れていた。

「お前、どうなんだよ」沖田が声をかけた。

「全治二週間です」

「何だ、そんなものか」沖田が鼻を鳴らす。

「七針縫っただけですから。ちょっと引き攣《っ》ってて、痛みが残ってるだけですよ」

「軽傷だな」沖田が声を上げて笑った。「じゃあ、今日からバシバシ働いてもらおう。十五年前の上野事件、十年前の新宿事件の本格的な捜査はこれからだ。忙しくなるぞ」

「はい。あの……その前に」庄田は依然として立ったままだった。

「何だよ、さっさと座れ」沖田が、煙たそうな目つきで庄田を見る。

「いや、あの……」庄田がしどろもどろになった。

「もう、あんたは――それだから駄目なのよ」さやかが文句を言った。

「だけどさ、そんな……何もこんな場所で」

「昨日、ちゃんと話したじゃない」

「おいおい、何事だ？」西川は二人の顔を交互に見た。突っこむさやかと、防戦一方の庄田――いつもの光景のように見えるが、今朝はどこか様子が違う。

「あの、実はですね」

庄田が大きく息を吸った。さやかが立ち上がり、彼の横に立つ。

「結婚することになりました」

「お前が？」沖田が声を張り上げる。「おいおい、初耳だぞ」

「いやあ……」庄田が困ったような笑顔を浮かべる。

「とにかくめでたいじゃないか。で、誰と？」

「ですから」

さやかが一歩だけ、庄田の方に近づいた。それを見た西川は、全てを悟って呆然《ぼうぜん》とした。

「まさか、お前ら……」質問が途中で途切れてしまう。

「はあ?」沖田の声が一オクターブ甲高くなる。「何でお前ら……いや、ちょっと待て。そんな話は初耳——いや、あり得ねえ」

「いろいろありまして」庄田が頭を掻いた。

「よし、お前ら、ちょっと来い」沖田が立ち上がった。「二人一緒だ。取調室でじっくり話を聞かせてもらおうじゃねえか。今日の俺は最高に厳しいぞ」

沖田は嫌がる二人を、無理やり追跡捜査係から連れ出して行った。西川は一つ息を吐き、鳩山に確認した。

「係長、知ってました?」

「まさか」鳩山が目を剝く。「あの二人は本当に仲が悪いものだと……そろそろどっちかを異動させようかと思ってたぐらいだ」

「ですよね……」

しかし、これで実際に異動を考えねばならなくなるだろう。夫婦揃って警視庁に勤務していても問題はないが、同じ職場というわけにはいかない。これは、民間企業でも同じだろう。

それにしても、男と女の関係は分からない。二人のぶつかり合いは本物——本当に気が合わないと思っていたのに、職場を離れれば……そう言えば府警の三輪は、二人の関係を怪しいと指摘していた。普段つき合いの薄い人間の方が敏感に気づくものか、それとも三輪は、本人が言うように人一倍鋭いのか。

気づくと西川は、低い声で笑い始めていた。俺の人間観察眼もまだまだか……。

警察の力は——本当のところはどんなものだろう。奴らは俺の自由を奪った。俺の人生はこれで完全に変わる。

しかし奴らは、真実を知ることはない。上野と新宿については話した。池袋についても、いずれは話すことになるだろう。あれは極めて残念……仕留め損なったのは初めてだが、山岡を殺した直後だから、どこか調子が狂っていたのかもしれない。

しかし五年前——渋谷の一件はずっと黙っていよう。奴らは、あの件と俺を結びつけようとするかもしれないが、証拠は何もない。山岡もあの件については知らなかった。俺が黙っていれば、絶対に事件は解決しない。俺にはまだ、警察をからかう楽しみが残っている。

ただ、さらに新しい感覚をこの手に刻めないことだけが心残りだった。

Haruki Bunko
ハルキ文庫

と 5-10

垂《た》れ込《こ》み 警視庁追跡捜査係《けいしちょうついせきそうさがかり》

著者 堂場瞬一《どうばしゅんいち》

2020年1月18日第一刷発行

発行者 角川春樹

発行所 株式会社角川春樹事務所
〒102-0074 東京都千代田区九段南2-1-30 イタリア文化会館

電話 03(3263)5247(編集)
03(3263)5881(営業)

印刷・製本 中央精版印刷株式会社

フォーマット・デザイン 芦澤泰偉
表紙イラストレーション 門坂 流

ISBN978-4-7584-4316-6 C0193 ©2020 Shunichi Dôba Printed in Japan
http://www.kadokawaharuki.co.jp/[営業]
fanmail@kadokawaharuki.co.jp[編集] ご意見・ご感想をお寄せください。